JN055938

いばらの姫は目覚めを望まない

Hinata & Sousuke

柊あまる

Amaru Hiiragi

EB

エタニティ文庫

目次

いばらの姫は目覚めを望まない

プロローグ

それは、ひなたがおつかいで仕事の書類を郵便局へ出しに行った帰りのこと。

彼女の働く会社は、東京湾《とうきょうわん》沿岸の埋め立て地帯——高層ビルやマンションが立ち並ぶ地域にある。

本社だけでも従業員が一千人以上いる、外資系の大手医療機器メーカーだ。三十階建てのビルは、二階にカフェのテナントが入るのみで、残りはすべて専有になっている。

その社屋《しゃおく》のエントランスロビーを歩いていたら、足下でキラリと光るものに気付いた。

偶然、視界に飛び込んできたそれは、淡いブルーのスクエアカットされた石。拾い上げてみたところ、シックなデザインのカフスボタンだった。

(やだこれ……誰のだろう。それに結構高そうな)

周りを見渡すと、広い吹き抜けのロビーには、こんなボタンを着けていてもおかしくなさそうなスーツ姿の男性が、あちこちにいる。

(受付に言づけて、うちの課でお預《あず》かりかな)

社内の遺失物《いしつぶつ》は通常、一定期間受付で預《あず》かった後、総務課の庶務窓口へ届けられる。その窓口を担当しているのが社会人二年目の彼女――原田《はらだ》ひなただ。

片手にカフスを握《にぎ》り込み、ひなたは受付カウンターに向かった。すると、背後から大げさな嘆《なげ》きの声が上がり、思わず振り返る。

そこには頭を抱えながら手首を指して『カフスがない！』と訴《うった》える年配の男性がいた。彼は明らかに日本人ではない外見をしている。金髪に緑色の瞳。しかも叫んだ言葉は、美しい発音のフランス語だ。

幼い頃同居していた祖母が日系のフランス人だったため、ひなたの家の中ではしょっちゅうフランス語が飛び交っていた。おかげで、彼の言葉もスムーズに聞き取れる。

金髪の男性は、うちの社員だと思われる同伴者《どうはん》に、カフスがいかに大事な物なのかを切々《せつせつ》と訴《うった》えていた。

(奥様からのプレゼント)

流暢《りゅうちょう》なフランス語に聞き入ってしまい、ぼうっとしていたひなたは慌てて自分の手元を見る。

「あっ、これ！」

ひなたは足早にその男性に近付き、フランス語で声をかけた。

『こんにちは、ムッシュー。落としたのはこれですか？』

驚いた顔をして振り返ったのは、その男性と、もう一人――役員秘書室の室長補佐、宮村颯介《みやむらそうすけ》だ。

（あ……この人、宮村さん）

ひなたが彼と口をきいたことは、入社してから一度もない。

それでも彼のことを知っているのは、かなりの有名人だから。秘書室といえば、社内でも特に有能な人材が集められた、エリート集団だ。中でも彼は、三十代前半という若さで秘書室のナンバー2の座につく、とびきりのエリート。しかも独身で、見た目も抜群にいいときている。

そのため、ひなたのように他人に関心のない者でも、顔と名前くらいは知っていた。

『わぁ、これだよ僕のカフス！　ありがとう、かわいいお嬢さん！』

ひなたの差し出したボタンを見て、金髪の男性は、抱きつかんばかりに感激を表した。

けれども彼女は、他人に触れられることが極度に苦手なのだ。逃げ腰になりつつ、なんとか笑みを作ると、彼の手にボタンを握《にぎ》らせ、パッと手を離した。

『もう落とさないで下さいね。さよなら！』

そう言って背中を向け、ひなたは駆け足でその場を後にする。そして、タイミングよく開いた受付横のエレベーターに飛び乗った。

扉が無事に閉まって、ホッとする。ひなたはいつものように隅へ寄り、人にぶつからないよう小さく身体を縮こまらせた。

ボタンの持ち主がどんな人だったのかはわからない。だが、宮村が同伴《どうはん》しているくらいだから、きっと大事なお客様なのだろう。

でも、フランス語で会話ができる機会など滅多《めった》にないから、もっと話したい気持ちもあった。

でも、あんなに目立つ場所で、あんな派手な二人と一緒にいたら、余計な注目を浴びかねない。

そんなのは、まっぴらごめんだ。

＊　＊　＊

「――颯介、あのお嬢さんはうちの社員？」

宮村颯介は、突然現れた女性が完璧なフランス語で話しかけてきたことに驚きすぎて、固まっていた。しかし直属の上司であるエリックから流暢《りゅうちょう》な日本語で話しかけられてハッとする。

「そうですね……知り合いではないので名前はわかりませんが、うちの制服でしたので」

「とても綺麗《きれい》なフランス語だったね。それによく見ると、すごく美人だったよ」

その言葉に、颯介は首を傾げる。

(あれが、美人……?)

突然フランス語で話しかけてきた彼女は、目元が半分隠れるほどの長すぎる前髪に、ひっつめ髪と銀縁《ぎんぶち》メガネ。全体的にとても野暮《やぼ》ったく、暗い雰囲気だった。

「顔を見る暇もなく、いなくなってしまったからね。また今度会ったら、よく見てみるといい。肌も髪も瞳もとても綺麗《きれい》で、整った顔をしていたよ。僕好みだった」

「……そうですか」

エリックもまた大方《おおかた》のフランス人男性同様、女性を見れば「美しい」「かわいい」「とても好みだ」と口にする。だから颯介は、その言葉もあまり本気で受け取らなかった。

エリックは、彼女が乗っていったエレベーターの方向を見つめて微笑む。

「あのフランス語はいいね。……また会いたいな」

その言葉に込められた意味を、颯介は正しく理解して頷《うなず》いた。

「あなたが日本に戻られる時期に合わせて調整します」

そう答えるとエリックは嬉しそうに笑い、正面玄関で待たせている運転手のほうへと優雅《ゆうが》に歩き出した。

第一章

数日後の朝。ひなたは出勤早々、上司である総務課長に呼ばれ、「すぐに三十階の会議室へ行くように」と言われた。

怪訝《けげん》に思いながらもエレベーターに乗り、最上階の三十階で降りる。すると、ひなたはローヒールの靴底の感触がとても柔《やわ》らかいことに気付いた。低層階の床は歩くと靴のかかとがコツコツ鳴るが、ここでは敷かれた絨毯《じゅうたん》に音が吸収され、やけに物静かだ。

彼女はそこで、なにやら嫌な予感に襲われる。

本社ビルの上階は、特別なエリアだ。二十七階には役員秘書室が、そして二十八階より上には、重役室と役員専用の会議室がある。一般社員は、まず立ち入らない場所だった。

（私がこんなところに呼び出される理由って……）

ひなたには、心当たりがなくもない。

一昨日《おととい》、彼女のいる庶務係を、あの宮村颯介が突然訪ねてきたのだ。

たまたま窓口に出たひなたを見て、彼は「あっ！」と叫んだ。驚いて奥に引っ込もうとしたら、彼は慌てて自分を呼び止めて言った。「ずっと君を捜《さが》していたんだ」と。今日の呼び出しはきっと、彼からだろう。

ひなたは、誰もいない廊下に佇《たたず》み、銀縁《ぎんぶち》の伊達《だて》メガネを指で押し上げて、ため息を吐く。そして長い前髪を下ろし、顔を見えづらくした。彼女は、わざとサイズの大きい制服に身を包み、身体の線も隠している。

――極力地味にして、絶対に目立たないこと。それがひなたの信条。

社内でも有名なエリートの彼が、自分に一体どんな用事があるのか。ひなたは考えたくもない。彼が訪ねてきた時も、ろくに話を聞かず、窓口の背後にある衝立《ついた》ての奥に引っ込んでしまった。

今、彼女が望むのは、必要最小限の言葉で会話を切り上げ、庶務係の部屋へ帰ること。ただそれだけだ。

大仰《おおぎょう》なドアが並ぶ長い廊下を抜け、奥まった場所にある会議室のドアの前に立つ。

ひなたは、微《かす》かに震《ふる》える指先をギュッと握《にぎ》り込み、目の前にあるドアをノックした。

「…………」

あると思った返事がない。

彼女はゴクリと唾《つば》を呑み、もう一度ノックする。と、同時にドアが部屋の内側へ、わずかに開いた。

「来たね」

ドアの細い隙間《すきま》から颯介が、意味深な笑みと共に顔を出す。そして迎え入れるように大きくドアを開け放した。

「待ってたよ、原田さん」

まるで、罠《わな》の中にそれとわかっていながら入る気分だ。だからと言ってもう、逃げる術《すべ》はない。

背の高い彼の横をすり抜けて中に入ると、部屋の奥――景色が一望できる大きな窓の近くに、あの日ロビーで少しだけ言葉を交わした、金髪の年配男性が立っていた。

ひなたがその場で足を止めたら、颯介にうしろから優しく背中を押された。

「もっと前に」

耳元で艶《つや》のある彼の声が響き、ひなたは、ぞくっとして飛び上がる。それからパッと振り返り、片手で耳を押さえながら、無言で颯介に抗議の視線を向けた。

それを見た彼は、一瞬目を丸くしてから、可笑《おか》しそうに微笑む。

（なんか……ちょっと違ったかも）

ひなたは颯介に対し、紳士的《しんしてき》でとても優しいイメージを抱いていた。だが、実際に彼と接してみて、意外に意地悪で、感情を素直に表すタイプなのかもしれないと思い始める。

ひなたは気を取り直し、言われた通り前に出た。すると、金髪の男性は満面の笑みを浮かべて、こう言った。

『ようこそ美しいお嬢さん。私はエリック・ダルシ。今日から君のボスだ。エリックと呼んでくれるかな』

（は……？）

ひなたはポカンと口を開け、あの時と同じ美しい発音のフランス語を発した、目の前の男性を見つめる。

今、なんと――？

そのまま呆《ほう》けていると、颯介が前へ出てきて、ひなたの横に並んだ。

「なにを言われたか、わかった？」

横に立つ颯介を見上げ、ひなたは眉間《みけん》にシワを寄せる。

「わかりません」

「それは……言葉が聞き取れなかったって意味じゃないよね？」

ひなたはしかめ面《つら》をしたまま、訊《たず》ねた。

「ボスって、どういうことですか？」

その途端《とたん》、エリックと颯介は揃《そろ》って笑みを浮かべ、頷《うなず》き合う。

「合格ですね」

「ああ。颯介、さっそく手続きに入ってくれ」

「承知いたしました」

（ん？）

なぜか普通に日本語でやり取りする二人を見て、ひなたは目を丸くした。背中には、冷や汗がつうっと流れる。

（なんか私、間違ったみたい……）

おそらく二人は、ひなたがフランス語をちゃんと聞き取れるか試したのだ。その証拠《しょうこ》に、エリックはとても早口だった。

『お嬢さん、あなたの名前を教えて下さい』

エリックがフランス語でふたたび話しかけてくる。

ひなたは戸惑い、うつむいたが、今さら遅いと諦《あきら》めて、わずかに顔を上げた。

『ひなた・原田です。……ひなたとお呼び下さい』

すると、彼は満足げに笑って言った。

『では、ひなた。君は今日から僕の第二秘書だ。必要なことはすべて颯介から学ぶように』

なぜこんなことになったのか――

あの時、エリックを困っているお客さまだと思って、咄嗟《とっさ》にフランス語で話しかけたのが運の尽きだった。

会議室を出たひなたは颯介に連れられて、そのまま二十七階にある役員秘書室へ向かうため、エレベーターに乗った。

秘書室は、社内の各部からは独立した部署である。専任の秘書が付くのは常務取締役以上だが、その他の役員をサポートするためのグループ秘書もいる。

颯介は、専務取締役兼最高マーケティング責任者、エリック・ダルシCMOの専任秘書。

つまりエリックは、お客ではなく、この会社の重役だったのだ。そのことをまったく認識できていなかったひなたに、颯介は呆《あき》れかえった。

フロアを移動がてら、ひなたは彼からエリックのことを簡単に教えてもらう。

エリックは日本在住のフランス人で、母国語はフランス語だが大変流暢《りゅうちょう》な日本語を話す。とても愛妻家で、日本人である奥さまは別の会社を経営しているらしい。

（専務の顔くらい、ちゃんと覚えていたら、こんなことには……）

話を聞きながら、ひなたの頭の中には繰り返し後悔の念がよぎった。

二十七階でエレベーターを降り、二人は役員秘書室のガラス扉の前に立った。颯介はセキュリティがかかった扉横の壁にあるカードリーダーに、胸ポケットから取り出したIDカードをかざした。

ひなたは、その彼の姿をぼんやりと見つめる。

高い身長に伸びた背すじ、長い手足、スーツの袖口《そでぐち》から覗《のぞ》く手首や、長く骨張った指。彼は全身に、男性らしい美しさと色気を漂《ただよ》わせていた。

ひなたは警戒《けいかい》しながらも、それらに無意識に見惚《みと》れてしまう。

ほどなく颯介が扉を開けたので二人並んで部屋に入る。途端《とたん》、そこにいたメンバーから鋭《するど》い視線を一斉《いっせい》に浴びせられた。

ひなたは内心悲鳴《ひめい》を上げる。彼女には、とあるコンプレックスがあり、他人に見られることが苦痛で仕方ないのだ。

部屋の中には向かい合わせに並んだデスクがいくつもあり、そこに座っているのは大半が女性だった。皆、制服ではなく華《はな》やかなスーツを着ており、髪は丁寧《ていねい》に巻いている。中には驚くほど濃いメイクの人もいた。

颯介は視線を気にする様子もなく、奥にある秘書室長のデスク前に進んだ。そして、とても大柄な男性に声をかける。

「大谷《おおたに》室長。彼女が、今日からダルシCMOの第二秘書になった、原田ひなたさんです」

颯介がそう告《つ》げると、部屋の空気が一瞬で変わった。周囲の視線が、さらに鋭《するど》くなったのを感じる。ひなたは居たたまれず、その場で身を縮こまらせて小さくなり、うつむいた。

「ああ、やっと見つかったのか」

場の空気を無視した、あからさまに呑気《のんき》な口調で、大谷は笑う。

「本当に苦労しました。社員調書に書くべきことを書いていなかった、誰かさんのせいで」

颯介の視線を感じ、ひなたはおそるおそる顔を上げた。すると目が合った彼は、不貞《ふて》腐《くさ》れた表情を見せる。

「後で再申告させるからな」

(……なんのこと?)

ひなたが怪訝《けげん》な顔をするのを見て、大谷は面白そうに笑った。

「颯介に弟子《でし》ができたか。有能な男だから、いっぱい勉強するといいよ、原田さん」

急に話しかけられ、ひなたはビクッとしてうつむき、固まった。それを見た颯介が、今度は不機嫌そうに呟《つぶや》く。

「返事」

(え……?)

ふたたび顔を上げると、颯介はひなたをジッと睨《にら》みつけて言った。

「室長に返事は?」

ハッとして大谷に向き直り、ひなたは頭を下げる。

「は、はい……よろしくお願い、します」

初めは普通に声が出たものの、徐々に消え入りそうなほど小さくなってしまった。その様子を見て、颯介は大きなため息を吐く。

「一から叩き込むしかないな。来いよ、ひなた」

（〝ひなた〟……？　いきなり呼び捨て？）

驚いて目を丸くしたのは、彼女だけではなかった。部屋にいる大半の人間が、同じように驚愕《きょうがく》の表情をしている。

しかし周囲になど一切構わず、颯介は、この部屋の端に設置されているスモークガラスに囲われた打ち合わせブースに入っていった。

背後に不穏な空気が漂《ただよ》っているのを感じながら、ひなたは慌てて彼の後を追った。

奥の席に颯介が座り、ひなたは彼の向かい、ドア寄りの椅子《いす》に座ることにする。ひなたが移動する間、彼はそれをジッと見つめ、彼女と目が合うと、微妙な顔をした。

（なんだろう……？）

簡易《かんい》ブースとはいえ、密室に二人きり――

ひなたは緊張しながら、新たに直属の上司となった颯介と向き合う。

彼の話は、まず苦情から始まった。

「君の社員調書、見せてもらったよ。外大を出て入社二年目。英語が得意とは記載がある。でも、フランス語については書いてない。普通に会話ができるレベルにもかかわらず。うちは外資系だ。外国語の習得レベルについては、詳しく申告するよう指導されているはずだけど?」

ひなたは気まずさを感じて、うつむいた。

先ほど大谷の前で彼が言っていた『社員調書に書くべきこと』とは、これだったのだ。

確かにひなたは、フランス語が得意なことを〝わざと〟書かなかった。

英語が話せる社員はたくさんいるから、書いてもきっと大して目立たない。でもフランス語が話せる社員が珍しいことはわかっていた。

「おかげで、あれから君を探すのに酷《ひど》く苦労した。もう諦《あきら》めようかと思った頃、庶務にも一応聞いてみようと思って行ったんだ。それで運よく見つかったからいいものの……」

ひなたは普段、窓口には滅多《めった》に出ない。だが、あの日は、たまたま他に人がいなかったのだ。

本当についてない――思わずため息を吐くと、それに気付いた颯介が、眉根を寄せて言った。

「君にとっては不本意かもしれないけど、どうにもならないよ。諦《あきら》めて、できるだけ前向きに取り組んでほしい」

　確かに不本意だ。庶務課では、人と話をするのが苦手であることや、人前に出るのは、もっと苦手だということを理解してもらい、おつかいや裏方の雑務に徹してきた。社内行事や飲み会にも一切参加しない。周囲には変わり者だと思われていたかもしれないが、ひなたは、それで全然構わなかったのに。

　それがいきなり、社内外の多くの人と接する秘書室へ異動になるとは……

「君の仕事は、主に俺のサポートだ。スケジュール管理と、文書作成。それと、エリックがたまにフランス語で喚《わめ》くから、必要だと思ったら通訳してほしい」

（喚《わめ》く……？）

　怪訝《けげん》な顔をしながらも、ひなたは彼の顔を見ずに頷《うなず》いた。颯介は、英語と中国語の会話には困らないが、フランス語は苦手らしい。

　チラリと彼を見たら、すぐに目が合った。颯介の強い視線が、自分から片時も離れないことに気付き、ひなたは困惑してうつむく。

「一つ、聞いておきたいことがあるんだけど」

　颯介がそう切り出し、ひなたは、またわずかに顔を上げた。

「その長い前髪とメガネを、もう少しどうにかできない？　話をするのに、相手の目が見えないというのは……」

「無理ですっ！」

ひなたは、ここに来て初めて大きな声を上げた。颯介が驚いて目を丸くする。

第二秘書になるということは、エリックや颯介と行動を共にする機会が、これから多々あるのだろう。人付き合いが苦手だなんて、とても言っていられなくなる。そんな状況に置かれた上、最も避けたいこの顔を晒《さら》すことになるなんて――

想像するだけで、ひなたは憂鬱《ゆううつ》を通り越し、胃が痛くなった。

ふたたび下を向き、黙り込む彼女を、颯介はなんとか説得しようと試みる。

「ひなた。君はエリックの専任秘書だ。彼のためにも、もう少し外見には気を使うべきじゃないかな」

だが、ひなたは頑《がん》として見た目を変えることに同意しなかった。

「嫌です」

「……TPOって知ってる？」

颯介も最後は、なかば呆《あき》れ気味だった。でも、ひなたは退職も辞《じ》さないほどの覚悟で抵抗し、結局は彼のほうが折れた。

打ち合わせブースから出る時、ドアのところに立った颯介が、それを開ける直前にこうささやいた。

「なんで隠したいのかわからないけど、もったいないな」

彼の前を通り過ぎようとしたひなたは、思わず足を止める。

「君に初めて会ったあの日、エリックが言ってたんだ。『とても美人だった』って。俺は正直、そうは思えなかったんだけど……」

そう言って彼は前屈《かが》みになり、顔を覗《のぞ》き込んでくる。

ひなたはゴクリと唾《つば》を呑んだ。心臓がバクバクし、緊張や不安を急激に掻《か》き立てられる。

「やっと、意味がわかった」

(意味って――？)

固まるひなたの肩を、彼は軽くポンと叩いてから、ドアを開けた。

「誰にも言わないよ。ただ……」

(ただ？)

警戒心《けいかい》も露《あら》わなひなたに、颯介は意味ありげな笑みを浮かべて言う。

「その前髪とメガネは、どうにかしてほしいな、やっぱり」

「嫌です！」

反射的に答えて、ひなたはハッとする。またしても秘書たちの視線を集めてしまっていることに気付き、震《ふる》えながら下を向いた。

するとと颯介は、それらの視線から庇《かば》うように立ち位置を変え、優しい声でささやく。

「エリックの部屋を案内するから。おいで」

彼はその大きな身体を盾《たて》にしたまま、ひなたを部屋から連れ出した。

自分でもどうかと思うほど、今のひなたは慣れない場所に怯《おび》え、縮こまっている。そんなひなたに対して颯介は、変わらず優しい態度を取り続けてくれた。

(内心、呆《あき》れられてるのかもしれない)

ひなたは自己嫌悪《けんお》を感じ、唇をキュッと噛《か》みしめた。

＊

迎えたその週の最終日。ひなたにとって、金曜日の夜は特別だ。

仕事を終え、帰宅してから念入りにメイクをして、着替えて出かける。

選ぶのは身体のラインが出るタイトなトップス。そして短い丈のスカートか、ショートパンツ。好きなファッションテーマは「かわいくてセクシー」だ。

でもそういう格好をして夜の街に一人で出る勇気はないので、出かける時は必ず親友のカレンと一緒だった。

カレンは、ひなたが就職したばかりの頃に街で声をかけてきた男の子。

——そう、男の子だけど〝カレン〟。

美容師兼スタイリストの彼は、中性的な容姿に、ベリーショートでグレーがかった緑色の髪をしている。細身でタイトなシャツとパンツを好んで着ており、話し口調は女の子みたいだ。かといって同性が好きとか、自身の性別認識が違うとか、そういうことではないらしい。

そんな容姿や雰囲気が相まって、成人男性が全般的に苦手なひなたでも、カレンが相手だと身構えなくて済んだ。それに、カレンは他人との線引きがハッキリしているから安心して付き合える。彼はとても人懐《ひとなつ》っこいが、一定以上は決してこちらに踏み込んでこない。加えて、物事を包み隠さず言ってくれるので、腹の探り合いをしなくてよかった。

街で初めて声をかけられた時、彼は、ひなたの全身をジロジロ眺《なが》めてこう言った。

『あんたそれ、わざとやってんの？』

カレンは開口一番そう言って、ひなたを驚かせたのだ。彼はパッと見ただけで、ひなたの〝擬態《ぎたい》〟を見破った、初めての人だ。

ひなたは元々、おしゃれが大好きな女の子だった。

小学生の頃、母の目を盗んで勝手に化粧品を使っては『子どもが化粧なんかするもんいじゃない』とキツく叱《しか》られた。こっそり塗ったマニキュアが先生にバレないように、いつも指先をぎゅっと握《にぎ》り込んでいたら、それがそのままクセになった。

幸か不幸か、ひなたの容姿は異性からは称賛《しょうさん》の、同性からは羨望《せんぼう》の眼差《まなざ》しを受けるものだった。

大きな目に通った鼻すじ、ふっくらした唇にキメの細かい白い肌。小さな顔に、華奢《きゃしゃ》な骨格。でも出るべきところは出た、女らしい身体つきに、まっすぐ伸びた長い脚――ただ年頃になった彼女は、自身の外見やまとう雰囲気がみるみる変わっていくのに対し、まだ精神的な成長が追いついていなかった。自分が、性を意識しだす思春期の男子からどう見られているのかを、ほとんど理解していなかった。

おしゃれやメイクをするのは自分だけのため。手間をかけて見た目が変化するのは、単純に楽しかった。

色恋に疎《うと》いひなたにとって、歳の近い男子は友達でしかない。だが、相手もそう思っているとは限らなかったのだ。

それを否《いや》が応《おう》でも意識せざるを得なくなったのは、ひなたが中学一年の時。

当時女子バスケ部に所属していたひなたは、二歳年上の男子バスケ部の部長に気に入られていた。周囲から見れば、彼がひなたに特別な感情を抱いているのは丸わかりだったらしいが、ひなたは気付いていなかった。

その年の夏の大会に敗れ、三年生が引退した後すぐの夏休み。

中学校の校舎に男バスのメンバー数人と、女バスの何人かが集まり、打ち上げをしようという話になった。

メンバーはバスケ部内でも特に仲良くしていた男女で、男子は全員三年生。女子は三年生数人と一年と二年のうち、先輩たちに気に入られていた子数人だ。

ひなたも男バスの部長に呼ばれ、あまりよく考えず、楽しそうだなと思って参加した。

集まったのは夕方。校内には入れないから近くの河原で花火をしようと言われ、ひなたと部長以外の皆は買い出しに行くと言い出した。それは部長の気持ちを知っていた皆が気を利《き》かせ、ひなたたちを二人きりにする作戦だったのだ。

学校の敷地裏の空《あ》き地で、ひなたは彼と二人きりになった。特に警戒《けいかい》することもなく、ただいつものように世間話をしていただけだ。

だから、なにが彼の気持ちの引き金を引いたのかは今でもよくわからない。気がついたら座っていたコンクリートの上に押し倒され、無理矢理唇を塞《ふさ》がれていた。

背後に感じる、硬くて冷たいコンクリートの感触。押し倒された時にぶつけた後頭部の痛み。そして生温《なまぬる》く湿った唇の感触――

すべてが気持ち悪くて、ひなたは必死に抵抗した。でも身体の細い女の力では、体格のいい彼に敵《かな》うはずもない。

その時、バタつかせた膝《ひざ》が、たまたま彼のみぞおちに入った。彼は呻《うめ》きながら、掴《つか》んでいたひなたの手首を離す。偶然にもその時、周辺を見回っていた中学の教師が、二人を見つけて声をかけてきた。

ひなたがその教師に助けを求めたことで、このことは小さな事件になった。

後日、教師たちに事情を聞かれた時。信じられないことに彼は、「ひなたが誘った」と答えた。

周囲の女子たちも、彼の好意は明らかで、ひなたがそれをわかっていなかったはずはないと言った。しかも、ひなたは普段から男子に媚《こ》びを売り甘えていたから、彼が受け入れられていると誤解しても仕方ないと答えたのだ。

ショックだった。そんなつもりがまったくなかったから、ひなたは深く傷付いた。

なぜそんな風に言われるのかわからない。自分は気付かなかっただけで、本当は皆に嫌われていたのだろうか。それとも自分の態度は、本当に異性を誘っているように見えるのか――

ひなたはそれまで、人目をあまり気にしたことがなかったが、この事件をきっかけに、人から見られることを恐いと感じるようになってしまった。

着飾ることもせず、休みの日も薄い化粧さえ一切しなくなった。でも制服を着て歩いていると、それだけで色々な男に声をかけられる。

高校生になると事態はさらにひどくなった。ナンパに乗じてどこかに連れ込まれそうになったり、学校の前で待ち伏せされたりもするようになる。

それが人より多少華《はな》やかな外見のせいだと、その頃にはいい加減気付いていた。でもあの事件以来、性的な事柄には嫌悪感《けんおかん》しか覚えなかったひなたには、誰かからアプローチされること自体、迷惑以外の何物でもなかった。

そんなひなたに転機が訪れる。高校二年生になったある日、突然両親から転勤に伴《ともな》う転校の話をされたのだ。

ひなたは、チャンスだと思った。静かで、心穏やかな生活を取り戻すチャンスだと。

これをきっかけに、彼女は〝擬態《ぎたい》〟を始めた。

前髪を長く厚くして大きな瞳を隠し、さらに堅苦しい印象のメガネをかける。髪型は三つ編みにするか、一つに束《たば》ねるだけの地味なものに。そして服は、体型の隠れるシルエットに、流行《はや》りを無視した組み合わせを心がけた。

基本的に人を信用できないから、友達はいらなかった。誰とも必要以上に話をせず、たまに口をきいても、暗い喋《しゃべ》り方で陰気な雰囲気を醸《かも》し出し、他人を拒絶した。

この擬態《ぎたい》を始めて、もう長い。

大学卒業後は、人と会わずに済む仕事に就《つ》こうと考えた。語学が得意だったこともあり、翻訳家《ほんやくか》になりたいと思っていた。だが、社会経験もなく、専門性もないため、生計を立てるのは難しい。

それにフリーランスでやっていくのに人と会わずに、というのは無理がある。営業力もコネもない新卒では仕事を取るのは困難だと諦《あきら》めて、ひなたは普通に就職活動を始めた。

擬態《ぎたい》したままで面接を突破《とっぱ》するのは難しかった中、唯一内定を取ることができたのが今の会社だ。

人と極力接しないようにしてきたせいで、ますます他人が怖くなっていたひなたは、会社でも自分を守るための擬態《ぎたい》を続けている。でもたまにふと、自分はいつまで自分を偽《いつわ》り、一人で生きていくのだろうと考えることがあった。

カレンに出会ったのは、そんな風に考え出した矢先だ。そうしてひなたは彼に説得され、金曜日だけ一緒に外へ出かけるようになった。

その時だけは好きなように自分を着飾る。好きな服を好きなように。メガネを外し、化粧もして。

この夜の『おでかけ』は、カレン曰《いわ》く、リハビリだそうだ。

本来の自分から逃げて、擬態《ぎたい》という繭《まゆ》の中に逃げ込んだひなたが、もう一度自分に還《かえ》るための――

だが、華《はな》やかな自分と擬態《ぎたい》している自分。一体どちらが本当なのか、ひなたには、もうよくわからなくなっている。

表参道《おもてさんどう》の夜のカフェ。ひなたとカレンは、ゆったりしたソファの上に脚を伸ばしながら、お茶を飲んでいた。

夜出かけることには、もうだいぶ慣れてきた。それに、薄暗い店内では、人目もあまり気にならない。

「ひなた。今日の格好も最高にキュートでセクシーよ」

カレンが嬉しそうに、ニコニコしながら言った。

「ありがと、カレン」

「さっきから、横を通る店員がずっとひなたを見てる」

そう言われ、ひなたはギクリとして、ソファから脚を下ろした。でもカレンは、口を尖《とが》らせて「違うわよ」と言う。

「あれは脚を乗せるなって意味じゃなくて、賞賛の眼差《まなざ》し。ひなたは自然にしてるだけで、目の保養《ほ》だもの」

普通なら褒めすぎだと否定するところだが、ひなたはカレンの言うことは基本、素直に受け取ることにしている。

彼の勤めているサロンは、青山に本店のある有名店。トップスタイリストになると、一般の客よりはモデルやアイドル、タレントなどのスタイリングを手がけるようになる。

カレンはまだアシスタントだが、それでも日常的に有名人を目にしているせいか、その辺りの見立ては厳しい。美に対する目が厳しく、誤魔化しや謙遜《けんそん》をとりわけ嫌う。ひなたの格好やメイクも、ダメな時はダメだと言うし、もっとこうしたらいいというアドバイスも的確だ。

「ねぇ、カレン。せっかくの金曜日だけど……ちょっと仕事のことを愚痴《ぐち》ってもいい？」

ひなたが切り出すと、彼は目を見開き、意外そうな顔をした。

「なんかあったの？　ひなたがそんなこと言うの珍しいね」

「私ね、秘書室に異動になっちゃったの。それもフランス人専務の第二秘書、なの」

カレンはギョッとした様子で、「わぁお」と呟《つぶや》いた。

ひなたは心底嫌な顔をし、ふたたびソファの上に脚を上げて膝《ひざ》を抱える。

「専務は傍《そば》にいないことのほうが多いから、まだいいの。でも同じ人に付いてる先輩秘書がね……気付いてるみたい」

カレンは目を丸くした。

「ひなたの擬態《ぎたい》に？」

彼女は頷《うなず》き、抱えた膝《ひざ》の上にあごを載せて、ため息を吐く。

「前髪とメガネをなんとかしてこいって。嫌だって言ったら『ＴＰＯって知ってる？』

とか言われて」

「それはそれは」

カレンは肩をすくめて、苦笑いした。

ひなたは「まだあるの！」と言って、拳《こぶし》をキュッと握《にぎ》りしめる。

「その人、海外勤務が長いみたいで、身近なスタッフは名前で呼ぶのが普通だとか言って、いきなり呼び捨てにしてくるんだよ？　しかも自分のことも『颯介』って呼べとか言い出すし。ここは日本だよ！　先輩社員を下の名前で呼ぶとか無理だし。ほんとTPOとか言う前に、空気読んでほしい！」

「えっ」

カレンが顔色を変え、テーブルから身を乗り出す。

「颯介って。その先輩、男なの!?」

ひなたは一瞬だけキョトンとし、また憂鬱《ゆううつ》な表情に戻って頷《うなず》いた。

「しかも社内で有名なエリートなの。いつも一緒にいるから、私に対する周りの視線が痛くてツラい」

「そりゃ大変だ……。で、髪は切るの？」

カレンが問いかけると、ひなたは顔を上げて、首を横にブンブン振った。

「絶対切らない！　そんなことしたらますます目立つし、ファンに虐《いじ》められる」

「ファン?」

「宮村颯介ファンクラブ。秘書室の別名なの」

それを聞いて、ひなたの心労がどういうものか想像がついたのか、カレンは心から同情する視線をこちらに向けた。

＊

週明けの月曜日。

秘書室の部屋の中は、専任秘書と、グループ秘書の島に分かれている。

デスクワークをしているメンバーの大半はグループ秘書で、専任秘書たちはそれぞれの重役に付き、席を外していることのほうが多い。

ひなたは人がほとんどいない専任秘書の島の自分のデスクで、先週末頼まれた、フランス語の資料を英語に翻訳《ほんやく》する作業を進めていた。

でも背後に立ち、こちらをジッと見つめている颯介の存在が、気になって仕方ない。

「ひなた。そんな前髪じゃ、前が見えなくないか」

「……作業には、支障《ししょう》ありません」

無視するわけにもいかず、ボソボソと返答する。すると、彼は苦笑いして、小声でささやいた。

「せっかく美人なのに……隠す意味がわからない」

ひなたは全身をビクッとさせ、颯介を睨《にら》みつける。

「そういうこと口にするの、やめて下さい」

怒るひなたの声は小さく、震《ふる》えていた。

「なにが怖いの？」

颯介の単刀直入な問いかけに、ひなたは顔をしかめて、うつむく。〝答えたくない〟という意思表示だ。

手が止まってしまったひなたを見て、颯介はため息を吐き、彼女の背中を優しくポンと叩いた。

「悪かった。俺が一番邪魔《じゃま》してるな」

(気付くのが遅いよ！)

ひなたは自席に戻る颯介を恨《うら》めしく思いながら見送った。その直後、背後から突き刺すような視線を感じて、ふたたび下を向いてしまう。

今はまだ仕事を基礎から教わっている最中。異動してきてから、颯介はずっとひなたに張り付いている。そのせいか、颯介ファンクラブの女性たちの視線は、日に日に鋭《するど》さを増していた。

「あ、そうだ。ひなた、パスポート持ってる？」

ふいに颯介が自席から声をかけてきたので、ひなたは顔を上げた。

（パスポート……？）

彼女はその場で立ち上がり、彼に向かって首を横に振って見せる。

「取ったことないです」

「早急に取りに行って。もう、今すぐ行ってきて」

（今すぐ？）

ひなたが目を丸くすると、颯介は事もなげに言い放つ。

「来月からエリックの出張にも同伴《どうはん》してもらうから。社費で世界中飛び回れるよ」

（嬉しくない……！）

ひなたは愕然《がくぜん》としながらも、慌ててパスポートを取るのに必要なものを調べ始めた。

＊

秘書の仕事を舐《な》めていたかもしれない――と、ひなたは思う。

秘書室に異動してきて、半月が経った。

自席に座り、書類を触る仕事だけで済んだのは、初めの一週間だけだ。あとは颯介の

（正確にはエリックの）後をついて回り、一日中座る暇もない。

基本は会議に次《つ》ぐ会議。ひなたの仕事は、エリックのスケジュールを管理するのがメインだが、「管理する」なんて一言が、いかに大変かを思い知った。

大きな会議を中心にして、合間に小さな打ち合わせの日時を調整する。予定をこなしている間にも新たな予定が入ってくるし、逆にキャンセルや、時間と場所の変更もしょっちゅうだ。

参加する会議の資料が揃《そろ》ったら、エリックと颯介が、会議の進行をシミュレーションしながら互いの意見を聞き、理解に相違がないかをチェックする。

第一秘書である颯介には、エリックが不在の時〝彼ならこうするはず〟という判断が必要な場面が多い。そのため、頻繁な意見交換は必須《ひっす》だ。エリックは颯介を信頼していて、強引に自分の判断を押しつけるのではなく、彼の意見を尊重《そんちょう》している。

ひなたはまだ、颯介のうしろをくっついて回り、言われた作業をこなすだけで精一杯だった。

かなりハードな毎日だが、唯一の救いは、エリックがフランス人なため、夜になると仕事をしないこと。就業時間内に同伴《どうはん》から解放されるため、細かい雑事を二人でこなしてから帰宅しても、さほど遅い時間にはならない。

今日は、社外に出るとなかなか取れないランチタイムを、二十分確保できた。

午後いちの会議の会場近くにあったカフェで、颯介とひなたはカウンターテーブルに陣取《じんど》って、立ったままクロワッサンサンドにかぶりつき、コーヒーを飲んでいる。

他人全般——特に男性が苦手なひなたでも、ここまで長時間一緒にいると、さすがに少しは慣れてくる。最近は颯介に対して、不必要に身構えることはなくなった。

「なぁ、ひなた。その前髪はまだどうにかする気にならない？」

この半月で数回目の質問。ひなたの答えは同じだ。

「嫌です」

「なんで」

いつもならここで黙りこくってしまうところだが。

「顔……見せたくない、です」

初めてそう口にしたら、颯介は意外そうに目を見開き、こちらを見つめた。

「顔のことでなにか、嫌な目にあった？」

質問の体《てい》だったが、確信しているような口調だった。ひなたはなんと言っていいかわからず、小さくコクリと頷《うなず》く。

「やっぱりそうか。でもさ、ひなた」

一度言葉を切り、こちらの目をジッと覗《のぞ》き込む彼を、ひなたもおずおずと見つめ返した。

彼は真面目な表情に、優しい眼差《まなざ》しで続ける。

「確かに隠すのも方法の一つだけど、容姿は強力な武器にもなる。どうせなら胸張って、正面から戦ったほうがよくないか？」

ひなたは擬態《ぎたい》を始めてから、色々な人に似たようなことを言われ続けてきた。

元々自分を知っていた人からは「もったいない」とか、「隠す必要なんかない」と。

知らない人からも「もう少しおしゃれしたら」とか、「ちゃんと顔を出しなよ」と。

あえて隠しているひなたからすれば、余計なお世話でしかない言葉。

でも今、ひなたは初めて、その言葉の意味をちゃんと考えてみようかと思った。なぜなら、目の前に立つこの人は、自身の言葉を体現していると思えるから。

（容姿は強力な武器——）

男性に対する形容としては、あまり相応《ふさわ》しくはないかもしれないが、ひなたは颯介をとても美しいと思う。

全身のバランスや姿勢、動きやちょっとした仕草も、落ち着きがあって無駄がなく綺《き》麗《れい》だ。

男性らしいキリリとした眉《まゆ》に、切れ長の目。通った鼻すじに、薄めの唇——各パーツの配置や、バランスも整っている。柔《やわ》らかそうな髪を、整髪料でうしろに流し固めているが、いく筋か落ちた前髪が色っぽい。

特に、目に強い光を湛《たた》え、自信ありげに微笑んだ時は、その華《はな》やかな雰囲気に圧倒された。

忙しい時の厳しい表情は少し冷たい印象だが、ふいに笑顔に変わった時は、周りの女性の頬《ほお》が一様に染まる。彼女たちの目にハートマークが浮かぶのがハッキリとわかるくらいだ。

「でも、戦うって……具体的にどうやったらいいかわかりません。こんな風に隠す前は、見た目のせいでトラブルに遭《あ》ってばかりだったし」

颯介は彼女を見つめたまま、軽く目を見開く。

「そんなに綺麗《きれい》なんだ。――メガネ、取って見せてくれない？」

ひなたは、颯介のお願いに驚いて、目をパチパチ瞬《しばた》いた。擬態《ぎたい》を見破っているのだろうに、なぜ今さらそんなことを言うのか。

「私の顔に気付いてたんじゃ……？」

「うん。でも、ちゃんと見たことないから。見たいな。ダメ？」

（なにその口説くみたいな言い方！）

ひなたは不覚にもドキッとして姿勢を正し、彼を軽く睨《にら》みながら、首を横に振った。

「嫌です」

「まぁいいや」

颯介はあっさりと引き下がり、わざとらしく肩をすくめる。

「来週は三日間、ニューヨークだ。出張先ではいつもの地味なリクルートスーツは禁止だからね。なにを着てくるか、楽しみにしてるよ」

そう言ってニヤリと笑った颯介は、腕時計を指して「時間だ」と言った。素早く仕事モードの顔に変わり、立ち上がる。

ひなたも急いでコーヒーを飲み干し、一緒に店を出た。

彼のスラリとしたうしろ姿を追いかけながら、彼女は今まで感じたことがない、不思議な高揚感《こうようかん》を味わっていた。

＊

颯介から「地味なリクルートスーツは禁止」と言われ、ひなたは悩み、カレンに電話で相談した。

その週の金曜日。彼に付き合ってもらって買い物に出かけ、着回しがきいてシルエットが綺麗《きれい》な質のよいセットアップを二着と、ブラウスやカットソーを購入する。

カレンの仕事では、普通のＯＬ向けにコーディネートをする機会は逆に少ない。だから、彼にも「楽しい！」と言ってもらえて、ひなたはホッとした。

「殻《から》を脱ぐ気になったの？」

そう聞かれ、ひなたは苦笑する。

「仕事上、仕方なく」

「へぇ」

カレンはふふっと微笑んだ。

「いいんじゃないかな。強制的にリハビリさせられてる感じね」

「ねぇカレン。私の見た目って……武器になるのかな」

すると彼は目を丸くし、「どうしたの!?」と、勢いよく食いついてきた。

「ひなたがそんなこと言い出すなんて！　すごいわ……。武器にならないって思ってた、ひなたの天然ボケもすごいけど」

（天然ボケ？）

顔をしかめると、カレンは感心したように「ふーん」と呟《つぶや》く。

「もしかして、例の先輩に言われた？」

ひなたは小さく頷《うなず》き、ふと颯介の整った顔や、姿勢のいいうしろ姿を思い出す。

「その人は、まさに自分の見た目を最高の武器にしてるって感じ。でも私には、なにをどうしたらいいかわからないの」

カレンはふたたび目を丸くし、口をポカンと開けた。

「ひなたは、自分が人にどう見られてるか、本当にわかってないのね」

それはまさに、ひなたのコンプレックスの原点だ。無自覚な態度が、中学生の頃の事件を引き起こしたのだと思うと怖い。

それでも逃げずに人と向き合っていれば、なんとなくでも自分の存在がどのようなものか、掴《つか》めたのかもしれない。でも、ひなたは今まで——現在に至ってもなお、人と向き合うことから逃げ続けている。

「少しずつでいいから、そのままのひなたを表に出していくしかないんじゃない？　それを周りがどう受け止めるかで、これでいいとか悪いとか判断するしかないと思う。あの時と違って周りだって、もう大人なんだから」

カレンの言葉を、ひなたはゆっくりと噛《か》みしめて、後から幾度《いくど》も思い出した。

＊

週が明けてすぐ、初めての海外出張。ひなたは極度に緊張したまま、当日の朝を迎えた。

空港に着き、待ち合わせに指定された、チェックインカウンターを見つける。フロアの入り口近くに立っている颯介に気付き、ひなたは背後から声をかけた。

「おはようございます、宮村さん」

振り返った颯介は、驚いたのか、軽く目を見張る。

今日、ひなたが着ているのは、柔《やわ》らかいフォルムの白いカットソーに、明るめのグレーのフレアスカートだ。スカートと同生地のジャケットも、シンプルだが短めの丈の、若い女性らしいシルエット。彼に言われた通り、ひなたはリクルートスーツをやめ、きちんとしているが女性らしい印象を与える格好をしている。

颯介はすぐに嬉しそうな顔をして、優しく挨拶《あいさつ》を返した。

「おはよう、ひなた」

対するひなたは、緊張のあまり上手く表情を作れず、強張《こわば》った顔をしている。

それに、目ざとく気付いた颯介が訊《たず》ねた。

「どうしたの？」

ひなたは不安も露《あら》わに、彼を見上げる。

「ひ……飛行機に乗るの、初めてなので」

颯介は驚きに目を丸くした。

「海外に行くのが初めてなだけじゃなく、飛行機も？」

ひなたは素直に頷《うなず》き、周囲をキョロキョロ見回した。そして、ジャケットのポケットから、折りたたんだ小さな紙を取り出す。

「まずはチェックイン……それからセキュリティチェック」

彼女は、飛行機の乗り方を調べて書いてきたメモを見ながら、ブツブツ呟《つぶや》いた。だが、チェックインカウンターと書かれた場所はいくつもあり、どこへ行けばいいのかわからない。

「これ、どうすれば……」

颯介は、しばらく黙って様子を見ていたが、堪《こら》えきれずにククク笑い出した。

「ひなた、なんで俺に聞かないの？」

「えっ」

肩を震わせて笑う颯介に気付き、ひなたは恥ずかしくて、目を逸《そ》らした。

「だって……自分でできることは、やらなきゃと思って」

颯介はフッと笑って近付き、ひなたの頭を優しくポンポンと撫《な》でる。

「意欲は買うけど、今日はいいよ。初海外、初飛行機なんだから、おとなしくついてきな」

「……はい」

ひなたは内心ホッとして、ようやく肩の力を少し抜いた。

薄いグレイッシュピンクのキャリーバッグを不器用に転がしながら、ひなたは颯介の後を必死で追いかける。

彼は時折振り返り、こちらの様子を見ては、可笑《おか》しそうに笑う。でもいつもより、だいぶゆっくりと歩いてくれていた。

出国審査が終わり、出発ゲート前に到着して初めて、ひなたは気が付いた。

(そういえば、エリックは?)

肝心《かんじん》なボスの姿を、今日はまだ見かけていない。

「宮村さん! あの、エリック……」

颯介は、搭乗《とうじょう》カウンター前の椅子《いす》を指し、ひなたに座るよう促《うなが》した。そして、スマホでメッセージを打ちながら「大丈夫だよ」と言う。

「ラウンジにいるから。しばらくしたら、ここに来る」

エリックはファーストクラス、颯介とひなたはビジネスクラスの席を取っている。チケットの手配をする時、ひなたはエコノミーじゃなくていいのか、気になって訊《たず》ねた。

「エコノミーにすると色々な手続きが遅くなって、エリックを一人で待たせることになるから」

颯介はそう言い、「気にすることないよ」とささやいた。

ファーストやビジネスと比べ、エコノミーは手続きに格段に時間がかかるそうだ。

なるほどと思いつつも、ひなたはビジネスとエコノミーの価格差を見て驚く。

（自分じゃ絶対に乗れない）

仕事とはいえビジネスに乗れるのだから、色々ちゃんと覚えておこうと、その時ひなたは思った。

『颯介！　ひなた！』

背後からよく通る声が響き、ひなたは慌てて椅子《いす》から立ち上がる。

振り返ると、背の高い金髪の年配男性――エリックが、颯爽《さっそう》と歩いてくるのが見えた。

近付いてきた彼は、ひなたを見て目を丸くし、フランス語で捲《まく》し立てる。

『ひなた！　君はいつも美人だけど、今日はとてもかわいらしい。服装で、女性は驚くほど変わるね』

エリックはひなたに頬《ほお》を寄せ、軽くチュッと挨拶《あいさつ》のキスを響かせた。

『マンハッタンに着いたらパーティーに出なきゃいけなくなったんだけど、君をエスコートしてもいいかな』

「え、私……？」

思わず日本語で答えたひなたに、エリックはいたずらっぽくウィンクして見せる。

『よかったら、僕にドレスをプレゼントさせてほしいな。着飾ったひなたを見てみたいよ』

どうしたらいいかわからず固まっているひなたの横で、颯介がこちらをジッと見つめていた。

『パーティーなんて出たことないので、どうしたらいいか……』

うつむきそうになった彼女の背中を、エリックが景気づけるように、勢いよく叩いた。

『ダメだよ、ひなた。君はとっても美しい。君が下を向いていたら、この世から美が一つ減ってしまうよ』

慣れない褒《ほ》め言葉とスキンシップの連続に、ひなたは内心悲鳴《ひめい》を上げる。

(助けて……)

すると、その気持ちを汲《く》んだかのように、颯介の冷静な日本語が響いた。

「エリック。そろそろ搭乗口《とうじょうぐち》が開きます。機内で、この書類だけご確認を」

エリックは残念そうに眉根を寄せ、颯介に向き直る。ひなたは、これ以上なにもされなくて済むことにホッとした。

「それ、飛行機の中じゃないとダメなの？」

「でなければ、迎えの車の中で読んでいただくことになりますが」

「それはヤダ。車で字なんか読んだら、気持ち悪くなる」

「では、お願いします」

颯介は淡々とエリックに書類の束《たば》を手渡すと、なぜかひなたの肘《ひじ》を掴《つか》み、彼女を自分のほうへ引き寄せる。

「え？」

「ファーストとビジネスは一緒に搭乗《とうじょう》だ。俺たちも行くよ」

「は、はい」

すぐに離された颯介の手の感触が、いつまでも肘《ひじ》に残った。

ひなたは颯介の行動に、なんとなく違和感を覚える。しかし初搭乗《はつとうじょう》に焦《あせ》って、パスポートと搭乗券《とうじょうけん》を取り出しているうちに、そのことについて深く考えるのはやめてしまった。

――そんな二人の様子を楽しそうに眺《なが》めるエリックの視線に、颯介は気付いていたが、ひなたはまったく気付いていなかった。

成田－ニューヨーク（ジョン・F・ケネディ空港）直行便のビジネスクラスのシートは、高い衝立《ついた》てで各席が仕切られていて、半個室のようになっていた。

ひなたは驚きに目を丸くする。

（なにこれ!?）

「ひなたの席は窓際《まどぎわ》な。荷物は足元。フライトは約十三時間で、こっちを出発した時間とほぼ同じ時刻に、あっちに着く。つまり午前中に出て午前中に着くから、仮眠を取らないと午後が辛《つら》いぞ」

「わぁ」

「シートはフルフラットだから……って、おい、聞いてる？」

ひなたはシートの前で立ち尽くしたまま、口をポカンと開けていた。

「すごい……本当にここに座っていいんですか？」

「他のどこに座るつもり？」

自分の荷物を棚《たな》にしまい終わった颯介は、からかうような口調でそう訊《たず》ね、ひなたを見つめる。

「そ、そうですよね」

目が合い、ひなたは急に恥ずかしくなって、うつむいた。

（興奮しすぎ）

荷物を所定の場所に置き、ひなたはシートに座って周囲をじっくり観察する。

（嘘、これテレビ？　大きい！　このリモコンはなに？）

キョロキョロそわそわしていたら、斜めうしろからまたククと笑い声がした。

振り返ると、そこに颯介が座っていて、二人の席の間は開閉式のパーティションで繋《つな》がっている。箱型の座席は前後に少しずつずらして配置されていた。ちょうど、ひなたの身体の横に、颯介の脚がくる感じだ。

「そこを閉めるのは、離陸後だよ」

　彼はそう言いながら背広を脱ぎ、ネクタイを外して襟元《えりもと》を緩める。

「離陸したらウェルカムドリンクが来る。食事をしたら、しっかり昼寝しておけよ」

「はい……」

　颯介の言葉にうわの空で返事をし、ひなたは、ぼうっとしながら彼の姿を見つめた。

　それに気付いた颯介が、怪訝《けげん》な表情を浮かべる。

「どうした？」

　ひなたはハッとして、首を勢いよく横に振った。

「なんでもないっ、です」

　そう言って、焦《あせ》りながら前を向く。

　颯介は不思議そうな顔で覗《のぞ》き込んできたが、ひなたは気付かないフリをして、反対側の窓を向いた。赤く染まっているであろう頬《ほお》を見られないように。

（急に脱ぎだすから、びっくりした）

　ひなたはネクタイを外した颯介の、首すじから鎖骨《さこつ》にかけての男性的で綺麗《きれい》なラインに思わず見惚《みと》れてしまったのだ。そして、そんな自分に気付き、とてつもなく恥ずかしくなった。

（やだもう……気付かれなかったよね？）

そんなことを考えていたと知られたら、恥ずかしさで死ねるかもしれない。

(ただでさえ役立たずのお荷物なのに)

ひなたは、今の職務は自分には分不相応《ぶんふそうおう》だと感じている。

そもそも颯介が有能過ぎるのだ。自分が彼の助けになれているとは、とても思えない。

毎日エリックが帰った後にスケジュールの確認をし、次の日の会議資料を準備したら、颯介から『帰っていいよ』と言われる。でもひなたは、彼がその後も遅くまで仕事しているのを知っていた。

毎日帰宅はしているのだろうが、おそらく家にも仕事を持ち帰っている。でなければ説明のつかない量をこなしているのだ。

(フランス語だって、別に私がいなくても困らない)

颯介だって、日常会話程度は聞き取りできている。たまに空《あ》いた時間に教本をめくり、フランス語の勉強を続けていることも知っていた。日々上達もしているのだから、エリックとのコミュニケーションも増々円滑《えんかつ》になるだろう。

ひなたは、せめて颯介に指示されたことは精一杯やろうと思っている。でも人の目を怖がっている自分では、期待に十分応《こた》えられる自信がない。

エリックに言われたパーティーの同伴《どうはん》だってそうだ。着飾って人前に出るなんて自分には――

ひなたはハッとして振り返ると、パーティションに両手をかけ、タブレットになにやら打ち込んでいる颯介に呼びかけた。

「宮村さん！」

「ん？　どうした」

「あの、ドレスとかパーティーって、どうしたら……」

颯介は手を止め、目を丸くして、ひなたをジッと見つめる。

「どうしたらって、出る気になったたって意味？」

「いえ、そうじゃないいんですけど」

口をへの字にし、困った顔をするひなたを見て、颯介は苦笑いした。

「あっちに行ったらさ、ひなたの知り合いって俺とエリックだけだよね」

颯介がなにを言いたいのかわからず、ひなたは首を傾げる。

「……はい、そうです、ね」

手元のタブレットをテーブルに放ると、颯介はひなたに向き直り、彼女の目をまっすぐ覗《のぞ》き込んで言った。

「俺もエリックも、ひなたが実は美人だってことはもう知ってるんだから、いいんじゃない？　ニューヨークにいる間だけは、堂々と顔見せなよ」

「えっ」

ひなたは思いもよらない提案に驚いて息を呑む。

(ニューヨークにいる間だけ？)

「過去にどんなことがあったかは知らないし、話さなくていいけど。エリックも俺も、ひなたを傷付けるようなことはしないよ。信用できない？」

颯介は真剣な眼差《まなざ》しで、ひなたを見つめた。

(少しずつ……そのままの私を表に出していく)

カレンにも言われたことだ。

颯介の言う通り、ニューヨークでなら大丈夫かもしれないと、ひなたは思った。様々な人種が溢《あふ》れかえる国で、自分を気に留《と》める人間は、そう多くはないだろう。

それに、出張の間は常にエリックと颯介の二人が、傍《そば》にいてくれる。

ひなたは一つ深呼吸をすると、小さく頷《うなず》いた。

「ニューヨークにいる間だけ、なら」

ひなたのささやかな決断に、颯介は満面の笑みを浮かべる。

「大丈夫。いつも隣にいるから、心配するな」

そこで、ゴォッという大きな音と共に、飛行機のエンジンがかかった。機体が揺れ、滑走路《かっそうろ》に向かって移動を始める。

ひなたは驚きに目を見張り、周りをキョロキョロ見回した。

「う、動いてる……！」

「そりゃそうだ」

颯介は可笑《おか》しげに笑って言った。

「生まれて初めてのフライトか。ひなたの記念日だな」

ひなたもシートベルトを締めながら前を向き、颯介が先ほど口にした言葉を反芻《はんすう》する。

『大丈夫。いつも隣にいるから、心配するな』

それは不思議なほど心に沁《し》みて、その後ずっと、ひなたの胸を熱く震わせ続けた。

＊　＊　＊

ひなたって変わってる――颯介は初めにそう思った。

女って普通は少しでも綺麗《きれい》に、もっとかわいくなりたいと努力する生き物じゃないのか？

少なくとも颯介の周りにいる女たちは皆、化粧や服装、アクセサリー、髪や爪の手入れ、カバンに靴に香水と、美を追求することには余念がない。よくもまあ、それだけ手間をかける時間があるものだとは思うが、そうして美しく着飾った女性は、決して嫌いじゃなかった。

颯介は、女は綺麗《きれい》であるに越したことはないと思っている。

だから、ひなたを見るとなんだかモヤモヤした気持ちになった。

(せっかく綺麗《きれい》に生まれついたのに、なんでわざわざ隠そうとするんだ?)

颯介が専任秘書の仕事に就《つ》いて数年経つが、エリックは二人目の上司だ。

ただでさえ面倒なスケジュール管理に加え、彼は自分の仕事のうち、颯介が肩代わりできるものは遠慮《えんりょ》なく振ってくる。

信頼してくれるのは光栄だし有難《ありがた》いとも思うが、そろそろ荷が重いなと思い始めていた。

スケジュール管理と書類整理、出張手配くらいは任せられる秘書を、もう一人付けてほしい――そう言ったら、エリックはフランス語を話せる者ならば増やしてもいいと、条件を付けてきた。

調べてみたら、社内にフランス語を話せる人材は数人いた。だが、細かい条件が合わない。

颯介より歳も役職も上だったり、海外窓口で重要な職務に就《つ》いていたり。話せると申告されていても、実際にはカタコトだったりした。

これは新たに雇《やと》うしかないかと思ったが、いまいち信頼性に欠ける。

外部で有能な人材を探すのは、大量の砂の中から小さな金粒を見つけだすようなものだ。ふるいにかける手間が膨大《ぼうだい》だし、たとえ見つかっても、有能であればあるほど、こちらに求められる条件は厳しい。そういう人材は、よそからも需要があるからだ。

だからひなたを見つけた時は、まさに金の卵だと思った。

自社の社員なら入社試験で基礎学力は保証されているし、まだ若いから使いやすい。すでにフランス語を話せるなら、あとは多少のビジネス用語を追加で覚えるだけで、かなり実用的なレベルに仕上がるはずだ。

だが、本人に少々問題があった。野暮《やぼ》ったい見た目と極度の人見知り。

見た目は後からなんとでもできると思ったが、円滑《えんかつ》なコミュニケーションが図《はか》れないのは痛い。

一から鍛《きた》え直すつもりでいたが、働きだしてみると実はそうでもなかった。

まだまだこちらの理想にはほど遠いが、徐々に慣れてきたのか会話が成立するようになった。業務に関する伝達などは、むしろ驚くほどスムーズだ。

言われたことはパッと正確に理解するし、敬語もきちんと使える。指示されたことはさっさとやるし、わからないことはちゃんと聞く。

人と対峙《たいじ》してなにかをする場合を除き、ビジネスの基本はちゃんと身についていた。

驚いたのは、電話だとよくしゃべること。

対面だと、仕事以外の話題の時は、下を向いて貝のように口を閉じている。でも、電話で話す時にそれとなく雑談を振ってみると、意外と普通に答えが返ってきて面白い。あとは見た目をどうにかして、面と向かって話すことに慣れてくれれば、パーフェクトだ。

あの野暮ったい見た目を変えさせる、いいきっかけがあればいいのに——颯介はずっとそう思っていたのだ。

機内での食事が済んですぐ、颯介はタブレットで、メールと会議資料を確認していた。

すると、いつの間にか隣が静かになっている。

少しだけ身体を起こし、開いているパーティションの隙間《すきま》から隣を覗《のぞ》き込んだ。見ると、ひなたはフラットにしたシートで、スヤスヤ眠っている。

(閉め忘れたか)

颯介がパーティションを閉めようとしたら、背中を向けていたひなたが寝返りを打った。

(あ……)

彼女はメガネを外しており、前髪は横に流れている。そのせいで、彼女は整った素顔を無防備に晒《さら》していた。

颯介は、ほうっと驚嘆《きょうたん》のため息を吐く。

(本当に綺麗《きれい》だ)

白くつるんとした肌に影を落とす長いまつげ。スッと通った鼻すじに、ふっくらとした柔《やわ》らかそうな唇。

おそらく化粧はしていないだろう。それでも、ひなたは十分に美しかった。

(スリーピングビューティ――〝いばら姫〟か……)

颯介は無意識に微笑むと、静かにそっとパーティションを閉めた。

＊＊＊

約三時間ほど眠ってスッキリしたひなたは、到着予定時刻の一時間前まで映画を観たり、本を読んだりして過ごした。

隣からは、颯介がずっと眠らずに仕事をしている雰囲気が伝わってくる。

ひなたは一度だけ『なにかできることありますか?』と声をかけたが、『いいから休んでな』とお断りされてしまった。

(本当に役立たずだな、私)

また少し落ち込んだが、寝る前に颯介と話したことを思い出し、ハッとした。

(そうだ、化粧品とコンタクト!)

ニューヨークにいる間は、顔を見せると決めたことを思い出す。

いつもほぼスッピンに近いが、念のため化粧ポーチやコンタクトは持ち歩いていた。

(普段のお出かけメイクじゃ濃いよね。ビジネス向けって、どのくらいがいいのかな)

メイクすることや、おしゃれ自体はやっぱり好きだと思う。そのまま外に出ること——つまり、他人に見られることだけが苦手だ。

ひなたはフラットにしていたシートを戻すと、バッグを開けてポーチを探した。

たまに通路を歩くＣＡ《キャビンアテンダント》を見ては、メイクをジッと観察する。

(あれはちょっと濃い……？　でも秘書室の人たちも、あれくらいかも)

悩んでも答えが出なかったひなたは、颯介に聞いてみることにした。

閉めていたパーティションを軽くノックして、声をかける。

コーヒーを飲んでいた颯介は、パーティションを開け、ひなたを見て目を丸くした。

彼女は前髪を上げてポンパドールにし、メガネを外している。

「あの、ちょっとあそこのＣＡさんを見て下さい」

颯介は言われるまま、ひなたが指した先にいるサービス中のＣＡを見た。

「あの人のメイク、どうですか？　あれはちょっと濃い気がするんですけど……秘書の場合、あれくらいでも普通でしょうか？」

颯介は、驚いた顔をして言った。

「ひなたって……」

「え？」

「化粧とか、着飾るのが嫌いなわけじゃないんだな」

彼は意味深に笑い、ふいに顔を近付けると、ひなたの耳元にそっとささやいた。

「そのままでも充分綺麗《きれい》だ。やっと、メガネを外した顔を見れた」

それは、これまで聞いたことのない、とても甘い声音――

ひなたはドキッとして、同時にハッとし、今の自分の状態に気付いて顔を熱くした。

慌てて、彼に背中を向ける。

（見られた！　しかもスッピンを）

「ひなた」

背後から颯介に呼ばれ、ひなたは熱い顔のまま、躊躇《ためら》いがちに振り向く。

「あれぐらいの濃さがギリギリかな。もっと薄くても、ノーメイクでも構わないよ」

「わかりました……ありがとう、ございます」

颯介は微笑みながら、パーティションを閉めてくれた。

（恥ずかしすぎる！）

ひなたは、ハァと大きなため息を吐き、なんとか気を取り直して、ふたたび鏡に向かった。

長いフライトを終え、飛行機を降りる。

ひなたは、どうにか化粧を終え、髪を下ろして整えた。

ロビーで顔を合わせたエリックは目を見開く。両手を広げて荷物を放り出し、「ひなた〜！」と呼びながら駆け寄ってきた。

颯介が慌ててエリックの荷物を確保し、しかめ面《つら》で戻ってくる。

その間に、ひなたはエリックに手を握《にぎ》られ、フランス語でこれでもかというほど愛の言葉をささやかれた。

『なんて愛らしいんだ、ひなた。君は美しいだけじゃなく、とてもかわいらしい。ああ、僕が結子《ゆいこ》と出会う前だったら、僕の愛のすべてを君に差し出すことができたのに』

『結子さんって……奥様ですか？』

ひなたは自分の作り笑いが、さらに引きつるのを感じる。

『そう……結子は僕のアプロディーテだ。ひなたの拾ってくれたカフスも、結婚二十周年の記念に彼女からもらった大事なものだったんだよ』

フランス語での応酬《おうしゅう》に、颯介が呆《あき》れた顔をして、日本語で口を出した。

「そんなに奥様が大切でしたら、いい加減ひなたから手を離して下さい」

するとエリックがニンマリ笑い、颯介に向き直って言う。

「ヤキモチかな、颯介？」

「は？」

「こんなに愛らしいひなたを独占したい気持ちはわかるけど、ひなたのボスは僕だからね」

颯介は眉根を寄せてため息を吐き、エリックに彼のスーツケースを手渡して言った。

「わかりましたから。車が待ってますので行きますよ」

エリックの怒涛《どとう》の愛のささやきから解放され、ひなたはホッと胸を撫《な》で下ろした。

「大丈夫？」

颯介が心配そうに窺《うかが》い、ひなたは慌てて彼を見る。

「はい、大丈夫です」

「行くよ。はぐれないようについてきて」

見た目が変わっても、颯介の態度は、いつもとまったく変わらなかった。

ひなたはそのことに安堵《あんど》し、下ろした髪をなびかせながら、彼の背中を追いかけていった。

＊　＊　＊

迎えの車に乗り、空港からマンハッタンの市街へと移動する。

颯介とエリックが後部座席に、ひなたが助手席に座っている。

その車中でエリックは、ひなたが聞き取りできない中国語で颯介に話しかけた。

『どう説得したの』

『……彼女ですか?』

『なにかトラウマがあったんでしょ。どんなに美しいと褒《ほ》めてもまったく喜ばないし、むしろ自分の顔が嫌いみたいだったのに』

颯介は、エリックの慧眼《けいがん》にいつもながら感心する。

『着飾ることそのものは嫌いじゃないようです。ニューヨークにいる間だけと条件を付けたら、なんとか承諾《しょうだく》してくれました』

『それはつまり……僕たちは信用されている、ということ?』

『おそらくは』

するとエリックは大いに不満げな顔をした。

『男が若い女性に信用されたら、おしまいだ!』

その台詞《せりふ》に、颯介はまた深いため息を吐く。

『なぁ颯介、ひなたをどう思う』

『どう、とは?』

エリックは意味ありげに笑い、助手席でこちらを振り返った彼女に、微笑みかけた。

『一人の女性としてだよ。彼女はとても魅力的だと思わないか。見た目もそうだが雰囲気がいいね。真っ白くて純真な……』

颯介も、ひなたをジッと見つめながら答える。

『危なっかしいと思います。いつもなにかに怯《おび》えている。俺にはようやく慣れてくれたようですが』

『心配？』

『まぁ……そうですね』

『いい傾向だ』

颯介が怪訝《けげん》な表情を浮かべると、ひなたがおそるおそる話しかけてきた。

「あの……もしかして、私の話ですか？」

咄嗟《とっさ》に颯介は「違う」と言いそうになり、だがそれより早く、エリックが笑顔で答えた。

「そうだよ、ひなた。君がいかに愛らしいかについて、颯介とこっそり話し合っていたんだ」

「エリック……」

颯介が困惑して眉間《みけん》にシワを寄せると、それを見たひなたは、なにを思ったのか、肩を落として前を向いた。

「お邪魔《じゃま》してすみませんでした」

颯介は焦《あせ》って、またしても「違う！」と声を上げそうになったけれど、それをグッと堪《こら》えた。

＊＊＊

支社はニューヨーク市マンハッタン区の外れにある。車はビジネス街の一角に建つ高層ビルの車寄せに入っていった。

入り口にはアジア人数名とおそらく米国人だと思われるスーツ姿の男性たちが迎えに出ている。

ちょうどその前で車は停まり、助手席のひなたと後部座席の颯介は、ほぼ同時に車を降りた。そして最後にエリックが降りる。

迎えの男性たちは一斉《いっせい》に近付いてきて、エリックに深々と頭を下げた。三人は案内されるまま、ビルの中へと入っていった。

ひなたは颯介の後について歩く。途中、何人かの社員らしき人たちとすれ違ったけれど、おいていかれないように歩くのに必死で周りを見る余裕はなかった。

　しばらくすると、彼が振り返って言う。

「ひなたの顔、威力《いりょく》あるなぁ」

「は？」

「すれ違う男がみんな振り返ってく。美貌《びぼう》は万国共通だっていうけど、本当なんだな」

　ひなたは緊張で颯介の背中しか見てなかったから、驚いて目を丸くし、周囲を窺《うかが》った。

「あの……ＣＭＯの同伴《どうはん》だからでは？」

　首を傾げるひなたに、颯介は苦笑いする。

「ここには何度も来てるけど、こんなに見られたことないよ」

　そう言われてしまうと、ひなたは急に周りの視線が気になり始めた。知らず知らず肩をすくめ、下を向いてしまう。

　颯介は歩調を緩め、ひなたの横に並んだ。そして、彼女の背中をポンと叩いて、耳打ちする。

「ひなた、うつむくな。若い美女が弱ったところを見せるのは、男に襲ってくれって言ってるのと同じだ。加虐心《かぎゃくしん》をそそるだけ。顔上げて胸張って、もし目が合ったら微笑んでやれ。そうすれば、大抵の男は、お前の言いなりだ」

（顔を上げて、胸を張る……）

　ひなたは、颯介が以前言っていた〝戦い方〟を教えてくれているのだと、理解した。

大きく息を吸い、言われたように視線を上げ、まっすぐ前を見る。

前方から歩いてきた若い男性が、ひなたを見て驚き、頬《ほお》を赤くした。彼がぼうっとしているのを横目に見てから、ひなたは颯介と目を合わせる。

微笑みかけると、颯介は軽く目を見張った。そして、フッと苦笑いして目を逸《そ》らし、前を向く。

「お前……俺を下僕《げぼく》にするつもりか？」

ひなたは驚き、可笑《おか》しくなって笑ったら、颯介におでこを軽く叩かれてしまった。

こんな風にして、ひなたの初海外出張は幕を開けたのだった。

＊

マンハッタンでの滞在予定は三日間。

初日と二日目は、会議に次《つ》ぐ会議だ。三日目の午後は、エリックの旧友のパーティーに顔を出す。それが終われば空港に向かい、夜の飛行機に乗って帰国である。

滞在二日目、三人で行《おこな》ったランチミーティングの後。エリックが、ひなたと颯介に言った。

「明日の午前中は、市内観光とドレスの調達に行っておいでよ」

ひなたは隣に座る颯介の横顔をそっと窺《うかが》い見る。彼はコーヒーを手に「わかりました」とすんなり頷《うなず》いた。

会議資料の確認や事前の打ち合わせはほとんど終わっていて、三日目はエリック一人でも、さほど支障《ししょう》がないと説明される。

（でもそれって、二人で出かけるってことだよね）

半日、宮村さんと二人きり――

いつもの残業や、ここへ来る時の飛行機の中だって、ほぼ二人きりに近い状況だった。でも仕事と昼間の市内観光では、意味がだいぶ違う気がする。

（まるでデートみたい）

ひなたが戸惑いを隠せないままエリックを見たら、彼はニコニコしながら颯介に向かって、「ひなたを最高にかわいく仕上げてね」などと言っていた。

話はそのままに午後の会議に突入し、ひなたは、なんとなくソワソワした気分で、過ごすことになった。

その夜。食事を終えて宿泊先のホテルに戻ると、ひなたは颯介からホテル上階にあるバーに誘われた。そこはルーフトップバーといって、煌《きら》びやかな夜景が見渡せる屋外スペースになっている。

案内されたのは、ローテーブルを挟んで、一人掛けのゆったりしたソファが二つ置かれた席。

「ひなたは、酒呑めるの？」

席についてすぐ颯介に聞かれ、ひなたは首を傾げた。

「呑んだことがないので……」

颯介は顔をしかめ、「一度も？」と確認する。

ひなたが頷《うなず》くと、彼は呆《あき》れたようにため息を吐いた。

「歓送迎会とか飲み会は？」

「全部欠席です」

「そうか……まだまだ課題が多いな」

（課題？）

怪訝《けげん》な顔をしたら、颯介はアルコールのメニューを差し出しながら言った。

「普通に人と接して、いつでもどこにいても、ひなたがひなたのままでいられるようになることが、目標」

（私が、私のままで……）

ふいに斜め前にいる颯介がテーブルに身を乗りだし、肩を少しだけひなたのほうに寄せてきた。そうして、彼女が手にしているメニューを、横から一緒に覗《のぞ》き込む。

その距離の近さに、ドキッとした。

こっそり顔を上げたら、目の前に颯介の頭がある。整髪料かコロンの微《かす》かな香りが、鼻先をふわりとくすぐった。

（なんでだろう……怖くない）

これまでのひなたなら、こんな至近距離に男性がいたら即座に背中を向け、露骨《ろこつ》に距離を取っていたに違いない。それができない状況の時は、必死で恐怖と嫌悪感《けんおかん》に耐えていたはずだ。

なのに、なぜ――？

「ひなたは、ジュースなら甘いのとさっぱりしたの、どっちが好き？」

そう聞きながら顔を上げた颯介と、至近距離で目が合う。

ひなたは、彼の整った顔立ちと優しい眼差《まなざ》しに惹《ひ》きつけられ、そのまま彼の目をジッと見つめた。

「ひなた……？」

ささやくように小さな声で名前を呼ばれ、ハッとする。ひなたは少し焦《あせ》って、目を逸《そ》らした。

「あの……甘いの」

「え？」

キョトンとする彼に、ひなたは困って、目をパチパチ瞬《しばたた》く。すると、今度は颯介がハッとした様子で「ああ」と呟《つぶや》いた。

「ジュースか。甘いの、ね」

それきりメニューを見ながら黙り込んでしまった彼を見て、ひなたは、また無意識にまずいことをしてしまったかもしれないと、不安に思った。

ふと、以前カレンに言われた言葉を思い出す。

『ひなたは恐怖心がなくなると、途端《とたん》に無防備になるから危なっかしいわね』

最初の頃は、カレンですら恐怖を感じたのだ。

彼が自分に近付いてきたのは純粋に興味があるだけで、おかしな意図《いと》はないと早いうちに気付いていた。それでも、しばらくの間は怖かった。

カレンもそれをわかっていて、慣れるまで時間をかけ、本当に根気よく付き合ってくれたから今の関係がある。

ひなたは今でもエリックに触れられた時、手をパッと振り払いたくなってしまうのだ。いつも懸命《けんめい》に堪《こら》えているのだが、エリックは多分それに気付いていて、限界がくる前にはちゃんと手を離してくれる。

でも颯介には、なぜかまったく恐怖を感じなかった。

（私、宮村さんの前で無防備になってる……？）

颯介をじっと見ていたら、彼はそれに気付いて顔を上げ、こちらの視線を、くすぐったそうに手で遮《さえぎ》った。

「そんなに、見つめないでくれる？」

「あっ、ごめんなさい、私……」

慌てて下を向き、縮こまるひなたに、颯介は苦笑いしながら言った。

「違うよ、ひなた。嫌な訳じゃなくて……その、変に誤解しそうになるから」

（誤解？）

おそるおそる顔を上げると、颯介はちょうど通りかかったウェイターを呼び、メニューを見ながらカクテルを二つオーダーした。

そうしてメニューを閉じ、彼はゆっくり振り返って、優しく微笑む。

「ひなたは、自分の目の力を知らないんだろうな……。その目に見つめられると、男は誰でも魅《み》せられて惹《ひ》きつけられると思うよ。そして同時に誤解したくなる。その目に映っているのは、もしかしたら自分だけなんじゃないかって」

（私の目……？）

なんと答えていいかわからず黙り込んでうつむくと、先ほどのウェイターが、透明なブルーと、グリーンがかった色のカクテルを運んできた。

颯介はそれを二つともひなたのほうに寄せ、いたずらっぽく微笑む。

「どっちがいい？　どっちも甘くて呑みやすいよ。でも度数は高めだから、一気には呑まないで」

ひなたは、ふたたび顔を上げた。そして、黙って彼を見つめたまま、微笑みを返す。

颯介は少し困った顔をして目を逸《そ》らし、軽くため息を吐いた。

「さっきの俺の話……聞いてた？」

（目の話のこと？）

ひなたは静かに頷《うなず》き、「でも、」と切り出した。

「誤解じゃないので。私が怖くないのは……宮村さんだけです」

沈黙が流れ、ひなたは自分がまた答えを間違ったような気がして、不安に襲われた。

ふいに、颯介がひなたの手を取ってテーブルの上に乗せ、強く握《にぎ》りしめてくる。

「え？」

ドクン、とひなたの心臓が大きく跳ねた。

でもそれは、決して嫌な感じではなく、むしろ――

「俺も普通の男だから、心底安心はしないでほしいな」

颯介はそう言って、ひなたの手を離すと、グリーンのカクテルを手に取り、それを半分ほど一気に呷《あお》った。

「でも上司だから、ひなたの信頼を失《な》くすようなことはしないよ。かといって、あんまり無邪気に煽《あお》られても困るけど」

（煽《あお》る……？）

意味がわからず首を傾げると、彼はまた苦笑いした。

「ひなたは怖くないだけで、俺が好きってわけじゃないだろ。さっき男は誰でも誤解したくなるって言ったのは、手を出してもいいんだと、誘われたと相手に思われるよってこと」

ひなたは、驚いて目を丸くする。

「私、見つめただけで、男性にそう思われるんですか？」

今度は颯介が驚いた顔をし、慌てて補足した。

「いや、見つめ方にもよると思うけど」

（見つめ方？）

「どんな風に見つめたら、そう思われますか？」

ひなたの真剣な問いかけに、颯介は困った顔をする。

「そうだなぁ……さっきみたいに、まっすぐ見つめられると、ドキッとするかな。ついでに微笑まれるとヤバイね」

（ジッと見つめて微笑んだら……）

ひなたは、とても重大なことを教わったような気がした。

（もしかして、あの中学生の事件の時も、そうだったの？）

あの時、先輩とどんなやり取りを交わしたのかは、もう覚えていない。

でも自分が先輩に対してそういうことをした可能性は否定できない――

ひなたは、胸の中で急速に膨《ふく》らんだ自己嫌悪《けんお》の気持ちを誤魔化すように、勢いで目の前のグラスを手に取った。そして、半分ほど残っていたグリーンのカクテルを一気に呑み干してしまう。

「あ、こらっ」

颯介は、自分の呑みかけのカクテルを、しかも注意したのに一気に呑んでしまった彼女を睨《にら》んだ。

だが直後、ひなたが涙をポロポロこぼして泣きだしたのに気付き、うろたえる。

「ひなた？　え、どうした？」

慌てる颯介をよそに、ひなたは下を向いて静かに泣き続けた。

＊　＊　＊

颯介は、彼女が泣き止むまで、その小さな背中を、そっと撫《な》で続けていた。

しばらくするとひなたの涙も止まり、落ち着いた様子で申し訳なさそうに、こちらを見上げる。

「すみませんでした。泣いたりして……」

涙で潤《うる》む大きな瞳を向けられ、颯介の胸は密《ひそ》かに騒《さわ》がしくなった。

それを意識しないようにして頭の隅に追いやると、颯介はわずかに視線を逸《そ》らしながら、ミネラルウォーターの入ったグラスをひなたに差し出した。

「もしかして、ひなたは泣き上戸《じょうご》かな？」

冗談交じりに言うと、彼女の顔にも微《かす》かに笑みが戻る。

「いえ……これは、ちょっと昔のことを思い出して。酔ったわけじゃないと思います」

「頭もハッキリしてる？」

そう訊《たず》ねたら、ひなたは素直に頷《うなず》いた。

「はい。泣いたら、スッキリしちゃったかも」

そう言って笑うひなたがとてもかわいくて、颯介は胸を突かれた。

（まずい）

滅多《めった》に笑わない彼女の笑顔には、特別な威力《いりょく》がある。

これは部下だぞ——颯介は繰り返し、そう自分に言い聞かせた。

「あの……」

ひなたが、颯介の顔を覗《のぞ》き込みながら首を傾げる。

「ん？」

目を合わせないよう中途半端に顔を向けると、ひなたはブルーのカクテルを、なにやらジッと見つめていた。

「こっちも呑んでみたいんですけど、ダメですか？」

「え、大丈夫？」

さっき泣かれたのが気になり、颯介は躊躇《ためら》ったが、ひなたは目をパチパチ瞬《しばた》いてから、ニコリと笑った。

「多分。でも、酔うとどうなるか、私もわかりませんけど」

——この時点で、いつものひなたとは、ちょっと違うと気が付くべきだった。ハッキリとペラペラ喋《しゃべ》るし、妙によく笑う。

だが颯介は、それをひなたの言葉通り、単に泣くだけ泣いてスッキリしたからだと思ってしまった。

「いいよ。もう少し呑んでみて、いけそうなら他にも頼んでみようか」

颯介の言葉に、ひなたはパァっと瞳を輝かせると、嬉しそうに頷《うなず》いた。

それぞれが三杯ほど呑み、颯介が腕時計で時間を確認する。

遅くなってきたから部屋に戻ろうかと言ったら、ひなたは残念そうに頬《ほお》を膨《ふく》らませた。

「まだ呑みたい」

（こんなにイケる口だったとは）

颯介は苦笑いし、ひなたが膨《ふく》らませた頬《ほお》を指先で軽くつついた。

「そもそも明日の相談をしようと思ってここに連れてきたんだ。忘れてた。どこか行ってみたいところある？」

そう訊《たず》ねると、ひなたは目を丸くし、またニコッと笑った。

「なんかデートみたいですよね。私、デートなんて一度もしたことないです」

「デ……」

そんなつもりのまったくなかった颯介は、驚きに目を見開いた。

（なんてことを言いだすんだ、こいつは）

ひなたは身体をフワフワ揺らし、楽しそうに微笑んだ。

「明日は、颯介さんって呼ぼうかな。ますますデートっぽくないですか」

「頼むから、それはやめてくれ」

「なんでですか？　最初に颯介って呼べって、宮村さんが言ったんですよ」

（それはそうだけど、今さらだろ……）

眉間《みけん》を指で軽く揉《も》み、黙り込んだ颯介に、ひなたは座っている椅子《いす》ごとスッと近付いてくる。

「颯介さん、明日の希望なんですけど」

(だから名前で呼ぶなって)

顔には出ていないが、ひなたは完全に酔っ払っていた。

颯介は顔をしかめながら「なに？」と訊《たず》ねる。

「キス、したい」

「……は？」

適当に聞き流そうとしていた颯介も、これには驚いた。

「なにを言って……」

「さっき思い出したんです。昔の嫌な記憶。先輩に襲われた時のこと」

不機嫌な顔をして話すひなたの言葉に、颯介は頭を殴られたような衝撃を覚えた。

(襲われた——？)

「よく覚えてないけど、もしかしたら宮村さんが言ったみたいに、私が無意識に誘っちゃったのかもしれないって思ったらショックで……。でも同意もなしにいきなりそういうことするって、おかしいですよね？　私、その時まだ中一だったんですよ」

「ひなた……」

颯介が顔をしかめると、ひなたはハッとし、自分の顔の前で軽く手を振った。

「あのっ、されたのはキスだけですよ！　あの時先生に見つからなかったら……どうなってたかわからないけど」

ひなたの言葉は段々と小さくなっていき、彼女はそのままうつむいてしまう。

「だから記憶の上書きしたいなぁって。いつまで経っても私のキスがあれだけとか嫌だし。でもずっと男の人が怖くて近付けなかった……。宮村さんだけは、なぜか大丈夫なんですけど」

そのまま黙り込むひなたに、颯介は手を伸ばす。

彼女の顎《あご》に手を添え、颯介はうつむいてしまったひなたの顔を上に向かせた。

「いいよ」

「え？」

「ひなたが俺でいいなら、キスなんかいくらでもしてやる」

「あ……」

ひなたがなにかを言う前に、颯介は素早く顔を近付け、彼女の唇をそっと塞《ふさ》いだ。柔《やわ》らかくしっとりしたその感触を惜《お》しみつつ、すぐに唇を離す。

すると、ひなたは颯介をまっすぐ見つめて、まるで花開くように柔《やわ》らかく微笑んだ。

「ありがとう、颯介さん」

この瞬間、颯介は自分の心が完全にひなたに囚《とら》われ、絡まり堕《お》ちていくのを自覚した。

（ああ……捕まった）

なんとかして逃げ出そうと思っていたのに――

それから颯介は店を出るよう促《うなが》し、彼女を部屋の前まで送った。彼女はドアの前で素直に「おやすみなさい」と言って微笑む。

それを半分残念に思い、半分安堵《あんど》した颯介は、自分の部屋に帰っても、なかなか寝付けない夜を過ごした。

翌日の朝、朝食の席にスッキリとした顔をして現れたひなたは、昨夜のことをほとんど覚えていないと言う。

「――記憶がない？」

「はい。ちょっとショックで涙が出てきたところまでは、なんとか覚えてるんですが」

（一気呑みする前までか）

颯介は肩を落とし、中途半端なため息を吐いた。

「ああ、そう……」

「私、きっとご迷惑かけましたよね？」

眉根を寄せ、心配そうな顔をするひなたに、颯介は苦笑いする。

「別に大丈夫。夕べはかなり強い酒を呑んだからね」

その割に頭がスッキリしていると無邪気に言うひなたを見て、颯介は誰にも聞こえないほど小さな声で「まいった」と呟《つぶや》いた。

（俺だけ一方的に堕《お》ちたってこと？）

豪華な朝食を嬉しそうに口に運ぶひなたを、颯介は向かいの席で見つめる。そして寝不足でボンヤリする頭を抱え、今度は大きなため息を吐いた。

＊＊＊

朝、顔を合わせた颯介は、なぜかだいぶ疲れた顔をしていた。寝不足のようだが、彼は「なんともない」と言い張り、早く支度《したく》をして出かけようと促《うなが》してきた。

いったん部屋に戻ったひなたは、部屋着のつもりで持ってきていた私服に着替える。タイトなセーターに短いスカート。その下はタイツと、仕事用に履《は》いてきたヒールを組み合わせた。

（やっぱりデートみたいで、なんだか緊張する）

待ち合わせのロビーに下りると、こちらに気付いた颯介が、目を丸くして言った。

「かわいい、ひなた」

「えっ」

思いもよらぬ言葉をかけられ、ひなたは、胸がドキドキして止まらなくなる。

「スタイルもいいな。隠しとくの、本当もったいない」

「……あんまり、見ないで下さい」

ひなたは恥ずかしくて、颯介の視線を逃《のが》れ、彼の背後に身を隠した。

ニューヨークを初めて訪れた自分のために、颯介は定番の観光名所を、回れるだけ回ってくれると言う。

マンハッタン島南にあるバッテリーパークへ行き、自由の女神があるリバティー島への往復フェリーに乗った。

ひなたが、女神像を見上げて「おおお」と声を上げると、颯介は可笑《おか》しそうに笑う。

船の上で心地よい風に吹かれていたら、彼が急にこんなことを言った。

「手、繋《つな》ぐ?」

「は?」

ひなたは驚き、変なところから声が出た。

「え、あの……なんでですか?」

颯介は意味ありげに笑って、勝手にひなたの手を取り、そのまま握《にぎ》ってくる。

「デートって普通、手繋《つな》ぐんじゃない?」

「デ、デート!?」

ひなたは忙《せわ》しなく目を瞬《しばた》かせ、握《にぎ》られた手と颯介の顔を交互に見て、顔を熱くした。

「これってやっぱり、デートだったんですか」

「やっぱりって？」

颯介は含み笑いを漏《も》らしながら聞き返す。

ひなたは繋《つな》がれた手をどうしたらいいかわからず、身体を固くしながら答えた。

「昨日から、なんかデートみたいだなって思ってて」

「そうだね。どうもエリックは、俺とひなたがくっつけばいいと思ってるみたいだよ」

ひなたは唖然《あぜん》として、颯介を見上げる。

「え？　だって宮村さん、昨日は……」

「ん？」

「上司だからって」

『ひなたの信頼を失《な》くすようなことはしないよ』と、言っていたのに。

颯介は、しばし考え込み、自分の言葉を思い出したのか、目を見開いた。

「ああ。そういえば、そんなこと言ったかな」

「はい？」

らしくない答えに、ひなたは唖然《あぜん》としてしまう。

そんな彼女の手を強く握《にぎ》り直し、颯介はニヤリと笑った。

「記憶を失《な》くすひなたが悪い。俺の気が変わった理由を思い出すまで、手は離さないよ」

「ええっ⁉」

ひなたはまた驚き、一体自分はなにをしてしまったのかと青ざめる。

懸命《けんめい》に思い出そうとするが、記憶はなかなか戻らず、ひなたは彼に手を引かれて歩きながら、ずっと悩み続けることになった。


マンハッタン島に戻り、二人はエンパイアステートビルの展望台に上った。屋外から、東京とはだいぶ違う街並みを見下ろす。

ビルを出てすぐのところにあるタイムズスクエアを歩く時には、人の波がすごく、ひなたははぐれないようにと颯介に肩を抱かれながら歩いた。

肩を抱かれていると、薄手のニット越しに颯介の大きな手の感触が伝わってくる。それに、ひなたはずっとドキドキしていた。

（なんだろう、これ）

触れられても嫌悪感《けんおかん》はまったくなく、むしろ心地いい高揚《こうよう》を感じる。

そして、人にぶつかりそうになって咄嗟《とっさ》に抱き寄せられた時——なぜか一瞬、彼の胸に顔を埋《うず》めてみたいと思ったりして、ひなたは自分の感情に戸惑った。

ふわふわした気分のままマンハッタンの街中《まちなか》を歩いていたら、ひなたはふと、アクセサリーの並ぶ雑貨屋のウィンドウに惹《ひ》かれて立ち止まった。

「かわいい」

幾粒もの石をはめ込んだゴールドのバングルや指輪は、石留めや土台の部分がまるで手作りのように歪《ゆが》んでいて全体はアンバランスだ。でも、とても味があり魅力的だった。

（ゴールドとパールの組み合わせ、素敵）

店頭に並ぶ品々を端から舐《な》めるように見ていたら、颯介が横から覗《のぞ》き込んできた。

「へぇ、なんか東洋的なデザインだね」

「東洋的？」

ひなたが首を傾げると、颯介はバングルの一つを指差して言う。

「一見、適当に作ったように見えるけど細工《さいく》がとても繊細《せんさい》だ。アンバランスなようで与える印象はちゃんと計算されてる。そういうのって東洋的だと思わない？」

彼はひなたの手を引き、そのまま店の中に入っていった。颯介は近くにいた店員に「ウィンドウに飾ってあるバングルを見せてほしい」と頼む。

店内に同じ品があるからと案内され、二人はショーケースを覗《のぞ》き込んだ。すると店員が英語でこう説明してくれる。

『これは日本人作家が作った商品なんですよ。ハンドメイドだから出回る量は少ないの』

（日本人作家――！）

店員の説明に、ひなたは驚いて颯介を見上げた。目が合い、彼はなにやら楽しげに微笑む。

「ひなたが見てたのって、これ？」

颯介はゴールドにパールの飾りが付いた華奢《きゃしゃ》で繊細《せんさい》なバングルを指差した。

「はい」

ひなたはさっきから、なぜ颯介には自分が考えていることがなにもかもお見通しなのか、不思議でならない。東洋的だと言ったのもそうだし、ひなたが気に入った商品をすぐに当ててみせたのも。

『これと、こっちのゴールドの細い二連のやつを下さい』

（えっ⁉）

颯介がそう滑《なめ》らかな英語で頼むのを聞き、ひなたは驚いた。そして彼の腕を掴《つか》み、首を横に振る。

「ダメです、宮村さん」

でも彼は、優しく目を細めて微笑んだ。

「いいから。昨夜のお礼だ」

（お礼ってなに……？）

ひなたは意味がわからず、眉根を寄せる。昨夜の記憶が取り戻せないことを、酷《ひど》くもどかしいと感じた。

雑貨屋を出た後は、途中でサンドイッチとコーヒーを買い、セントラルパークまで移動した。パーティーでは食事をとる暇がないだろうということで、軽めに食べておくことにしたのだ。ちょうど木陰になるベンチを見つけ、二人は並んで腰掛ける。

颯介は黙ってひなたの左腕を掴《つか》むと、手首に先ほど買ったバングルをすべて一緒にはめた。

「細いから重ねたほうが綺麗《きれい》だろうと思ったんだ。どう？」

「宮村さん」

「ん？」

ひなたは困った顔をして颯介を見上げ、なんと言っていいのか迷い、また下を向く。

「迷惑だった……？」

そう聞かれ、ひなたは弾かれたように顔を上げた。

「そんなわけないです！」

「じゃあ、なんでそんな顔してるの？」

颯介は苦笑いし、横からひなたの顔を覗《のぞ》き込んだ。

「夕べ……私、なにをしましたか？」

なぜ颯介がこんな風に自分を甘やかし、色々と世話を焼いてくれるのかわからない。

しかめ面《つら》をしていたら、颯介は「仕方ないな」と呟《つぶや》き、買ってきたサンドイッチを紙袋から取り出す。ひなたは、こちらに差し出された分を受け取り、おそるおそる颯介の顔を見上げた。

「夕べ、酔っぱらったひなたから、中一の時の話を聞いたよ」

ひなたは、目を丸くした。

（あの話を？）

いくら酔っていたからといって颯介に話してしまうとは。

「それから、ひなたは男が苦手だけど、俺のことは怖くないって」

その通りだ。確かに、なぜか颯介のことは怖くない。

むしろ最近は、一緒にいるとドキドキフワフワして、くすぐったいような不思議な心地よさを感じている。

「あと、キスがしたいって言われた」

（え？）

ひなたは一瞬、なにを言われたのかわからず、目をパチパチと瞬《しばたた》かせる。

それを見て、颯介は可笑《おか》しそうに笑うと、コーヒーの蓋《ふた》を開けてカップをひなたに差し出した。

ひなたはそれを受け取ることも忘れ、颯介の顔を凝視《ぎょうし》する。

「……キス？」

ようやくそれだけ呟《つぶや》くと、颯介は軽く頷《うなず》いてひなたの手を取り、その手にコーヒーを握《にぎ》らせた。

「記憶の上書きがしたいって。唯一のキスが、あれじゃ嫌だからって」

（あれって、先輩とのキス？）

ひなたは自分がとんでもない願いを口にしたことに驚き、急激な恥ずかしさに襲われ、顔を熱くして下を向く。

（私ってば、なんてことを――！）

「ごめんなさい！　いくら酔ってたからって、そんな……」

ひなたの声は徐々に萎《しぼ》んでいき、ついには聞こえないほどに小さくなった。

颯介は心配そうな顔で、ひなたの手に握《にぎ》らせたコーヒーを取り返すと、また蓋《ふた》をしてベンチの脇《わき》に置いた。

「せっかく上書きしたのに、朝になったらリセットされてて、ショックだったよ。弄《もてあそ》ばれた気分だった」

（……今、なんて？）

ひなたはまたもや目を見開き、呆然《ぼうぜん》と颯介を見つめ返した。彼の口から信じられない言葉が次々飛び出してきて、頭の中は大混乱だ。

「昨日、ひなたにキスしたよ。頼まれたからじゃなくて、話を聞いてたら、俺がそうしたくなったんだ」

ひなたは呆然《ぼうぜん》としたまま颯介を見つめる。目が合うと、彼は優しく微笑んだ。

颯介は、ひなたの腕にはめたバングルを指差して言う。

「ひなたが〝俺ならいい〟って思ってくれて、嬉しかった。だから、これはそう思ってくれたお礼」

ひなたは、手首に光る華奢《きゃしゃ》なアクセサリーを見つめ、戸惑った。

(お願いしたのは私なのに……?)

「ひなた」

颯介に真剣な声で呼ばれ、ひなたの心臓がドクンと跳ねる。ひどく甘い予感が、背中を駆け上《のぼ》った。

「ひなたが俺とのキスの記憶をなくしたままなのって、嫌なんだけど。もう一度、上書きさせてくれない?」

今度は顔を上げることができず、ひなたはうつむいたまま、胸をギュッと押さえた。おかしな緊張で、手が震《ふる》える。

「ひなた……？」

答えを促《うなが》すような颯介の声に、ひなたは首を横に振った。

「む、無理ですっ、私……」

すると彼は、大きなため息を吐いて呟《つぶや》く。

「やっぱり弄《もてあそ》ばれたのか、俺」

ひなたは驚いて、思わず顔を上げた。

「宮村さんを弄《もてあそ》ぶとか、そんなわけ……っ」

目が合い、ひなたはビクッと身をすくめる。それを見た颯介は、困った顔をして言った。

「ひなたは俺が怖い？　俺だって好きな子とは手を繋《つな》いだり、キスしたいって普通に思うんだけど」

（好きな子？）

ひなたはポカンと口を開けたまま、颯介を見つめ返した。

（宮村さんが、私のことを、好き――？）

颯介はふたたび、ひなたの手を取りコーヒーを握《にぎ》らせると、前を向いてサンドイッチの包みを開いた。

「昨日のひなたは幻だったかな。確かに酔ってて、妙に明るくて……甘えた感じが、すごくかわいかった」

颯介の寂しそうにも聞こえる声音に、ひなたは戸惑い、なぜか焦《あせ》りを感じた。

「あのっ、怖くない、です。ないんですけど……」

「けど？」

「それがどうしてなのかは、わからないです」

ひなたは困って、小さくなった。

沈黙が流れ、おそるおそる颯介を窺《うかが》い見ると、彼はいつの間にかサンドイッチを食べ、コーヒーを飲み始めていた。

「ひなたも食べな。パーティーでは、そんなに食べられないよ」

そう言われ、ひなたは戸惑いながら頷《うなず》き、ようやくコーヒーに口を付ける。

ひなたが食べ終わるのを、颯介は公園を行き交う人々を眺《なが》めながら、ずっと黙ったまま待っていた。

食べ終わって立ち上がった時、颯介はまた手を差し出し、ひなたのそれを握《にぎ》って呟《つぶや》く。

「ひなたが本当のひなたに戻れたら……その時は遠慮《えんりょ》するのをやめるよ。それまでは、信頼できる上司でいるように努力する」

咄嗟《とっさ》に「信頼してます！」と返したら、颯介は苦笑いして言った。

「俺は早くその信頼を崩したいんだよ。ひなたがもっと強くなるのを、待ってるから」

そうして手を離し、ただ横に並んで歩きだした颯介の言葉の意味を、ひなたは歩きながら真剣に考え続けた。

パーティー会場のホテルにあるドレスショップの更衣室で、ひなたは自分で選んだドレスに着替える。その間もずっと、颯介のことが頭から離れなかった。

誰かに好きだと言われるのは、初めてではない。

でも、恋がなんだかよくわからなかったし、誰かと手を繋《つな》いだり触れ合ったりすることにも嫌悪感《けんおかん》しか感じなかったので、付き合ったりできるわけもなかった。

だが、颯介から受けた告白は、ひなたの心にこれまでとはまったく違う変化をもたらしている。

なんだかくすぐったくてドキドキして、いつまで経っても心が落ち着かない。

(私……嫌だと思ってない)

昨夜、颯介とキスをしたというのは、本当なのだろうか——？

肝心《かんじん》な記憶がないのは、とても不安で歯がゆかった。それに、覚えていないことを残念だと思う自分もいる。

「ひなた……大丈夫？」

ふいに外で待っている颯介に声をかけられ、ひなたはその場で飛び上がった。

「はっ、はい」

更衣室から出ると、すぐ傍《そば》に立っていた颯介が、息を呑むのがわかった。

ひなたが選んだドレスは、とてもシンプルなものだ。

色はベージュで、V字に開いた胸元に絞《しぼ》られたウェスト。スカートは膝《ひざ》上までの丈で、シルエットはタイトだ。裾《すそ》が柔《やわ》らかく開いていて、ちょうどチューリップの花を逆さまにしたような形をしている。

首元に巻いた細いパールのネックレスが、颯介に贈《おく》られたバングルとも上手く調和していた。ドレスに合わせた高いピンヒールは、ひなたの細くて華奢《きゃしゃ》な足首を、これ以上ないほど美しく見せている。

「どうでしょうか？　あまり派手なのは苦手なのでシンプルにまとめてみました」

心配しながら窺《うかが》い見るひなたを、颯介は熱い眼差《まなざ》しで見つめ返した。

「すごく綺麗《きれい》だ。正直、誰にも見せたくないよ、ひなた」

「えっ!?」

まるでエリックが言いそうな台詞《せりふ》が颯介の口から出てきて、ひなたは驚いた。途端《とたん》に、頬《ほお》が急激に熱くなる。

「ありがとう……ございます」

ひなたは昨日、颯介がエリックからドレス代を預《あず》かるところを見ていた。だから、彼が支払いをしに行くのをごく自然に見送り、ひなたはもう一度、鏡で全身をチェックした。

高いヒールで歩くひなたは、颯介に手を取られ、彼の腕を掴《つか》まされる。

彼にゆったりエスコートされ、二人は会場に向かった。

ホテルの一階にあるレストランと中庭を使ったガーデンパーティー。そこへ、腕を組んで歩いてきた颯介とひなたを見た参加者は、二人を見てほうっとため息を吐いた。

「颯介！　ひなた！」

入り口で待ち構えていたエリックは、二人を見つけると大きな声で名前を呼び、両手を振る。

「なんて美しいんだ、ひなた！」

エリックはドレス姿のひなたを見て目を輝かせ、頰《ほお》ずりしそうな勢いで顔を寄せてきた。耳元でチュッチュと、いつもの倍くらいキスの音を響かせる。

笑顔を引きつらせて固まるひなたの両肩を、颯介が背後から掴《つか》み、強引に引き寄せた。

「エリック、パーティーが始まりますよ？」

笑顔なのに目が笑っていない颯介に気付き、エリックは意味ありげにニンマリ笑うと、からかうように言った。

「颯介、男の独占欲は美しくないぞ」

「別に構いません」

「今日、ひなたをエスコートするのは僕だ」

「存じております」

しれっと答えながらも、なかなか手を離さない颯介を、ひなたが振り返って見上げる。

「あの……できるだけ、近くにいてもらえますか？」

颯介は一瞬真顔になり、けれどすぐに優しく微笑んで頷《うなず》いた。

「もちろん。いつも隣にいるって、約束しただろ」

その言葉を聞いて、ひなたはホッとする。

安心して微笑む彼女を見て、エリックは、むくれ顔になった。

『なんか面白くないなぁ。僕のことも忘れちゃ嫌だよ、ひなた』

急にフランス語を喋《しゃべ》りだしたエリックに、ひなたは苦笑いする。彼は感情的になると、よくフランス語に変わるのだ。

『忘れたりしません。でもエリック……私、失敗するかもしれません。パーティーなんて本当に初めてなんです』

すると、彼は可笑《おか》しそうに笑った。

『心配することはなにもない。もし女性が恥をかくようなことがあったら、それはすべて男の落ち度であって、断じて女性のせいではない。だから安心して僕に任せなさい』
ひなたは曖昧《あいまい》な笑みを浮かべつつも、素直に頷《うなず》いた。

パーティーの間、ひなたの傍《そば》には、ずっと颯介がいた。

気が付くと下を向いてしまいそうになる自分を鼓舞《こぶ》し、ひなたは懸命《けんめい》に顔を上げ、背すじを伸ばす。

たまにエリックがジョークなどを飛ばし、ひなたを笑わせた。

主催者に呼ばれてエリックがその場を離れると、ひなたは途端《とたん》に心配になり、颯介の顔を見上げた。

「私も一緒に行ってご挨拶《あいさつ》すべきだったんでしょうか？」

すぐ傍《そば》に立つ彼は、甘く微笑みながら答えてくれる。

「奥方とかパートナーって訳じゃないから。気にしなくて大丈夫」

ひなたがホッとして、ふと目をやった先に、一人の男性が立っていた。目が合った途端《とたん》、彼はなぜか一直線に、こちらへ向かって歩いてくる。

その鋭《するど》い視線はまるで獲物を見つけた狩人《かりゅうど》のようで、ひなたは、とても嫌な予感に襲われた。

『君、ミスター・ダルシの連れの女性だよね？　彼とはどういう関係なの？』

唐突《とうとつ》に英語で話しかけてきたその男は、まだ若いアジア人で、背が高くガッチリとした体格をしている。場に相応《ふさわ》しいスーツを着ているが、整髪料でバリバリに固められた短い黒髪は脱色しているのか、所々金髪になっていて、あまり上品とは言えなかった。

ひなたは戸惑い、助けを求めて颯介を振り返る。だが、彼は視線だけで、ひなたに答えるよう促《うなが》した。エリックを知っているようだから、秘書として応対しろということだろう。

(まずは自分でなんとかしなくちゃ)

深く息を吸い、話しかけてきた男に顔を向けると、ひなたは、なるべく彼と目を合わせないようにしながら英語で答えた。

『私は彼の秘書です。失礼ですが、貴方は……』

「――なんだ。じゃあやっぱり日本人か」

唐突《とうとつ》な日本語。彼もまた、日本人のようだ。

「失礼ですが……どちら様でしょうか?」

ひなたはもう一度、訊《たず》ねた。その男は前屈《かが》みになり、ひなたの視界に無理矢理割り込んでくる。

「君、名前は? めっちゃ美人だね。今度日本でデートしようよ」

(話が通じない)

ひなたは、こういう他人の話を聞かないタイプが、極端に苦手だった。擬態《ぎたい》を始める前にも、よく絡まれた。妙に馴れ馴れしく色々聞いてくるくせに、自分のことは話さない。そして要求だけを執拗《しつよう》に押しつけてくる。

ひなたは困って、颯介を振り返り、ふたたび助けを求めた。

今度は彼も頷《うなず》き、背後から近付いてきて、ひなたの肩に手をかける。

「そろそろエリックが戻るよ。あっちで待ってようか」

ホッとして頷《うなず》くと、話しかけてきた男は、あからさまに不機嫌な表情に変わった。

「ちょっと待てよ。俺の質問は無視？　せめて名前教えてよ」

男は手を伸ばし、ひなたの腕を強引に掴《つか》む。触れられた途端《とたん》、ひなたの全身には強烈な嫌悪感《けんおかん》と恐怖が駆け巡った。

「いやっ！」

ひなたは大きな声で叫び、掴《つか》まれた腕を強引に振り払う。そして、そのまま颯介にしがみつき、身体を小刻みに震わせた。

全身に鳥肌が立っており、顔からは血の気が引いている。

「おい……ちょっと酷《ひど》くねぇか。俺がなにしたってんだよ」

男は不貞腐《ふてくさ》れた様子で周囲を見渡した。ひなたの叫び声に振り返った人々が、三人に好奇の眼差《まなざ》しを向けている。

「チッ」

忌々《いまいま》しそうに舌打ちし、その男はそそくさと人混みの中に紛《まぎ》れていった。

その姿が見えなくなったことにホッとし、無意識に詰めていた息を吐く。

「ごめんなさ……い」

ひなたは震《ふる》えながら、泣きそうな声で颯介に謝った。普通に対応できない自分が情けなく、こんなことで泣いてしまいそうになる自分が惨《みじ》めだった。

「謝らなくていい。おいで、ひなた」

颯介は優しくそう言って彼女の肩を抱き、さっきの男が歩いていったのとは反対方向から人混みを抜け出した。


帰りの時間が迫っていたので、パーティーは途中退場し、後から合流したエリックと共に、三人は日本へ向かう飛行機に乗った。

その機内で、ひなたは上げていた前髪を下ろし、メガネをかけ、すっかり元の擬態《ぎたい》姿に戻った。

おかげで少しは気持ちが落ち着いたけれど、颯介は複雑な表情を浮かべる。

それを見たひなたは、胸が微《かす》かに痛むのを感じた。

日本に着いた時は、もう夜になっていた。颯介から、まっすぐ家に帰るようにと言われる。会社に寄ると言う二人に、ひなたは自分もついて行くと食い下がったが、それは聞き入れられなかった。

　こうして、色々あったニューヨーク出張を終え、ひなたは家に帰りついた。

第二章

　翌日からは、また以前と変わりない一日が始まると思っていた。

　でも秘書室の部屋に入った途端《とたん》、ひなたは、いつもと違う雰囲気と視線に晒《さら》されていることに気付く。特にグループ秘書たちの自分を見る目が、いつも以上に鋭《するど》いように感じた。

（なに……？）

　今日は午前中に資料を揃《そろ》えたら、それを持って午後の会議からエリックと合流することになっている。

　颯介は、朝からエリックに付いて席を外していた。

　ひなたが席に着き、パソコンを立ち上げると、それを見計らったようにグループ秘書の数人が近付いてきた。

　ひなたは不穏な空気を感じ、おそるおそる顔を上げる。

すると主任の松村《まつむら》が、ひなたに話しかけてきた。彼女は普段無口なタイプで、話すのは今日が初めてだ。

「ねえ、原田さん。ニューヨーク支社では随分《ずいぶん》とお楽しみだったみたいね」

（……お楽しみ？）

口調は一見穏やかだが、嫌味っぽさに溢《あふ》れている。

松村は、一枚の写真を机の上にスッと差し出した。

「支社にいる同期が送ってくれたの。驚いたわ。いつも野暮《やぼ》ったい原田さんが、実はこんなに垢抜《あかぬ》けてたなんて」

そこには、ニューヨークに到着した日、支社の廊下を颯介と並んで歩いていたひなたの姿が写っていた。ちょうど二人が見つめ合い、笑っているところだ。

「写真……勝手に？」

ひなたは蚊《か》の鳴くような声で精一杯の抗議の言葉を口にしたが、それは当然のごとく無視される。

「原田さんて、普段からこうなの？」

松村の質問の意味がわからず、ひなたは怪訝《けげん》な表情を浮かべた。

「野暮《やぼ》ったい格好しながらオドオドして、なにもできませんってフリしながら、いざという時には着飾って。随分《ずいぶん》男性に取り入るのが上手じゃない？」

悪意のある言い方にショックを受け、ひなたは呆然《ぼうぜん》と松村を見返した。

（そんな――）

「原田さんが元いた総務課の人にも聞いたの。彼女がこんな子だと知ってましたかって。みんな信じられないって顔してたわ。人付き合いが苦手な子だとばかり思ってたって。私たちもそうよね。本当、騙《だま》されたわ」

「騙《だま》すなんて……」

ひなたの声は小さく、周りにはほとんど聞こえなかったようだ。それがますます、彼女たちの苛立《いらだ》ちを煽《あお》った。

「これまでも散々、宮村さんに注意されてたでしょ。前髪を切れって。秘書として身だしなみに気を付けるのは当然の義務なの。あなたみたいな人がいると、秘書室のイメージが悪くなるのよ。なんのつもりか知らないけど、人を馬鹿にするような格好は、もうやめてちょうだい」

ひなたは擬態《ぎたい》することで人を馬鹿にしたつもりなど、これっぽっちもなかった。

でも、こうしていることで、周りの人間を騙《だま》していないと、本当に言い切れるのか――

（そもそも、どっちが本当の私？）

おしゃれが好きで人を疑うことを知らなかった過去の自分。擬態《ぎたい》をして、人を信じられず殻《から》に閉じこもっている今の自分。どちらも、ひなたにとっては本当の自分だった。

(どうしたらいいの?)

ひなたが返事もできず固まっていたら、大谷室長の声が響いた。

「おーい、お前たち。その辺にしとけよ」

苛立《いらだ》ちを隠さずにいた数人の秘書たちは、大谷に声をかけられ、渋々といった様子で席に戻る。

すると今度は大谷が立ち上がり、ひなたの横に来て、チョイチョイと手招きをした。

「え?」

大谷はそのまま黙って、打ち合わせ用のブースの中に入っていく。

ひなたも慌てて立ち上がり、後を追って中に入った。すると、彼はドアを閉めるように言って、奥の椅子《いす》に座る。

「俺も写真見たよ。あれはもう、社内中に出回ってるな」

大谷の言葉に、ひなたは目の前が暗くなるのを感じた。

(社内中に……?)

「颯介のスキャンダル的な噂は、すごい勢いで広まるんだよ。君は総務課にいた一年ちょっとの間、引きこもってたらしいけど。それでも颯介のことは知ってただろう?」

大谷の言葉に、ひなたは小さく頷《うなず》いた。

周囲とは必要最低限の付き合いしかしてこなかったひなたの耳にも、颯介の噂はいくらでも入ってきた。

「原田さんが顔を隠してるのは、男除《よ》けなの？　写真見て驚いたんだけど……ちょっと普通には、いないくらい美人だよね。女優とか、モデルになろうとは思わなかったの？」

ひなたは目を丸くし、慌てて首を横に振る。

「人に見られるのは、苦手なんです」

大谷は軽くため息を吐き、「もう無理だね」と言った。

「颯介の隣にいる美女は誰だって、早くも君の捜索《そうさく》が始まってる。女性陣だけじゃなく、男たちも興味津々《きょうみしんしん》だよ。これからは、どんな格好をしてても、君は注目を浴びることになる。早く開き直ることだね」

それを聞き、ひなたは青ざめた。すると、大谷がいつものように呑気《のんき》な口調で呟《つぶや》く。

「もし俺が君なら、気軽に声もかけられないくらいの高嶺《たかね》の花になってやるけどなあ。好きでもない男に言い寄られてもウザいだけだろ。あいつは男だけど、颯介見てると本当、大変そうだもんな」

ひなたは、そうか……と思った。

颯介のアドバイスがあれほど胸に響いたのは、彼自身に、試行錯誤《しこうさくご》した経験があるからだ。でも彼のように、見た目を最高の武器に変えてしまうには、自分には、まだ経験と自信がなさ過ぎる。

大谷は、ひなたの表情を窺《うかが》いながら、こんな提案をしてきた。

「男って基本ヘタレだから。プライドも高いし、こっぴどく振られそうな女には手を出しにくいもんなんだよ。だから、あえてそういう雰囲気を出したらどうかな。普通はすすめないけど、君にはそのほうがよさそうだ」

(こっぴどく振りそうな女性?)

「ツンとすまして……性格がキツそうな感じ、ですか?」

話にノッたひなたを見て、大谷はニヤリと笑った。

「話しかけられても、知り合いじゃなきゃ無視すればいい。誰にでもいい顔をする必要はない。そうやって、自分が本当に必要とする相手だけを選別するんだ。これは多かれ少なかれ、みんなやってる。社会の中で自分自身と折り合いをつけていくためにね」


ひなたは午前中、資料作りに没頭《ぼっとう》し、昼前に席を立った。

そして昼休みを利用し、会議場の最寄《もよ》り駅に移動すると、周辺で店を探す。

幸い大きなショッピングビルが駅に隣接していた。ビルの案内板を確認して中に好きなセレクトショップを見つけ、ひなたはそこに駆け込んだ。

「なにかお探しですか?」

声をかけてきた店員に、ほしいセットアップのイメージを伝え、探すのを手伝ってもらうことにする。

約二十分で、ひなたは靴以外全身のコーディネートを一新した。手伝ってくれた店員に礼を言い、店を後にする。

（お昼を食べてる暇ない！　次はメイク）

着替えたスーツは、店の紙袋に詰めて、駅のコインロッカーに預けた。そして、そのまま駅構内のトイレに駆け込み、まずはメガネを外して、もしもの時用にカバンに入れていたコンタクトレンズに付け替える。

前髪は今切れないから、ふたたびポンパドールにしてピンで留《と》めた。引っ詰めていた髪を下ろしたら変なクセが付いていたので、サイドを緩めに編み込んで耳のすぐ下でふんわり結ぶ。

ファンデーションは、日焼け止めも兼《か》ねて元々薄く塗ってあった。そこに眉《まゆ》を足して整え、ビューラーでまつ毛をくるんと巻く。マスカラも念入りに塗ったところ、それだけで目もとが、だいぶ華《はな》やかになった。

仕上げにはアイラインと柔《やわ》らかい色のシャドウだ。最後に色付きのリップも塗る。そして、時間ギリギリにトイレを飛び出した。

ひなたは、会場までの道のりを、時計を睨《にら》みながら早足で歩いた。途中、たくさんの人とすれ違い、その視線を感じる。

けれどもひなたは、絶対にうつむかないと決め、前を向いた。

会議会場の中に入ってすぐ、ひなたは息を呑み、その場で立ちつくした。

他社の人間も多く集まる会議だったせいで、会場である夜華《よが》会館の狭《せま》いロビーには、人が溢《あふ》れかえっている。しかも中高年の、スーツ姿の男性ばかり。

その男性たちの視線が一斉《いっせい》にひなたへと向けられた。

だがひなたは、今日は絶対にうつむかないと決めていた。大きく息を吸って胸を張り、背すじを伸ばして前を見る。すると、会議場入り口の立て看板の近くに颯介が立っているのが見えた。

(宮村さん……！)

ひなたは無意識に笑みを浮かべ、颯介に向かって一直線に歩き出した。——その時。

ふいに横から腕を強めに掴《つか》まれ、ひなたは無理矢理足を止められる。

「見つけた。なあ、あんた。俺のこと覚えてる？」

ギクリとして振り返ると、そこに立っていたのは、ニューヨークのパーティーで声をかけてきた、無礼《ぶれい》なナンパ男だった。

途端《とたん》に、ひなたの全身が恐怖に引きつる。

男も学習したのか、ひなたが振り払えないほど強い力で腕を掴《つか》んできた。

「俺さ、あんたのこと忘れられなくて。ここまでの美人は、なかなかいないよな。——原田ひなたちゃん」

（なんで、名前……）

ひなたが眉根を寄せると、その男は、ひどく下卑《げび》た笑みを浮かべた。

「いいね、その怯《おび》えた顔。虐《いじ》めたくなるんだよなぁ。仕事が終わったら、今夜付き合えよ、ひなた」

図々しくも名前を呼び捨てにしたこの男を、ひなたは精一杯睨《にら》みつける。

（絶対に嫌！）

ひなたは内心、恐怖と嫌悪感《けんおかん》で吐きそうだったが、頭の中で目まぐるしくこの状況を逃《のが》れる術《すべ》を考えていた。

颯介のいる場所までは、まだ距離がある。

（自分でなんとかしなきゃ）

ひなたはゴクリと唾《つば》を呑み、拳《こぶし》にグッと力を込めた。

「手を、離して」

自分でも驚くほど、しっかりとした声が出る。

幸いここにはたくさんの人目があった。今すぐ、どうこうされるとは考えにくい。

（大丈夫……大丈夫……！）

「気安く触らないで！　そもそも、どちら様ですか？　私、あなたのことなんか知りません」

ひなたの強い言葉に、男は一瞬戸惑い、周囲の視線を気にして辺りを見回した。そして、ゆっくりと手を離す。

「そういや、自己紹介がまだだったよな。俺は飯村虎太郎《いいむらこたろう》だ。飯村産業って会社の取締役」

ひなたは、なにも言わずに背を向けると、彼を無視して歩き出した。

「おいっ、待てよ！」

颯介の姿を目で追う。すると、彼もまた自分を見つけて、こちらに向かっていることに気付いた。

目が合った途端《とたん》、ひなたは颯介に向かって一直線に走りだす。

「ひなた！」

「……っ」

ひなたは言葉にならない声を上げ、目の前まで近付いた彼の腕にしがみついた。

強気も、ここまでが限界だった。

颯介に抱きとめられたら、急に恐怖の反動がきて身体が震《ふる》え、涙が浮かんでくる。

（ここで泣いちゃダメ……！）

ひなたは、涙をこぼさないよう堪《こら》えるのが精一杯だった。

追いかけてきた男――飯村は、颯介の姿を認めると忌々《いまいま》しそうに呟《つぶや》いた。

「またあんたか。邪魔《じゃま》だなぁ、色男」

すると颯介は、端整《たんせい》な顔に優美な笑みを浮かべ、飯村に向き直る。

「飯村さんほどではありませんよ。婚約したばかりの身で他の女性を追いかけ回すとは……なかなかできることじゃありませんね」

一瞬、息の詰まるような沈黙が流れ、突然、飯村が笑い出した。

「この短期間によく調べたな。なかなかやるじゃん、アンタ」

「ダルシCMOの第一秘書で宮村と申します」

飯村と颯介は、互いに笑みを湛《たた》えたまま、目だけはキツく睨《にら》み合っていた。

「ひなたはさ、宮村サンのコレ？」

飯村は小指を立て、ニヤリと笑う。

それを見た颯介はクスリと笑い、そっとひなたの肩を抱いて、自分のほうへ抱き寄せた。

「ご想像にお任せします。あと、彼女を名前で呼ぶのはやめていただきたい。婚約者のご実家に、痛くもない腹を探られたくはないでしょう？」

明確な脅《おど》しを含んだ言葉に、颯介の怒りが滲《にじ》んでいた。

飯村は降参《こうさん》とばかりに両手を上げ、そのまま引き下がっていく。

彼の姿が人ごみに紛《まぎ》れて見えなくなり、ひなたは、やっと安堵《あんど》の息を吐いた。

颯介は、ひなたの肩を抱いたまま、反対の腕に着けている時計を見て訊《たず》ねる。

「ひなた、資料持ってきた？」

言われてハッとし、ひなたは慌てて手に持っていた大きめの茶封筒を差し出した。

「すみません、確認する時間がなくなってしまって……」

謝る彼女の肩を優しく撫《な》で、颯介は微笑んだ。

「大丈夫だよ」

「後でたっぷり慰《なぐさ》めてあげるから、もうちょっとだけ頑張《がんば》って」

彼は、ひなたがちゃんと自分で立てることを確認してから、手を離した。そして彼女を連れ、会議場の中に入っていく。

入り口でもだいぶ注目を集めてしまったが、中に入ると、またザワついた空気が広がった。

会場内にいた人間たちは皆、驚いた様子で颯介とひなたを振り返る。彼女の華《はな》やかな雰囲気は、暗い色の背広の集団の中で、ひどく目立った。

「ひなた！」

前方の席に座っていたエリックが二人に気付いて立ち上がり、満面の笑みを見せる。

『今日も美しいよ、ひなた！　こんなにすぐ、また君の着飾った美しい姿を目にすることができるなんて。僕は幸せ者だ』

早口のフランス語でまくし立てるエリックに、ひなたは苦笑いしながら答えた。

『たびたび元に戻ってしまうかもしれませんけど……』

『いいんだよ。リハビリは少しずつね』

ひなたが流暢《りゅうちょう》なフランス語で答えるのを見て、周囲にいた人間は目を丸くしていた。

エリックに資料を渡してすぐ、司会者が会議の開始を告《つ》げた。会場にいた者たちは皆、次々と席に着き始める。

ひなたは、颯介と一緒に壁際《かべぎわ》に下がり、会議が予定通りに進むのを十分ほど確認してから、外へ出た。

誰もいなくなった通路をしばらく歩いていたら、颯介がふいに、ひなたの手を握《にぎ》ってくる。

（え……？）

驚くひなたの手を引き、颯介は、前を向いたまま黙って進んでいった。

そのまま会館の外へ出ると、颯介は近くの大きな公園の中に入っていく。

（なんで、ここに……？）

ひなたの胸は、ずっとドキドキしていた。どこまで行くのかと思い、ふたたび颯介の顔を見上げる。

「宮村さん？」

呼びかけたら彼は足を止め、こちらをゆっくりと振り返った。

目が合い、ひなたは胸の鼓動がますます激しくなるのを感じた。

彼は、ひなたに優しく微笑みかけて言う。

「よく頑張《がんば》ったな。さっきも、ここに来るまでの間も……。その格好じゃ、怖かっただろ」

途端《とたん》に、さっき我慢して引っ込んだはずの涙が、ひなたの目から溢《あふ》れ出した。

（怖かった……）

街中《まちなか》を歩いていた時も、会場に入った時も。飯村の不遜《ふそん》な態度や、ひなたの腕を掴《つか》んだ強い力も。なにもかも怖かった。

（でも、守ってくれた）

ひなたは、先ほど飯村に毅然《きぜん》と立ち向かった時の彼を思い出し、ほうっと安堵《あんど》の息を吐いた。

「ひなたは……涙まで綺麗《きれい》なんだな」

ふと、颯介がそんなことを呟《つぶや》き、ひなたはハッとする。いつの間にか、彼の顔が至近距離まで近付いていて、そのあまりの近さに驚いた。

「あ……っと、ごめん」

無意識だったのか、颯介までが驚いた顔をして、うしろに下がる。ひなたは咄嗟《とっさ》に手を伸ばし、彼の上着を掴《つか》んで、それを引き留《と》めてしまった。

「え？」

「あ……」

ひなたは自身の行動に驚き、目を丸くする。

急に恥ずかしくなり、顔を赤くしながら手を離すと、今度はその手を颯介がギュッと握《にぎ》った。

「えっ」

「ひなた……いいんだな？」

ドクンと心臓が跳ねる。

またゆっくりと彼の顔が近付き、ひなたは反射的に目をつむった。――直後、弾力のある熱いなにかが唇に触れる。それはおそらく彼の唇。

ひなたの全身が反応し、ヒクリと震《ふる》えた。咄嗟《とっさ》に腰を引こうとしたけれど、そこに回された颯介の腕に、逆に引き寄せられる。

（キス……されてる）

触れた唇は熱く、身体を抱き寄せる力は強い。

颯介の腕の中は、これまで感じたことがないほど心地よく、ひなたは、膝《ひざ》が崩れそうなほど甘い感覚に震《ふる》えた。

離れてほしくなくて、彼の背中にそっと手を回し、背広の裾《すそ》をキュッと掴《つか》む。

ほんの一瞬にも、永遠にも思えた触れ合いが終わると、颯介の腕の力が緩んだ。そのまま離れるのかと思いきや、彼は、ひなたを両腕でそっと抱きしめた。

ひなたは今起こったことに呆然《ぼうぜん》としながら、颯介の胸に顔を埋《うず》める。温かく張りのある胸板と腕に包まれて、静かに目を閉じた。

（こんなにドキドキして胸が痛いくらいなのに、気持ちいい）

颯介の指が、ひなたの首すじや背中を何度も優しく撫《な》でる。その手の感触は甘やかで、ほんの少し、くすぐったい。

しばらくして彼は、ひなたを抱いていた腕をゆっくり開いた。

「エリックがむくれるから、戻ろうか」

ひなたは素直に頷《うなず》き、でも名残惜《なごりお》しい気持ちで彼を見上げる。

目が合うと、颯介はなぜか嬉しそうに微笑んだ。

会場に戻ったら、会議中にもかかわらず、ひなたには周囲からの視線がチラチラと向けられた。でももう、それも怖くない。
隣に颯介がいる——それだけで、ひなたはどこまでも強くなれそうな気がした。

＊

その週の金曜日。先週は出張があったので、カレンと会うのは二週間ぶりだ。

ひなたはいったん家に帰って着替え、待ち合わせ場所である、駅前のオブジェに向かっていた。

カレンと金曜日の夜に外で待ち合わせをするのは初めてだ。これまでは、ひなたが擬《ぎ》態《たい》をせずに一人で外を出歩くことはなかったので、カレンがアパートまで迎えに来てくれていた。

改札を出て、オブジェの周辺を遠目に確認する。彼の派手な見た目は、待ち合わせにはもってこいだ。あっという間にカレンを見つけたが、ひなたは立ち止まって首を傾げた。

彼は、なぜかしかめ面《つら》をして、同じ場所をひたすらグルグル回っている。派手な見た目も相まって、傍《はた》から見ると不審《ふしん》人物のようだ。

近付いていくと、カレンもひなたを見つけて、一直線に走り出す。

「ひなたーっ！」

「カレン！」

ひなたは、笑顔で手を振った。

ヒールを履《は》いたひなたと、カレンの背丈はちょうど同じくらい。

彼は今日、暗い色の帽子《ぼうし》で緑色の髪を隠し、大きめのピアスが目立つようにしていた。

白いシャツのボタンを襟元《えりもと》まで留《と》め、縦格子の入ったぴっちりタイトなスーツを着ている。

それを見たひなたは、ニッコリ笑って言った。

「その帽子《ぼうし》いいね、カレン」

「ありがと……って、そんなことはいいのよ！　ここまで大丈夫だったの？　変な奴に絡まれたりしなかった？」

（ああ、心配してたのか）

彼のしかめ面《つら》の理由がわかり、ひなたはクスッと笑った。

「大丈夫だよ。それより早く行こう！　お店混んで入れなかったら嫌だし、話したいことがいっぱいあるの」

そう言うと、カレンはなぜかとても驚いた顔をする。

詳しい話を早く聞かせてと騒《さわ》ぐ彼を引っぱり、ひなたは店に向かった。

「え！　擬態《ぎたい》しないで会社に行ってるの？」

夜はバーにもなるカフェで、ノンアルコールの綺麗《きれい》な色のカクテルを呑みながら、ひなたは頷《うなず》いた。

「本当はね、擬態《ぎたい》と交互に使い分けしようと思ってたの。でも中途半端にしないで、頑《がん》張《ば》ろうかなと思って……」

「なんで？　なにがあったの？」

出張から帰った後の一週間で、色々なことがあった。

カレンは食い入るようにこちらを見つめる。ひなたは、なにから説明していいものか迷った。

「うーん……なにがって言われると、とっても言いにくいんだけど」

「なによ」

「――好きな人が、できたから？」

細かい説明を大幅に省《はぶ》いてしまったが、ひなたが頑張《がんば》ろうと思った理由は、そこに集約されると思った。

「好きな人って、まさか……前に言ってた〝颯介〟？」

ひなたはカレンの記憶力のよさに感心しつつも、なぜ呼び捨てなのかと、少しむくれる。

(私だって名前で呼べないのに)

「ファンクラブがあるようなアイドルなんでしょ。大丈夫なの?」

ひなたは曖昧《あいまい》に微笑み、首を傾げた。

「あんまり大丈夫じゃないかも。嫌味と嫌がらせが増えたから」

「ええっ」

カレンは大きく口を開けたまま、青ざめた。

ひなたの会社の秘書室は、選ばれた人材が集まる部署だ。専任担当かグループかに関係なく、語学や業務知識、経験に長《た》けた者が選抜されている。

ほぼ新人に近いひなたは、業務知識も経験も皆無《かいむ》に等しかった。

皆、子どもではないから、ひなたの容姿に関して面と向かって攻撃したりはしない。

でも、満足に仕事をこなせないことについては、辛辣《しんらつ》な言葉を容赦《ようしゃ》なく投げつけられた。

『愛玩《あいがん》動物と一緒だよね』

『通訳なんかこれ以上いらないのに』

『宮村さんの手間が、ちっとも減ってないじゃない』

『新人には荷が重いんじゃないの』

先輩秘書たちに言われると、その通りだと思い、ひなたは酷《ひど》く落ち込む。

なによりも、颯介の負担になっていると言われるのが一番キツかった。なんとか、そうならないように努力はしているが、一朝一夕《いっちょういっせき》に結果は出ない。

「嫌がらせって、なにをされてるの？」

カレンが心配し、どんどん深刻な表情になっていった。

ひなたは申し訳ないなぁと思いつつも、彼には甘えて、つい愚痴《ぐち》をこぼしてしまう。

「こっそり写真を撮られて、それが社内に出回ったり……ロッカーに呪《のろ》いの手紙が積まれてたり。あとは休憩室を追い出されて、ごはんを食べる場所がないとか、かな」

「ひぃぇえ!?」

カレンは驚きのあまり、奇声《きせい》を上げた。

写真を見せられたのを皮切りに、ひなたは色々な目に遭《あ》った。中でも一番困っているのはお昼ごはんの問題だ。最近は、昼休みは外の公園で弁当を食べるか、雨が降りそうな時はパンだけ買い、給湯室で立ったままかじったりしている。

(自席で食べちゃいけないっていうのも、もしかしたら嫌がらせなのかな)

総務課にいた時は、自分の席で食べてもよかったのに。

お昼はエリックの同伴《どうはん》で外回りをしている時が、一番楽しかった。三人か、または颯介と二人でランチができるから。どんなに時間がなく、慌ただしくても、彼と一緒なら幸せだった。

役立たずでも、分不相応《ぶんふそうおう》だったとしても、ひなたは今の場所じゃなければ頑張《がんば》れないと思う。

颯介からいらないと言われない限り、そこから逃げるつもりはなかった。

「いつの間に、そんな強くなっちゃったの、ひなた」

カレンが呆然《ぼうぜん》と呟《つぶや》く。

ひなたは小さく首を横に振った。

「強くなったわけじゃないよ」

自分が顔を上げていられるのは、颯介が隣にいるからだ。

ひなたは、彼が自分にだけ見せる優しい眼差《まなざ》しを思い出し、わずかに頬《ほお》を熱くして微笑んだ。


カレンと共に店を出て、駅に向かって歩いていたら、すれ違った人に突然腕を掴《つか》まれた。

ひなたは驚きと恐怖に震《ふる》え上がる。

「イヤ！　なにっ？」

「ちょっと！　あんた、なにしてんのっ⁉」

隣を歩いていたカレンも声を荒らげる。

顔を上げると、目の前にはスーツ姿の颯介が立っていて、ひなたはふたたび驚き、腰を抜かしそうになった。

「なんで……」

「やっぱり、ひなたか。──そいつ、誰？　まさか彼氏だなんて言わないよな」

「えっ」

颯介の視線の先にはカレンがいる。カレンは今にも、颯介に掴《つか》みかからんばかりに、いきり立っていた。

「あっと、彼は……」

「〝彼〟？」

「や、違っ、その彼じゃなくて！」

眉根を寄せる颯介のあまりの迫力に、ひなたは焦《あせ》って、しどろもどろになってしまう。

（こんなに怖い宮村さん、初めて）

すると、少し冷静になったカレンが、訝《いぶか》しげな顔で颯介を見つめた。

「ちょっと待って。知り合いっていうか……あんた、もしかして〝颯介〟？」

カレンの言葉に、颯介とひなたは同時に彼のほうを向いて言った。

「「なんで呼び捨て？」」

急遽《きゅうきょ》、三人一緒に入ったファミレスで、ひなたは颯介の隣に座り、話の成り行きを見守っている。

ついさっき席に案内された時、どちらがひなたの隣に座るかで一悶着《ひともんちゃく》あったのだ。

「僕と一緒に遊んでたんだから、僕の隣でしょ？」

そう言い張るカレンに、颯介は「普通は彼氏の隣だろ」と言い放つ。

その言葉にひなたは仰天《ぎょうてん》し、思わず声が裏返った。

「かっ、か、彼氏？」

ひなたの反応を見て、二人はそれぞれに眉根を寄せる。

「え……もしかして、まだ付き合ってないの？」

「ちょっと待て、ひなた。まさかキスまでしたのに、俺の気持ちが伝わってなかった、とか……？」

ひなたは顔を熱くし、颯介を見て困った顔をした。

「だって、付き合おうって、言われてない」

颯介は、これ以上ないほど深いため息を吐いて、テーブルに突っ伏《つぷ》した。

「そういうことか……！」

ひなたは、なにがなんだかわからないまま、とりあえず颯介の隣に座った。

「――俺が残業続きでも、ひなたは会いたいとか寂しいとかまったく言わないし。やっと明日から休みだと思ったら『金曜日は早く帰ります』とか言って、週末の約束もしないで帰るし。それにメールもこない」

颯介の口から延々と出てくる愚痴《ぐち》に、ひなたは驚くばかりだ。

「でも毎日仕事で会えるし……。週末も会ってもらえるなんて、思ってもみなかったから」

そう答えたら、カレンは苦笑いしながら言った。

「ひなたの恋愛スキルは中学生レベルだもんね。暗黙の了解じゃ、通じないかも」

すると颯介が勢いよく顔を上げ、ひなたを正面から見つめて手を握《にぎ》った。

ひなたはドキッとして、緊張で固くなる。

「じゃあ改めて言う。ひなた……」

颯介が真剣な表情で口を開いた。

胸のドキドキが一層激しくなり、ひなたはゴクリと唾《つば》を呑んだ。

それを見たカレンは慌てて立ち上がって、叫ぶ。

「ちょっと待った！　ここ、ファミレスだからね？　そういう背中がむず痒《がゆ》くなりそうなのは、二人きりの時にやってよ！」

カレンと颯介は、それからしばらくお互いの話をし、連絡先を交換していた。

彼女はその光景を不思議な気持ちで眺《なが》める。

(なんか……親友と好きな人が一緒にいるって、変なカンジ)

三人一緒に店を出た時は、もう夜の十時を回っていた。

聞けば、颯介は日頃の運動不足を補うため、いつも最寄《もよ》りの三つ手前の駅で降り、家まで歩いているらしい。カレンとひなたは、帰宅途中の颯介とすれ違ったのだ。

「どっちがひなたを家まで送る?」

カレンが意味ありげに笑って訊《たず》ねたら、颯介はさも当然のように「俺」と答えた。

「はいはい。でも颯介、ひなたは初心者だからね。送りオオカミはまだ早いよ」

「余計なお世話だ。またな、カレン」

颯介は彼を追い払うように手を振った。それを見たカレンとひなたは、不思議に思って首を傾げる。

「駅まで一緒に行かないの?」

「俺の家から車で送る」

「家までは?」

「タクシー」

カレンは呆《あき》れた顔をして、肩をすくめた。

「やっぱり颯介が一番危ないんじゃない? 気を付けてよね、ひなた」

「え、うん……?」

気を付けて、と言われても、どうしたらいいのかわからない。

「じゃあ、また金曜日ね」

カレンは笑顔で手を振り、一人、駅のほうに向かって歩きだした。

人込みに紛《まぎ》れて彼の姿が見えなくなると、颯介が、ひなたの手をそっと握《にぎ》ってくる。

ドキッとして顔を上げたら、彼は少し不貞腐《ふてくさ》れたような顔をして問いかけた。

「金曜日は……必ずカレンと会ってるの？」

ひなたは二人きりになった緊張と甘い予感に、胸の鼓動がどんどん速くなっていくのを感じる。

「カレンのお休みが金曜日だけなので。ずっと私のリハビリに、付き合ってくれてるんです」

颯介は「そっか」と言い、天を仰《あお》いで呟《つぶや》いた。

「あ〜……心狭《せま》いな、俺。カレンは、ひなたの大事な友達なんだよな」

「はい。親友です」

「じゃあ、俺は？」

「え？」

颯介は、真剣な眼差《まなざ》しをこちらに向けて、訊《たず》ねた。

「俺は、ひなたの……なに？」

(なにって)

ひなたは困って目を逸《そ》らし、考えながら、慎重《しんちょう》に言葉を選んだ。

「宮村さんは、尊敬する先輩で……」

「で?」

颯介は、ひなたの手を強く握《にぎ》り、その先の言葉を促《うなが》す。

「私の、大事な人です」

言ってしまってから、恥ずかしくて堪《たま》らなくなったひなたは、目をつむって下を向いた。

頬《ほお》に熱が集まるのを感じる。だが、いくら待っても颯介の返答はない。

不思議に思い、ふたたび顔を上げたら、彼はなぜか真顔のまま固まっていた。

「宮村さん……?」

「帰ろう、俺の家。今すぐ」

(今すぐ——?)

強引に手を引かれ、二人はタクシーの走る大通りに向かう。

ひなたは、さっきまで予想もしていなかった展開にドキドキしすぎて、胸が痛くなりそうだった。

「言い忘れてたけど」

手を上げて、タクシーが止まる気配を見せると、彼はこちらを振り返り、微笑んだ。

「その格好もかわいい。服のセンスいいんだな。最初あんなにモッサリしてたのが信じられない」

ひなたは嬉しさと恥ずかしさで、頬《ほお》がカァアッと熱くなるのを自覚した。

躊躇《ためら》う暇もなくタクシーに乗せられる。車は二人を乗せ、あっという間に夜の街を走り出した。

到着した颯介の家は、外観も新しいオートロックの低層マンションだった。場所は東京で山の手と呼ばれる一等地だ。

学生時代から住み続けている古いアパート暮らしのひなたは、タクシーを降り、思わず「おお」と声を漏《も》らした。

ますます緊張しながら、颯介の後に続いてマンションの敷地内に入っていく。颯介の部屋は四階建ての最上階、角部屋だった。

「日当たりよすぎて夏は暑いんだけど、昼間は誰もいないからいいんだ。寝に帰るだけだしね」

確かに、ひなたが持つ颯介のイメージは、仕事ばかりしていて、ちゃんと寝ているのかも怪《あや》しい感じだ。

緊張しながら玄関ドアをくぐり、家に上がる。廊下の先にあるリビングを見て、ひなたは驚いた。

(こんな広いところで一人暮らし？)

「この立地でこの広さって……家賃かなり高くないですか」

気になってそう聞くと、颯介は軽く笑った。

「持ち家だから家賃じゃなくてローンだよ。それにここ、実は中古なんだ。壁紙だけリフォームしたんだけど、まだ綺麗《きれい》でしょ？　元々そんなに古くないんだけどね」

「持ち家……！」

自分では考えたこともない選択肢に、ひなたは驚愕《きょうがく》する。

「買ったのはいいけど、将来的には売りに出すかも。一人暮らしにはいいけど、家族向きじゃないんだよね。リビングが広い分、部屋数がない。ここと、あとは寝室だけの1LDKだよ」

(それぞれの部屋が広くて、むしろ贅沢《ぜいたく》です)

部屋の中をキョロキョロ見回していたら、颯介が笑いながら訊《たず》ねた。

「ひなた。もう遅いし、今夜はここに泊まっていかない？」

「へっ!?」

(ここに泊まる――？)

颯介は、目を丸くしたまま固まっている彼女に近付き、手を差し出した。

「最近のひなたが、仕事をすごく頑張《がんば》ってることは俺が一番よく知ってる。一生懸命《けんめい》強くなろうとしてることも。ニューヨークで俺が言ったこと、覚えてる?」

ひなたは緊張のあまり震《ふる》える手を、差し出された颯介の手に重ねながら、頷《うなず》いた。

(私が本当の私に戻れたら……もう遠慮《えんりょ》しないって)

「俺はまだ、ひなたは強くなる途中なんだと思ってる。俺が今、したいと思ってることは、ひなたを怖がらせるかもしれない」

颯介の言葉に、ヒュッと息を呑む。

(それって、つまり……)

彼は、ひなたの耳元に顔を寄せ、熱を帯《お》びた声でそっとささやいた。

「ひなたを抱きたい。もっと、気持ちも身体も近付きたい。ひなたは俺のものだって……実感したい」

心臓は破裂《はれつ》しそうに早鐘《はやがね》を打ち、全身の血が逆流し始めたのかと思うほど、一気に身体が熱くなった。

見上げると、颯介は優しく目を細め、柔《やわ》らかい笑みを浮かべている。

「でもそれは、俺がそう思ってるってだけ。ただでさえ頑張《がんば》ってるひなたに、これ以上無理はさせたくない」

「え……？」

目をパチパチ瞬《しばた》くと、颯介は握《にぎ》ったのとは反対の手で、ひなたの頭を撫《な》でた。

「ひなたが自然に俺を受け入れられるようになるまでは、待つよ。だから、ここに泊まるとしても、怖がらなくていいってこと」

「宮村さん……」

ひなたが目を潤《うる》ませると、彼は眉尻を下げ、軽くため息を吐いた。

「でも、まずは呼び方だけでも直してもらおうかな。カレンが呼び捨てで、ひなたがそれじゃ、なんか納得いかないんだけど」

ひなたはクスッと笑った。

「それ、私も納得いかないです」

ひなたは、自分から颯介の胸に手を伸ばし、そこに顔を埋《うず》める。

「颯介さん、ありがとう。颯介さんが好き……大好き」

「ひなた」

颯介も彼女の背中に腕を回し、優しくそっと抱きしめた。

急な泊まりだから、二人はマンションのすぐ近くにあるコンビニへ、買い出しに行く。メイク落としと歯ブラシ、そしてこっそり替えの下着も買った。その間、颯介はひなたにお願いされるまま、素直に店の入り口で待っていた。

手を繋《つな》いで夜道を歩き、マンションに戻る。

ひなたは買ってきたものを自分のカバンに詰め、お風呂に入る時、カバンと借りた着替えを持って脱衣所に入った。

生まれて初めて付き合うことになった彼の家で、いきなりのお泊まり——

服を脱ぐのが妙に恥ずかしくて躊躇《ためら》っていたら、外から声をかけられて、ひなたは飛び上がった。

颯介に、扉の向こうからバスタオルの場所を教えられ、なんとか返事をする。

シャワーを浴び、彼が普段使っているシャンプーやボディソープを借りる時も、ずっとドキドキしっぱなしだった。

着替えは颯介から借りたパジャマだ。男物だからサイズも大きく、袖《そで》を捲《まく》る。

着てみたら丈も長く、これならワンピースと変わらないなと考えて、ひなたは下を穿《は》かずにリビングに行った。

ソファに座ってタブレットを触っていた颯介は、出てきたひなたに気付いて顔を上げ、そのまま固まった。

「シャワー、ありがとうございました」

礼を言うと、颯介はハッとし、慌てて目を逸《そ》らす。その様子がおかしいと感じて、ひなたは首を傾げた。

颯介は眉間《みけん》を指で揉《も》みながら深呼吸をし、やっと、ひなたのほうを見る。

「おいで。髪、まだ濡《ぬ》れてない？」

優しく微笑んで手を伸ばす彼に、ひなたは嬉しくなって小走りで近付いた。そのまま颯介が広げた腕に収まるようにして、隣に座る。

「髪は一応乾いたと思うんですけど……。それよりバスルーム、広くて感動しました。シャワーの勢いもすごいし！」

嬉しそうに話すひなたを見て、颯介は可笑《おか》しそうに笑った。

「ひなたのとこ、水圧低いの？」

ひなたは頷《うなず》き、膨《ふく》れっ面《つら》をして見せる。

「古いんです、アパート。でも収納スペースが広いからいいんですけど」

「収納って、服？」

「はい。山ほどあるので」

颯介は感心して「へぇ」と呟《つぶや》いた。

「いつも弁当作ってきてるから、節約志向なのかと思ってた」

颯介が自分をちゃんと見てくれていたことが嬉しい。

ひなたはさらに距離を縮め、彼にピタリと寄り添って顔を見上げた。

すると颯介は、顔を強張《こわば》らせて、ふたたび凍《こお》りついた。

「ひなた……」

「はい？」

首を傾げたら、彼はなぜか天井《てんじょう》を仰《あお》いで、大きなため息を吐く。

（なんだろう？）

険《けわ》しい顔つきをする颯介を見て、ひなたは、自分がなにかやらかしたのかと、不安になった。

颯介は、まだ片手に抱えていたタブレットを放り投げると、ひなたの背中にそっと腕を回した。

（わ……）

優しく抱きしめられ、薄いパジャマの布越しに感じる彼の手の感触に、ひなたの全身が反応する。

颯介は顔を近付け、耳元でささやくように問いかけた。

「キスしていい？」

ドクンと心臓が大きく跳ねた。ひなたは瞬《まばた》きを繰り返し、小さくコクリと頷《うなず》いて見せる。

颯介の手が、優しく頰《ほお》を撫《な》でる。その手の温かさと指の動きを感じ、ひなたはドキドキする胸を手で押さえながら、ゆっくり目をつむった。

彼の吐息を感じた直後、唇に柔《やわ》らかく熱い感触が落ちてきた。

二度目のキス――

まだ慣れるはずもなく、ひなたの鼓動は速くなる一方だ。

キュッと閉じた唇に、彼は啄《ついば》むようにして触れてくる。そうして唇を開くよう、優しく促《うなが》された。

(どうしたら……)

ひなたの耳奥では、まるで全力疾走《ぜんりょくしっそう》している時のように心臓の音が鳴り響いていた。緊張で目眩《めまい》がしそうだ。

すぐに息が苦しくなり、ひなたは堪《たま》らずに口を開く。そうしたら彼の舌が伸びてきて、途端《とたん》に口づけが深くなった。

「んっ、う……」

熱く、なまめかしい感触――それに、ひなたは驚き、震《ふる》えた。舌が絡まって、軽く吸われる。ゾクゾクと甘美な震《ふる》えが湧《わ》き起こり、ひなたの全身から、あっという間に力が抜けていった。

(なに……これ……)

颯介は、くったりしてしまったひなたの身体を抱きしめながら、早々に唇を離した。

そして、ふたたび触れるだけのキスを繰り返す。

ようやく唇が離れると、ひなたは彼のシャツをギュッと握《にぎ》り、広い胸に額を押し付けた。

颯介は腕の中にひなたを抱いたまま、ひたすら優しく、甘やかすように触れてくる。

ひなたは乱れた呼吸を整えながらも、彼の指の感触がくすぐったくて、思わず首をすくめた。頭を撫《な》でられ、髪を優しく指で梳《す》かれて、その気持ちよさにうっとりする。

(なんか……飼い猫になった気分)

ふいに、うなじに口づけられ、彼の熱い唇が肌を伝った。彼の吐息と熱が、肌の表面をゆっくりと撫《な》でていく。

「んっ……」

むず痒《がゆ》いような、くすぐったいような——不思議な心地よさが、触れられた箇所から全身に広がる。ひなたはじっとしていられず、それから逃《のが》れようとして、身を捩《よじ》った。

すると颯介が、クスリと笑う。

「かわいい、ひなた。もっと甘えて。ひなたに甘えられるの、すごい好きだ」

ひなたは顔を上げて、彼と目を合わせた。

「甘えるって……こうやって、くっつくことですか?」

「それもいいし、もっとワガママ言ったり、したいようにしていいよ。自然体のひなたが見たいし、プライベートではどんな感じなのか、もっと知りたい」

颯介はそう言ってまた、頬《ほお》に優しくキスをする。そうやって触れられるたび、ひなたの胸は、きゅうっと甘く締めつけられるような気がした。

「この週末の間、できるだけ一緒にいよう。抱き合うのは、一緒にいてひなたが自然にそういう気持ちになってからでいい。俺も頑張《がんば》って誘惑するから」

「誘惑？」

驚いて目を丸くしたら、颯介はいたずらっぽく微笑んだ。

「そう。ひなたが『もう我慢できない』って言うまで」

「そんな恥ずかしいこと、言いません！」

「さあ、どうかな」

「ええ？」

自信ありげな颯介を、ひなたは信じられないと思いながら、見つめ返した。

なにか飲むかと聞かれ、キッチンに立った颯介を、ひなたも追いかける。

冷蔵庫を一緒に覗《のぞ》き込んだら、見事に飲み物しかなくて、驚いた。

「もしかして颯介さん、お料理まったくしない人？」

「あー、うん。全然ダメ」

彼はケロッとした顔で答える。

見た目も仕事も完璧な人だから、なんとなく家事や料理も、そつなくこなすのかと思っていた。

「じゃあ、朝ごはんは？」

ひなたが不安になって聞くと、颯介は苦笑いする。

「近所のカフェで、モーニングが食べられるよ。それとも和食のほうがいい？」

「それはどっちでも……。でもあの、よかったら私、材料買ってきて作ります」

ひなたの提案に、颯介は驚いた顔をした後、困った顔になり、「うーん」と唸《うな》った。

「ないのは、食材だけじゃないんだよね。実は調理器具も一切ない」

「ええっ！」

彼の言うとおり、見せてもらったキッチンには、鍋どころかフライパンも包丁も、やかんすらなかった。

（どうして、これで生活できるの？）

ひなたが目を白黒させていたら、颯介が「そうだ！」と、なにかを思いついたように声を上げた。

「明日、デートも兼《か》ねて一緒に買いに行こう。もし作ってくれるなら、ひなたが必要だと思うもの、全部買うよ」

「……全部？」

今夜はもう遅い。明日の朝食は仕方ないから外で取るとしても、昼間、買い物に出かけるのなら、着替えもしたかった。

（そういえば、さっき……）

颯介は何気なく、『この週末の間、できるだけ一緒にいよう』などと言っていた。

今日は金曜日だ。もしも〝週末の間〟というのが、日曜日までのことを指すとしたら――

（その間ずっと、颯介さんと一緒？）

ひなたは赤くなったり青くなったりしながら考え込み、颯介は一人、機嫌よさげにミネラルウォーターのボトルを呷《あお》っていた。

颯介の部屋の間取りは、大きなリビングダイニングと、キッチン、バスルームにトイレ、あとは寝室があるだけ。

（私がリビングのソファで寝るのが、お互い一番楽だよね）

ひなたはそう思い伝えてみたものの、彼の返事は「ＮＯ」だった。

「ひなたをソファで寝かせたりしないよ」

でもそうすると、背の高い颯介がソファで眠ることになってしまい、絶対身体が痛くなる。

ひなたが困った顔をしたら、彼は軽い口調でこう言った。

「ベッドで一緒に寝よう。――大丈夫、ひなたが嫌がることはしないから」

「えっ」

（一緒に……？）

彼は軽い口調で、先にベッドに入っているように言い、シャワーを浴びに行った。

「ちょっと待って！　颯介さ……ん」

置いていかれたひなたは、寝室に入ることもできず、リビングのソファに腰かけて頭を抱えた。

（どうしよう……どうしたらいいの？）

頭の中が真っ白になり、なにも考えられない。

動けずにいたら、いつの間にか時間が過ぎ、カチャリとドアノブの回る音が響いた。

ひなたはハッとして、バスルームの方向に背を向ける。どんな顔をすればいいのかわからない。自分の心臓の音があまりにうるさく、彼の足音が聞こえないくらい緊張していた。

しばらくすると頭上から、彼の低くて柔らかい声が響く。

「ひなた」

ドクンと、心臓が一際大きく跳ねた。

おそるおそる顔を上げたら、颯介はひなたを見つめながら、とびきり甘い笑みを浮かべる。

「おいで、ひなた」

彼が着ているのはモノトーンのTシャツに、緩いシルエットのパンツ。スーツ姿しか見たことがなかったひなたは、思わず息を呑んだ。

普段は整髪料で固めてある前髪も、しっとり濡《ぬ》れて下りている。

ラフな格好の彼は、いつも以上に艶《つや》っぽく、ひなたは一瞬だけ緊張を忘れ、颯介に見惚れた。

「さっき言ったこと、もう忘れちゃった?」

「え?」

そう聞かれて我に返り、ひなたは不安になって瞳を揺らす。

颯介は、微《かす》かに苦笑いした。

「ひなたが自然に俺を受け入れられるようになるまでは、待つって言ったよ」

(そうだ……)

確かに彼は、そう言っていた。

「あの、ごめんなさい」

「謝らなくていいけど。でも、ひなた……」

顔を上げると、颯介は真剣な目をして訊《たず》ねた。

「一緒に寝るの、怖い？」

ひなたは慌てて、首を横に振る。多少緊張が過ぎただけで、決して怖いわけではなかった。

彼は心配しているのだ。ニューヨークや先日会議が行われた夜華会館での出来事。ひなたの遠い昔のトラウマのこと。

「怖くないです！　ちょ、ちょっと緊張しちゃっただけで……っ」

颯介は安心したように笑い、こちらに回り込むと隣に座った。そしてひなたの肩を抱き、顔をそっと近付けてきてささやく。

「じゃあ少しだけ、誘惑してもいい？」

「誘惑……？」

ひなたは、ゴクリと唾を呑み込んだ。

颯介はクスリと笑い、おでこをコツンとぶつけてくる。至近距離で目が合って、さらに胸がドキドキした。

ひなたが躊躇《ためら》いながらも頷《うなず》くと、彼は頬をするりと撫で、そこに唇を押し当てる。と同時に、手が腰に回され、身体をグッと引き寄せられた。

心臓の鼓動がますます速くなる。颯介の腕の中で、ひなたは緊張から、浅く速い呼吸を繰り返した。

閉じたまぶたの上には、柔らかいキス。頬に添えられた大きな手は、ゆったりと髪を梳《す》き、うなじを撫でつける。そして重ねられる唇。

彼の触れ方は、どこまでも優しい。怖がらせないように、傷付けないようにという彼の気持ちが伝わってきて、ひなたは幸せで泣きそうになる。

その甘い誘惑に、硬くなっていたひなたの心と身体は、次第に柔らかく溶けだしていった。

こちらを見つめる熱い眼差し。微《かす》かに鼻先をくすぐる香り。パジャマ越しに伝わる体温や、引き締まった身体――颯介のなにもかもが、ひなたを官能的な気分に誘《いざな》う。

(すごくドキドキして、気持ちいい)

他の人には手を握られるのもダメなのに。颯介だけは、どこに触られても怖くない。もっと触れてほしいとさえ思う。

彼は、何度もひなたの唇や首すじにキスをしながら、パジャマの前ボタンをゆっくりと外していった。それに合わせて、首すじから鎖骨の辺りに、彼の唇が下りてくる。

「あ……んっ……」

熱く湿った感触に、肌がゾクリと粟立《あわだ》つ。ひなたの口からは、吐息混じりの高い声が漏《も》れた。

それを聞いた颯介の声にも、熱が籠《こ》もる。

「敏感《びんかん》だね、ひなた。かわいい」

いつの間にか外されたボタンは、すでに四つ目。借り物の大きなパジャマは、片側の襟《えり》が簡単に、肩口からスルリと滑《すべ》り落ちた。

「すごく綺麗だ、ひなた。もっと触ってもいい？」

「ん……っ、は、い……」

颯介の手が、下着の上から胸の膨《ふく》らみを包み込む。

彼に触れられていると思うだけで、ひなたの身体は敏感《びんかん》に反応した。

カップの内側へ指が入り込み、直《じか》に胸を触られて、口からは無意識に甘い声が漏《も》れ出す。

ふと目を開くと、颯介はその瞳に熱を浮かべ、こちらをジッと見つめていた。初めて見る彼の表情に、ひなたは緊張とは違う胸の高鳴りを感じる。

「怖くないの？　ひなた」

湿った吐息と共に、颯介が掠《かす》れた声で、そう問いかけた。

（怖くない――）

未知の行為に対する恐怖は、多少ある。でも、彼に触られることは、全然嫌じゃなかった。むしろ、もっと先を望む気持ちが膨《ふく》らんでいく。

ひなたは、自分から彼にしがみついて言った。

「もっと、触って……」

「もっと？」

颯介は苦笑いし、ふうと息を吐く。

「これ以上は、ちょっと」

「えっ」

ひなたは軽くショックを受け、目を見開いた。自分から「触って」などと口にして、しかもそれを拒《こば》まれてしまった。

「ごめんなさい、私……」

ひなたが恥ずかしさで泣きそうになりながら謝ると、颯介は驚き、慌てた様子で言った。

「違う、ひなた。嫌だって意味じゃない」

「でも」

颯介は苦笑いしたまま、呟《つぶや》く。

「これ以上ひなたに触ったら、途中で止められる自信が、正直ないよ」

（途中で……？）

ひなたは、彼の着ているシャツを反射的に掴んで言った。

「止めなくていいです。だって、私も……」

するると、颯介がふと思い出したように笑った。

「こんなに早く言っちゃうってこと？　『もう我慢できない』って」

ひなたは目を丸くし、慌てて否定する。

「そ、そうは言ってません」

「同じことじゃない？」

「違います！」

「じゃあ、やめる？」

「えっ」

（これで終わり……？）

ひなたは黙ったまま、泣きそうな顔をした。すると今度は、颯介が焦《あせ》りだす。

「ごめん！　泣くな、ひなた。せっかく我慢しようと思ってたのに、散々煽《あお》られたから、ちょっと意地悪言った」

「散々って？」

首を傾げると、彼は困った顔をし、天井《てんじょう》を仰《あお》いだ。

「風呂上がりにパジャマの上一枚で出てくるし……。しかも、そんな格好で甘えてくるから」

ひなたは、パジャマの裾《すそ》からほぼすべてが出ている自分の脚を見つめ、顔を熱くした。

(これは……そうかも)

「ごめんなさい」

パジャマの裾《すそ》を掴んで、今さらながら脚を隠したら、颯介はいたずらっぽく笑った。

「今日のミニスカートもね。ファミレスでひなたが隣に座った時から、やられてたよ」

ひなたは恥ずかしいのと同時に、少しだけ嬉しくなって訊《たず》ねる。

「今も?」

「もちろん、今も。ひなたには、ずっとやられっぱなし」

ひなたは彼の目を覗《のぞ》き込み、クスッと笑った。

すると、颯介はまた苦笑いする。

「その技は、反則だって」

どちらからともなく自然に顔が近付き、唇が重なった。それはすぐ、深い口づけに変わる。甘く濃密な触れ合いに、ひなたの身体は、あっという間に熱くなった。

颯介は唇を離し、低く甘い声でささやく。

「本当に続けていいの?　怖くない?」

ひなたは急速に高鳴り始めた胸を押さえて頷《うなず》き、彼の胸に頬を寄せて、答える。

「……怖くない。颯介さんとなら」

彼は「わかった」とささやき、ひなたの額にそっと口づけた。

「もし途中で怖くなったら……その時は、ちゃんと言って？」

ひなたは目をつむり、颯介の胸に顔を押しつけたまま、コクリと頷《うなず》いた。


寝室に誘われるまま向かい、ひなたは緊張しながら、スプリングのきいたベッドに腰かけた。

サイドテーブルに置かれたスタンドライトの明かりが、彼の整った横顔を照らす。それを、ひなたはドキドキしながらジッと見つめていた。

同じく隣に座った颯介は、優しく微笑み、ひなたのほうにゆっくりと手を伸ばす。

ふたたび、留めたパジャマのボタンに手がかかり、それが一つずつ外されていくごとに、ひなたの緊張は高まった。

先ほどまでとは違い、彼の指先に躊躇《ためら》いは感じられない。

柔らかい素材のパジャマが、両肩からするりと落ちる。息を呑むのと同時に、颯介はそっと顔を近付けてきて、唇を重ねた。

「ん……」

触れられた途端、恥ずかしさや緊張が、甘い愉悦《ゆえつ》に溶けてぼやける。それほどに、彼の熱や深いキスのなまめかしさは、ひなたにとって強烈だった。

キスの合間に、ブラジャーのホックも外され、それをゆっくり取り払われる。ひなたはショーツ一枚の姿にされ、あまりの恥ずかしさから胸を覆《おお》ってしまう。

唇が離れると、颯介もおもむろにTシャツを脱ぎ、上半身裸になった。

もう一度彼の腕に抱きしめられ、滑《すべ》らかな肌が触れ合う。ひなたは、その心地よさや、自分とはまったく違う彼の身体つきを直《じか》に感じ、心臓の鼓動がますます速くなるのを感じた。

「ひなた」

もう何度目かもわからなくなってしまったキス――熱い唇や舌の感触は、それ自体が甘い愉悦《ゆえつ》だ。

彼の唇は、ひなたの首すじから鎖骨の辺りを、なぞるように触れていく。そうされると背すじがゾクゾクして、ひなたは思わず身を捩《よじ》った。

(首、ダメ……)

口からは、無意識に甘い声が漏《も》れる。それに呼応《こおう》するように、颯介はひなたの肌に強く吸い付いた。

「あっ……!」

熱く鈍《にぶ》い痛み――そうして彼は、ひなたの肌に赤い小さな痕跡《こんせき》をいくつも残していく。

ふいに、肩を優しく押された。そのままうしろに倒され、彼が覆《おお》い被《かぶ》さるように、のしかかってきた。

颯介はわずかに呼吸を乱しながら、ふたたびひなたの肌に唇を這《は》わせる。覆《おお》っていた腕も取られ、胸の膨《ふく》らみが露《あら》わになって、ひなたは恥ずかしさに顔を背《そむ》けた。

その膨《ふく》らみを手で優しく持ち上げられる。先の突起《とっき》を口に含まれ、舌先で転がすように舐《な》められたら、身体が反応してピクピクと跳ねた。

「んっ、ああっ……！」

「感じる？　ここも、綺麗なピンク色でかわいい」

「んんっ」

ひなたは恥ずかしくて堪《たま》らず、ギュッと目をつむったまま首を横に振る。

「本当に綺麗だ、ひなた。このまま、俺のものにしていいの？」

その問いかけに驚き、ひなたは閉じていた目を思わず開いて、彼を見つめ返した。

「颯介さんじゃなきゃイヤ……他の誰にも、触られたくない」

彼は嬉しそうな顔で「俺だけ？」と訊《たず》ねる。ひなたも微笑んで、頷《うなず》いた。

「颯介さんだけ」

「ひなた――」

深く口づけられ、互いを貪《むさぼ》るように舌を絡め合った。ひなたも慣れないながら舌を伸ばし、彼の気持ちに、懸命《けんめい》に応《こた》えようとする。

「好きだよ、ひなた。好きだ」

「んっ、颯介さ、ん……」

こうして直《じか》に触れ合っていると、彼の情欲がダイレクトに伝わってきた。

男性から向けられる性的欲望の気配は、ひなたにとって、ずっと恐ろしいものだった。

なのに、颯介から向けられるそれは、とても嬉しいと感じる。

彼のそれは愛情だ。

自分が颯介と触れ合いたいように、彼も同じことを思ってくれている。そう信じられるから、恐くないのだ。

「大好き……颯介さん」

吐息混じりにささやくと、彼は「俺もだよ」と甘くささやき返し、キスをくれる。

熱い唇とざらついた舌の感触。舌を互いに擦《こす》り、絡ませ合ったら、途端に触れ合いは生々しさを増した。

同時に彼の手が、ひなたの背中や腰、太腿《ふともも》の辺りを繰り返し撫でる。手が触れたところからは、ひっきりなしに甘いざわめきが湧《わ》いた。

「はぁっ、ん……っ」

「声もかわいい。もっと啼《な》かせたくなる」

ふたたび、颯介の手が胸の膨《ふく》らみを包んだ。手のひら全体で揺らすように揉《も》みながら、指先で小さな頂《いただき》を摘《つ》まむ。そこを指の腹で優しく擦《こす》られて、ひなたの腰がビクンと跳ねた。

「あっ……！」

彼は胸の頂《いただき》をふたたび口に含みながら、舌で転がす。そうするうちに、いつの間にか彼の手は内腿《うちもも》に伸びていった。

ひなたは、その手がどこに向かうのかを瞬時に悟り、身体を強張《こわば》らせる。

（どうしよう）

激しい胸の鼓動が耳元で鳴り響いた。

「……怖い？」

そう聞かれ、ひなたはギュッと目をつむり、首を横に振る。でも彼は気遣うように言い聞かせた。

「無理しなくていいんだよ。怖くて当たり前だ。ひなたは初めてなんだから」

（初めて――）

ひなたは自分でも、それに今気付いたみたいに、目を丸くした。

「どうした？」

彼女の表情を窺《うかが》っていた颯介が、不思議そうな顔をする。ひなたは、なんだか可笑《おか》しくなって、ふふっと笑った。

「颯介さんのことは、ちっとも怖くない。でも初めてだから……どうなるかわからなくて、ちょっと怖い」

彼は微笑んで「どうする？」と訊《たず》ねる。

ひなたは一度だけ深呼吸をすると、ほんの少し頬を熱くしながら答えた。

「……やめないで、最後まで。颯介さんのものになりたい」

颯介は目を見開き、すぐにまた微笑んで、ひなたの頬を撫でる。

「わかった。でも覚えておいて。ひなたが俺のものになるのと同時に、俺も、ひなたのものだから」

（颯介さんが、私の……）

ひなたは嬉しくなり、彼の首に腕を伸ばして、ギュッと抱きついた。

颯介の指先は、ひなたの身体から未知の感覚を次々と引き出していく。

宥《なだ》めるように背中を撫でながら、彼はゆっくりと手を下に移動させ、ショーツに指をかけた。

最後の一枚を脱がされ、自分でもじっくりとは見たことのないところまで、彼に見られてしまう。

ひなたは、それが恥ずかしくて堪《たま》らなかった。なのに彼は、ひなたの脚をさらに開かせ、そこに顔を近付けてくる。

ひなたは驚き、まさかと思いながらも、咄嗟《とっさ》に腰を引いた。だが颯介は彼女の腿《もも》をしっかり抱えて、襞の隙間に舌を這《は》わせる。

「あっ……ダメ、やっ、ああっ！」

強烈な恥ずかしさと、甘すぎる刺激――

ひなたは身体を弓なりに反《そ》らせて、身体を大きく捩《よじ》った。

「逃げないで、ひなた」

「んんっ……！」

「大丈夫。どこも全部綺麗だ。信じられないくらいにね。恥ずかしがる必要なんか、全然ない」

（そんなこと言われても……！）

彼のざらついた舌が、一番敏感《びんかん》な肉芽をなぞり、何度も擦《こす》り上げた。ひなたは血が上《のぼ》ってぼうっとする頭を振り、泣き声に近い喘《あえ》ぎ声を漏《も》らす。

初めは緊張で強張《こわば》り続けていた身体も、甘く切ない痺《しび》れが増していくごとに、熱く溶けていった。

ひなたが敏感《びんかん》に反応して腰を浮かすたび、颯介はまるで宥《なだ》めるように、ひなたの腰や腿《もも》のあたりを擦《さす》る。

「濡《ぬ》れて、少し柔らかくなってきたね。指、挿《い》れるよ」

「んっ……、そ、すけさっ……！」

彼は指を一本だけ、ゆっくりと中に挿《い》れてきた。ひなたは痛みを予想してギュッと目をつむり、身体を震わせる。

「痛い？」

身体の中に感じる初めての異物感。でも思ったような痛みはなかった。ひなたは肩で息をしながら首を横に振り、おそるおそる目を開ける。

颯介は、ひなたの反応を慎重《しんちょう》に見ながら指を動かし、本数を増やしていった。途中、舌で肉芽を舐《ねぶ》って、ひなたの身体から快感を逃《の》がさないようコントロールする。

ひなたはもう、甘い快感と強い羞恥《しゅうち》と熱に浮かされ、熱くなった顔を歪《ゆが》めながら喘《あえ》ぐのみ。

そうしてじっくりと慣らされ、彼の指がスムーズに抽挿されるようになった頃、颯介が訊《たず》ねた。

「ひなた……もう、挿《い》れてもいい？」

見上げた彼の切なげな表情を見て、ひなたの胸は苦しくなった。慣れないひなたに合わせることで、彼にだいぶ我慢をさせてしまったに違いない。

ひなたは頷《うなず》き、自分から颯介の首に手を伸ばした。

彼は苦笑いし、「ちょっと待って」と言って、サイドテーブルの引き出しから避妊具を取り出す。準備ができるのを見計らい、ひなたはふたたび手を伸ばした。

颯介はひなたの脇《わき》に肘《ひじ》をついて覆《おお》い被《かぶ》さり、優しくそっと抱きしめてくる。

脚を開かされ、いよいよ緊張がピークに達して、ひなたはギュッと目をつむった。敏《びん》感《かん》なところに彼の熱いものが触れ、思わず息を呑む。

「痛いとか怖いのを我慢できなかったら、教えて」

彼はそう言って、ゆっくり腰を進めてきた。指とは比べものにならない熱さと太さの塊《かたまり》が中を押し開いていく。下腹部全体がビリビリして、引き裂かれるような鋭い痛み。

ひなたは初めて感じるその痛みと圧迫感に耐え切れず、呻《うめ》いた。

颯介も眉間《みけん》にシワを寄せ、なにかを堪《こら》えるような苦しげな表情を浮かべている。でも彼は、ひなたを気遣い、痛みを紛《まぎ》らわせるように何度も優しく頭を撫でてくれた。

ゆっくりと腰を押し進めて、なんとか奥まで繋《つな》がると、颯介は大きく息を吐いて呟《つぶや》く。

「痛いよな。ごめんな、ひなた……」

「んっ」

ひなたはギュッと目をつむったまま、目尻に涙を溜《た》めて、首を横に振る。

なぜかそのまま動かずにじっとしている颯介を、ひなたはそっと目を開いて、下から窺《うかが》い見た。

「颯介さん……？」

「もう少し、慣れるまで」

そう言って、颯介はひなたをそっと抱きしめたまま、首すじに顔を埋《うず》める。互いの体温が混じり合い、吐息がかかる距離で、二人は自然に唇を触れ合わせた。

そのうちに、ひなたは鋭かった痛みが徐々に、じんわりとボヤけていくのに気付いた。

（颯介さんと……繋《つな》がってる）

痛みはあるが、彼の身体の重みや、密着している素肌の感触、体温はとても心地いい。

それは、これまで経験したことのない幸福感だった。今まで欠けていたものが一度に満たされて、そのまま溺《おぼ》れ、もう抜け出すことができなくなりそうなほどの――

「颯介さん、もう大丈夫」

ひなたは彼の首に腕を回してささやき、律動《りつどう》を促《うなが》した。すると彼は、微《かす》かに苦しげな顔をして頷《うなず》いて見せる。

「なるべく早く終わるようにするから」

そう言って、颯介は気遣うようにゆっくり動き出した。

「あっ」

ひなたは痛みより、熱さを強く感じた。行き来する熱に、のしかかる重み。

颯介の熱に突き上げられるたびに、身体の奥で、徐々に切なく疼《うず》くような感覚が湧《わ》き始める。

（なに、これ……？）

入り口にはヒリつく痛みが残っている。でも奥の甘い痺《しび》れを自覚した途端、快感が下腹部全体にじわじわと広がっていった。

「あっ……ん、ああ……っ」

ひなたの甘い声に煽《あお》られるようにして、颯介の動きも少しずつ速くなる。彼は上半身を起こし、ひなたの腰を掴んで細かく揺さぶった。

「あっ、あ……颯介さ、んっ！」

「ひなた……！」

身体を深く繋《つな》げたまま、ふたたび颯介の腕に抱きしめられる。深い口づけを交わし、何度も揺さぶられながら、ひなたは甘い声を上げ、彼にしがみついた。

颯介の熱い吐息が耳にかかる。荒い呼吸の合間に、快感を訴える短い喘《あえ》ぎ声が混じり、彼も感じていることが伝わってきた。それに、ひなたも興奮を煽《あお》られる。

そのうちに、颯介が軽く息を詰め、それを大きく吐き出してから脱力した。

彼の体重が全身にかかり、ひなたはその重みを驚きと共に受け止める。

（終わったの……？）

ゆっくり身体が離れると、ひなたは重圧からの解放感と喪失感を同時に感じ、息を吐いた。

痛みからも解放され、ぼんやりしているうちに、颯介の腕の中に囲われる。

「大丈夫?」

彼の心配そうな声。ひなたは頷《うなず》き、彼の胸に頬を寄せて背中に腕を回した。

身体を繋《つな》げる前とはまったく違う感覚。

(他人じゃないみたい)

その時、ひなたは身体を繋《つな》げると、心の距離もグッと近くなることを知った。

自分自身とも違うし、家族でもない。でも今、颯介は誰よりも近くにいる。

ずっと、一人だと思っていた。誰かに近付くことは恐怖でしかなくて。

彼に出会わなければきっと、誰にも触れられず、結婚はおろか恋人を作ることもままならなかった。

(この人がいれば、なにも怖くない)

ひなたは安心感と幸福に包まれて、彼に優しく抱きしめられながら、そっと目を閉じた。

第三章

颯介と付き合い始めてから一ヶ月。その日、ひなたが彼に頼まれた翻訳《ほんやく》作業を進めていたら、横から声をかけられた。

「原田さん、ちょっと」

ひなたは肩をビクッと震わせ、おそるおそる顔を上げる。

声の主は、秘書室主任の松村悠里《ゆうり》。以前、ニューヨーク出張の時に勝手に撮られた写真を見せてきた人物だ。ひなたは警戒《けいかい》心を露《あら》わにして、眉根を寄せる。

松村は憂鬱《ゆううつ》そうなため息を吐き、ひなたを打ち合わせブースではなく、外の廊下に連れ出した。

「ねぇ、今日ってお弁当？」

周囲に人目がないのを確認してから、松村はそう切り出す。

「はい……そうです、けど」

（なぜ？）

ひなたは軽く首を捻《ひね》った。

「一緒に社食に行かない？　話があるの」

「話？」

「秘書室の他の子たちは今日、みんな外へランチに出るから。いいよね」

強引に約束を取り付けて、松村はさっさと部屋に戻っていった。

今日、エリックと颯介は関西方面に日帰りで出張している。そのため今日は一日デスクワークの予定だ。

ひなたは気乗りしなかったが、断るのに適した言い訳もなく、渋々松村に同行することになった。

そして迎えた昼休み。社員食堂には数える程しか訪れたことがない。ひなたの会社は大きな自社ビルで働く多数の従業員のため、開放感のあるワンフロアを丸ごと社員食堂にしていた。

食堂の階でエレベーターを降り、ひなたは松村と連れ立って歩く。

そこからすでに、ひなたは大勢の社員たちの視線を感じ、憂鬱《ゆううつ》になった。颯介のおかげでうつむかずにいられるようにはなっても、人の目が苦手なことに変わりはない。

弁当を持参しているひなたは、先に席に着いた。松村が指定したのは窓際《まどぎわ》にある二人掛けの席だ。

「ねぇ、君、もしかして秘書室の原田さん？」

突然背後から声をかけられ振り返ると、背中合わせに座っていた隣の席の男性が、こちらに興味津々《きょうみしんしん》といった表情を向けていた。思ったより距離が近く、ひなたの全身が緊張でこわばる。

「うわ、マジかわいい」

「ね、原田さんって、彼氏いるの？」

その男性の向かい側に座っていたもう一人も加わり、一方的な攻勢になった。

「彼氏いてもいいからさ、今度俺たちと合コンしようよ」

「秘書室のメンバーでもいいし、原田さんの友達でもいいよ。ねね、連絡先教えて？」

そこへ定食のトレーを手に近付いてきた松村が、困って途方に暮れるひなたを見て、ため息を吐いた。

「ちょっと。彼女困ってんのが見てわかんないの？　鈍《にぶ》い男たちね」

大きくてよく通る松村の声が響き、しつこく連絡先を聞き出そうと迫っていた男性たちは怯《ひる》んだ。

ひなたは、驚きに目を丸くして松村を見上げる。

（助けてくれるの……？）

だが松村は、次になぜかひなたに向き直り、顔をしかめた。

「あんたも迷惑なら迷惑ってハッキリ言いなさい！　鬱陶《うっとう》しいのよ、その被害者ヅラ」

（鬱陶《うっとう》しい……！）

松村の言葉にショックは受けたものの、あまりにも率直《そっちょく》に叱《しか》られて、ひなたはある種の感動を覚えた。

そして振り返り、背後にいる男性二人に向かって頭を下げる。

「すみません。お付き合いしてる人がいるので、合コンには行けません」

松村の勢いに押され呆然《ぼうぜん》としていた男性たちは、ハッと我に返ると、「そうだよね」

「やっぱりね」と苦笑いし、あっという間にどこかへ行ってしまった。

ひなたは、今度は向かいに座った松村に向き直り、頭を下げる。

「ありがとうございました」

「なにが？」

「ああいう時、どうしたらいいかわからなかったので……」

そう答えたら、松村は怪訝《けげん》な表情を浮かべた。

「どうするもなにも。余計なこと考えずに、嬉しけりゃ笑えばいいし、迷惑なら迷惑だって怒ればいいでしょ」

彼女の言うことはもっともなのだが、ひなたにはそんな単純なことが、ひどく難しく感じる。

「迷惑なんて言ったら……相手を怒らせてしまいませんか？」

すると、松村はちゃんちゃら可笑《おか》しいとばかりに笑った。

「馬鹿ね。なに考えてんのかわかんない中途半端な態度のほうが、よっぽど頭にくるわよ。泣きそうな顔してオロオロするくらいなら、最初から無視すればいいでしょ」

その言葉は、衝撃だった。松村は真面目な顔に戻って続ける。

「相手はさ、あなたとコミュニケーション取りたくて、拒否されることも想定した上で声かけてんのよ。そこでキッパリ拒否しなきゃ迷ってるように見えるし。迷えば相手はもっと押してくるに決まってるじゃない」

（つまり、それが中途半端ってこと……）

ひなたは、目からウロコが落ちたような気分だった。でも、そういえば室長の大谷からも同じようなことを言われた気がする。

「私自身の態度に、問題があるんですね」

うつむいたひなたに、松村は軽くため息を吐き、問いかけた。

「あなた、秘書室の子たちに嫌がらせされてる？」

「え？」

ひなたは意外な言葉に目を見開いた。

（そういえば……）

最初に接触をはかってきたのが松村だったせいか、ひなたは嫌がらせをしてくる人たちと彼女を一括《ひとくく》りにしていた。だが、あの時以来、その人たちの中に彼女は交ざっていなかった気がする。

「給湯室で食事してたって、大谷さんが言ってたけど」

「あ……そういえば先日、室長に見られちゃいました」

ひなたが言うと、松村は目を逸《そ》らして呟《つぶや》いた。

「今度から社食に来づらい時は私に言いなさい。……大谷さんに、余計な心配かけないでよね」

(室長に……?)

ひなたは目を大きく見開いたまま、松村を見つめる。彼女はそれから、ただ黙々と箸《はし》を口に運んでいた。


その夜、出張帰りの颯介からメールで呼ばれたひなたは、彼のマンションを訪れた。

平日は残業続きで帰りの遅い彼にプライベートで会えるのは、ほぼ休日に限られてしまう。

颯介と初めて結ばれたあの日から、ここ一ヶ月の間にプライベートで会えたのは、まだ二回だけだった。今日は火曜日なので、こんな日に会えるのはかなり珍しい。

(ほぼ毎日、仕事で一緒だけど)

そういう関係になった途端《とたん》、ひなたは颯介があの時、なにを愚痴《ぐち》っていたのか理解できるようになってしまった。

（二人きりで会いたい。目の前にいるのに触れないのが、こんなにツラいなんて）

玄関前まで来て、もう一度ベルを鳴らそうとすると、それより前に颯介が内側からドアを開けた。

「ひなた。入って」

嬉しそうな笑みを浮かべる颯介を見た途端《とたん》、ひなたは彼に飛びつきたくなった。でも、それをグッと我慢して、おとなしく中へ入る。

だがドアを閉めた途端《とたん》、彼のほうが我慢できないといったように、ひなたを抱き寄せた。

「颯介さ……っ」

性急に唇を割られ、舌を強く吸われる。ひなたもそれに応《こた》えて、彼の首に腕を回した。

すると、ひなたの腰に回されていた颯介の腕に一層力が入る。

「はっ、ん……そ、すけさ……」

お互いの隙間《すきま》をひたすら埋めていくようなキスに、ひなたはあっという間に蕩《とろ》けた。

脚の力が抜けた頃、颯介はようやく唇を離してくれる。

「ひなた……このまま抱いていい？　我慢できない」

余裕のない声が、ひなたを耳から甘く誘惑する。

直後、反論させないとばかりに、颯介はもう一度ひなたの唇を塞《ふさ》いだ。

「ここじゃダメ」

そう呟《つぶや》いた彼女を、颯介は肩に担《かつ》ぐように抱き上げ、強引に寝室へ連れ込んだ。

立て続けに二回も抱かれて、くったりとベッドに沈んだひなたの耳に、颯介は甘い声でささやく。

「明日、一緒に出勤しようか」

「一緒にって……会社の近くまで？」

「いや、秘書室まで」

ひなたは目を丸くして、隣に横たわる颯介を見上げた。

「それって、色々言われません？」

「すでに言われてるでしょ。うちは社内恋愛を否定する風潮《ふうちょう》はないし、ひなたが嫌じゃなければ、俺と付き合ってることを隠さなくてもいいよ」

「でも……」

ひなたは困った顔をして、考え込んだ。

（嫌がらせがますます酷《ひど》くなりそう）

それらの行為は、颯介の目に触れないところでわからないように行《おこな》われているため、彼は気が付いていないはずだった。ひなたも颯介にわざわざ心配をかけたくないし、告《つ》げ口のような真似《まね》もしたくないから、話していない。

「本当はね、俺が言いたいだけ。ひなたは俺のものだって。顔を隠すのをやめるようになってから、社内で声かけられること増えただろ」

颯介が自嘲的《じちょうてき》に笑うのを見て、ひなたは驚く。

「ひなたがそう簡単に心変わりするわけないってわかってても……心配だよ」

彼に頭を撫《な》でられ、額や頬《ほお》にたくさんキスをされた。

ひなたは、困ったのと嬉しく思うのがない交ぜになり、どうしたらいいのか、よくわからなくなってしまった。

＊

翌朝。スーツは昨日と同じで、中のブラウスは颯介のマンションに置きっぱなしにしていた物に着替えた。だが、同じスーツを着ていくことはやはり気になる。女性というのはかなり目ざといものだ。

冷凍していた食パンを新品のトースターで焼いて、これまた新品のフライパンでベーコンと卵を焼く。

颯介は、先日自分がプレゼントしたエプロンを着けているひなたを、嬉しそうにニコニコしながら眺《なが》めていた。

そのうち彼は、ひなたの背後をウロウロして、興味深げに冷蔵庫を開け、中を覗《のぞ》きだす。そして、短期間であっという間に充実した中身に驚いていた。

いくらスペースに余裕があっても、作業しているキッチンをうろつかれると少し邪魔《じゃま》だ。そこでひなたは、サラダ用に洗っておいたミニトマトを一つ、颯介に進呈《しんてい》した。

「これあげますから、あっちで待ってて下さい」

颯介はトマトが好物なのだ。彼は、ひなたの手から直接パクッと口に入れると、もぐもぐしながらご機嫌でリビングに向かった。

サラダにスープ、ベーコンと目玉焼きにトーストとコーヒー。

およそ十五分程度で簡単な朝食の支度《したく》を済ませると、颯介は感心して「おお」と唸《うな》った。

「メイクしたいので、片付けをお願いしてもいいですか？」

ひなたは首を傾げ、遠慮《えんりょ》がちに颯介を見上げる。すると彼は、エプロンを脱ごうとしていたひなたをぎゅっと抱きしめ、頬《ほお》を擦《す》り寄せてきた。

「片付けなんかいくらでもやるよ。かわいいなぁ、ひなた」

(なんか私……やっぱり飼い猫みたい？)

仕事中とは打って変わって甘々な颯介に頭を撫《な》でられ、ひなたは頬《ほお》を熱くしながら、目をパチパチと瞬《しばた》かせた。

最寄駅の改札を出たあたりからチラチラとした視線を感じる。

彼とは手を繋《つな》いでもいないし、普通に並んで歩いているだけだ。

でも他人には、颯介の醸《かも》し出す雰囲気が甘く華やいでいるのが伝わるのかもしれない。

そして隣にいる、ひなたのそれも。

二人並んで社屋《しゃおく》のエントランスを入っていくと、人々の視線はより顕著《けんちょ》になった。皆がすれ違いざま、驚いた表情で振り返っていく。

「気になる？」

颯介がいたずらっぽい笑みを浮かべて聞くので、ひなたは苦笑いした。

「周りにはどう見えるのかなって」

「そりゃ仲良いカップルに見えるんじゃない？　ひなたの首にキスマークも付いてるし」

「え……嘘っ!?」

ひなたが慌てて首すじを隠すと、颯介は笑って「嘘、冗談」とささやいた。

「見えるとこには付けないように気を付けてます」

ひなたはホッとするのと同時に膨《ふく》れっ面《つら》をして「ひどいっ、もう！」と怒り、颯介を笑わせた。

一緒に歩いていることよりも、そんな親しげなやり取りのほうがよほど、二人が付き合っているのだと、皆に思わせていたのだが——ひなたは余裕がなく、それに気付いていなかった。

一方の颯介は、あえて仲の良さをアピールしていた。もちろん、ひなたの虫除《よ》けのために。

秘書室に入ると、颯介の姿を見て目を輝かせた女性たちが、続いて入ってきたひなたの姿を見て一様に顔をしかめた。

ひなたは、前日と同じスーツを着ていることに気付かれないかと、気が気ではない。

颯介は仕事中にあまり見せない甘い笑みを浮かべ、ひなたをじっと見つめた。

「ひなた、再来週の出張だけど……」

彼の笑顔に戸惑い、思わず目を逸《そ》らすと、颯介は手に持った資料でひなたの頭をポンと叩いた。

「エリックの同伴《どうはん》は一人でな。俺はその日、研修があるから」

「え⁉」

（私だけ？）

急に不安な表情を浮かべたひなたに、颯介は優しく微笑みかける。

「ちゃんとフォローするから。あんまり心配するなよ」

「……はい」

来週の出張のことで頭が一杯になってしまったひなたは、その時、背後からぶつけられていた不穏な視線にも気付くことができなかった。

＊

二日後の昼休み。

その日は晴れていたので、ひなたはいつものように弁当を抱えて外の公園に出た。

本社ビルは数年前に古い社屋《しゃおく》を取り壊すことになり、東京湾沿いの埋立地に建設されたこの新しいビルへと移った。周辺には、少し離れたところに大型の商業施設があるのみで、飲食店などはまだ少ない。隣の公園は海沿いで割に広く、半分ほど歩いてくれば、社内の知り合いにも会うことはほとんどなかった。

ひなたがいつものベンチに座ると、ふいにうしろから声がかかる。

「原田さん」

ビクッと飛び上がり、ひなたは背後をこわごわと振り返った。その声に、聞き覚えがあった。

案の定、そこに立っていたのは秘書室の女性たち。しかも以前、ひなたを休憩室から追い出した三人組だった。

休憩室を使おうとしたところ、先に中にいたこの三人は、聞こえよがしにこう言ったのだ。

『ふーん……専任秘書サマが休憩室をお使いになるらしいわよ』

『え！　新人のくせに先輩を押しのけて？』

『だって専任秘書サマですから。いくら先輩が先に使ってたからって遠慮《えんりょ》する必要なんてないと思ってるんじゃないですか？』

それが嫌がらせだということは充分わかったが、どう対抗すればいいのかまではわからなかった。

だからもう、ひなたは休憩室そのものに近寄らないと決めている。

ベンチから立ち上がると、三人のうちの一人が眉根を寄せ、険《けわ》しい顔をして問いかけた。

「宮村さんと付き合ってるって本当なの？」

「それは……」

（どう答えたらいい？）

下を向いて答えに迷うひなたを見て、三人は肯定と受け取ったようだった。

「最低」

「いくら仕事ができないからって、色じかけ？」

「おかしいと思った。あの宮村さんがあんたにだけ甘いのは、そういうことなんだ」

ひなたは焦《あせ》った。自分と付き合うことで、颯介が悪く言われてしまうのは嫌だった。

「色じかけなんかじゃ……」

すると三人は周囲に人目がないのをいいことに、ここぞとばかりに追い討《う》ちをかけてくる。

「なに言ってるのか、聞こえないんですけど」

「こんな陰気な子、宮村さんの評判も秘書室のイメージも、下げる一方だよね」

「あんた会社辞めなよ。目障《めざわ》りなんだよ」

ひなたはショックで、身体が硬直していた。ここまであからさまな敵意を正面から向けられると、さすがにショックも大きい。

(この人たちは本当に私のことが嫌いなんだ)

でなければ、こんな言葉を人に投げつけたりできないだろう。

黙り込み、反論もしてこないひなたを見て、三人はひとまず気が済んだのか、その場を立ち去った。ひなたは、力なくベンチに座り込むと、弁当を開く気にもなれずにうつむく。

彼女たちの嫌がらせの理由は、単に颯介の傍《そば》をウロチョロする女が目障《めざわ》りで、気にくわないからだと思っていた。

(違う……私が嫌われてるんだ)

容姿だけでなく、コンプレックスからくる自信のなさや、ウジウジしてハッキリしない態度。そういったものが、彼女たちの怒りを増長させている。

(どうしたらいいの……?)

ひなたは深い自己嫌悪に陥《おちい》り、酷《ひど》く落ち込んでしまった。

＊

「なんでそんなに元気ないのよ?」

一週間後の金曜日。いつもの楽しいカレンとの時間にも、ひなたは笑えなくなっていた。

颯介と付き合っていることがバレてしまってから、彼女たちの嫌がらせは、ますます陰湿《いんしつ》になっている。

どこから漏《も》れたのか、ひなたの携帯のアドレスに見知らぬ男性からのメールがたくさん送られてくるようになった。向こうはひなたのことを知っているようで、中には自己紹介が付いているものもあり、その男性たちが社内の人間だということはわかった。ひなたはアドレスを同じ部署の人間にしか教えていなかったから、それを漏《も》らしたのは前の総務課か、今の秘書室の人間のどちらかだ。

それに最近、自宅にも嫌がらせをされるようになった。ポストにおかしな手紙が入っていたり、虫の死骸《しがい》やゴミが入れられていたりする。一つ一つは些細《ささい》なものでも、積み重なると、消化できないドロドロとした気持ちが膨《ふく》らんでいった。

カレンが心配そうに顔を覗《のぞ》き込んできたが、ひなたはうつむいて、目にうっすら涙を溜《た》めていた。

「ちょっ、ひなた！　なにがあったの？　颯介なの？　もしそうならあいつ、許さない！」

携帯を取り出して電話をかけそうな様子を見せたカレンを、ひなたは慌てて止める。

「違う！　颯介さんには言わないで！」

「じゃあなんで泣きそうになってるの」

カレンの険《けわ》しい表情に、ひなたはとうとう涙をこぼしてしまった。

しばらく黙っていたひなたは、そのうちボソボソと、最近の嫌がらせの激しさと、自分が周りに嫌われていることを話した。

「それ、別にひなたは、なんにも悪くないじゃない」

「そうなのかなぁ……よくわからなくなってきちゃった」

「なんで？」

「怖がってばかりで、ハッキリ言えないし。仕事ができないのも本当だし……」

カレンはまったく同意できないとばかりに首を横に振った。

「それだって、ひなたのせいじゃないわ！　自分を攻撃する人間を怖いと思うのは当然よ。仕事だって、異動したばかりなんだもの。仕方ないわ」

でもひなたは黙って下を向き、泣き続ける。

「ひなたってば……そんなに綺麗《きれい》で頭もいいくせに。全然、自分に自信が持てないままなのね」

カレンは、彼女の背中をさすりながら、静かにため息を吐いた。

＊

翌週から始まる研修の準備のため、土曜日は颯介に会えなかった。でも彼はなんとか時間を作り、日曜日の夕方、車で迎えにきてくれると言う。

そろそろ到着するとメールが入り、ひなたは張り切って支度《したく》をし、玄関を出た。いくら落ち込んでいても、彼にそんな顔は見せたくない。

だが鍵を締めようとして振り返り、初めて玄関ドアの惨状《さんじょう》に気付いて、ひなたは凍《こお》りついた。

アパートに到着し、車から降りてきた颯介に声をかけられ、ひなたは震《ふる》えながら彼の顔を見上げる。

玄関ドアの真ん中あたりには、ドロっとした白っぽい液体が飛び散っており、郵便受けには、長い袋状のゴムが引っかかっていた。

「これ……」

それを見た颯介も絶句している。ゴムは明らかに避妊具で、液体のほうはおそらく精液ではないかと思われた。

「いつ？」

そう訊《たず》ねられ、ひなたは首を横に振る。

「わかりません。今、出かけようとして……」

（なんでこんなこと――）

半分泣き声になっているひなたを、颯介は強く抱きしめ、すぐさま警察に通報した。

しばらくすると、近くをパトロールしていたらしい二人の警察官が来て、玄関先の惨状《さんじょう》を見て顔をしかめる。

「タチの悪いイタズラだね。こういうことは初めてですか？」

そう聞かれ、ひなたは一瞬迷いながらも、首を横に振った。

「え!?」

颯介が驚いて、目を見開く。

「前にもあったのか?」

「ここ最近……変な手紙とか、虫の死骸《しがい》とかが、ポストに入ってることがあって」

心配をかけたくなくて、颯介にはなにも伝えていなかった。

「女性の一人暮らしだと、こういうイタズラの被害は多いんです。この手のものはエスカレートしやすいですから、今のうちに対策されることをお勧《すす》めします」

「対策って?」

淡々とした口調の警察官に、颯介は少しトゲのある聞き方をする。だが、その警官は落ち着いた笑みを浮かべた。

「なるべく一人にならないこと。後はオートロックや管理人が常駐している所に引っ越すなどです。こういう人目につきにくいアパートに、若くて綺麗《きれい》な女性が一人で住むのは、防犯上あまりよろしいとは言えませんね」

ひなたは学生時代からずっとここに住んでいる。だがこんなイタズラの被害を受けたことは、今までなかった。そう言ったら、颯介は顔をしかめて呟《つぶや》いた。

「顔を隠さず歩くようになってからか」

　すると、彼は突然、ひなたに荷物をまとめるよう言った。

「まとめて……どうするんですか？」

　怪訝《けげん》な表情を浮かべたら、颯介は優しく微笑んで言う。

「俺のマンションにおいで。オートロックだし、駅からの道も明るい。ここよりは数倍安全だと思うよ」

（いくら安全でも迷惑じゃ……）

　戸惑うひなたに、颯介はなかば強引に荷物をまとめさせる。そうして彼はひなたと荷物を車に詰め込んで、マンションに向かった。


　警察への対応や汚された玄関先の片付けなどを率先《そっせん》してやってくれた颯介に、ひなたは心からの感謝と、強い申し訳なさを感じた。自分は仕事だけでなく、プライベートでも颯介に迷惑をかけてばかりいる。

　マンションに着いてからも、ずっとソファでうつむいているひなたの隣に、颯介は腰掛けた。

「当面、宿代として食事の支度《したく》をしてもらうってことでどう？」

「え？」

　ひなたがようやく顔を上げると、彼は優しく微笑んだ。

「本当はなんにもしなくても、いくらでもここにいていいんだ。でも、ひなたは多分申し訳ないとか、迷惑かけてるとか、そういうことを考えちゃうだろ？」

「食事の支度《したく》……？」

確かに自分が颯介の役に立てることといったら、ひなたにもそのくらいしか思いつかなかった。

「ひなたの作る朝ごはん、好きだ。手際もよくて、見てるだけでも楽しい。本当は夕飯も、できれば昼の弁当も作ってほしかったんだ」

ひなたはその言葉に目を丸くする。

「お弁当も？」

「ん……さすがにそれは面倒かな？　外回りのない時だけでいいんだけど」

ひなたは慌てて首を横に振った。

「それは全然大丈夫です、けど……」

戸惑うひなたの頬《ほお》に、颯介は軽く口づけてニコリと笑う。

「じゃあ取り引き成立。食費と光熱費は俺持ちだから心配しないで。あとは自分の家のつもりで、のびのびすること」

さっそく二人で、その日の夕飯の材料と翌日のお弁当の材料の買い出しに向かった。

新しい弁当箱に、おかずの作り置き用の保存容器をいくつか。あとはお茶を飲みたかったから、急須《きゅうす》と湯呑《ゆの》みをペアで買ってもらう。

ペアの湯呑《ゆの》みを手に取り、一緒に眺《なが》めていた時は、なんだか新婚みたいだなぁと考え、ひなたは一人で顔を熱くした。

颯介はふと見かけたかわいらしい赤い革のハート型が付いたキーホルダーを買い、それに部屋の鍵を付けて、ひなたに手渡す。

「合鍵。ひなたの分」

（合鍵――？）

それを受け取りながら、ひなたは驚きと照れくささを感じて、目を瞬《しばた》かせた。

＊

翌日から、颯介はひなたの作った弁当を持参し、出勤し始めた。

彼は今週のなかばまで社内研修があり、ひなたは一週間、エリックと二人で外回りの予定だ。

ひなたは、秘書室に一人でいると、気持ちが暗く沈んでしまいそうになる。最近は、自分のアパートに帰っても同じだった。でも今は、仕事が終われば、帰るのは颯介のマンションだ。

夕飯と朝食、そしてお弁当のおかず。颯介も食べるとなると、気が抜けない。三食分の献立《こんだて》をしっかり考えるのはそれなりに大変だったが、ひなたにとっては、とてもいい気分転換になった。

ずっと颯介のマンションにいることで、安心していられる。でも、また自宅になにか嫌がらせをされていないかだけが気になっていた。

同居を始めたことで、ひなたの携帯にひっきりなしに着信があることを颯介にはすぐに、気付かれてしまった。問いつめられ、結局メールアドレスが誰かから社内の人間に漏《も》れたことも、彼に話さざるを得なくなった。

「どうしてひなたは俺になにも言ってくれないの？」

颯介に、悔《くや》しそうで寂しげな口調でそう言われ、ひなたも悲しくなってしまう。

心配も迷惑もかけたくなかった――

でも結局は心配させ、迷惑もかけまくっている。

「ごめんなさい」

ひなたが涙をこぼすと、颯介は黙って力強く抱きしめ、泣き止むまでずっと頭を優しく撫《な》でてくれた。

それからアドレスと、ついでに携帯番号も、すぐに変更させられた。新しいものは颯介とエリック以外の職場の人間には教えなくていいからと言われ、ひなたは素直に従う。

家族とカレンにだけ連絡し、絶えずあった着信がなくなるとホッとした。

これまでに送られてきた知らない人からのメールはすべて、颯介のアドレスに転送されている。操作したのは颯介で、見られて困るデータがなにもないひなたは、その間携帯を彼に預けっぱなしにしていただけだ。

しばらく外回りで秘書室に顔を出す用事もなかったため、ひなたの精神状態はだいぶ落ち着きを取り戻してきた。

颯介と仕事で会えなくても、プライベートではずっと一緒にいられることで、ひなたは、常に守られているような安心感を感じていた。

＊　＊　＊

今日は、社内研修の最終日。颯介は秘書室の自席に着き、研修が始まる時間までメールをチェックしようとパソコンの電源を入れた。

ひなたは朝からエリックの出張同伴《どうはん》で、名古屋に向かっている。一人で行かせるのは心配だったが、エリックも一緒だ。颯介は、彼女が無事に務めを果たして帰ってきたら、手放しで褒《ほ》めてやろうと考えていた。

颯介は、パソコンが起動するまでの間、机の上に置かれた決裁《けっさい》待ちの文書に目を通そうと、手を伸ばす。すると、一枚の写真が文書の間から机の上に滑《すべ》り落ちた。

(なんだ……?)

手に取ると、そこには華《はな》やかに着飾ったひなたと、その隣を歩く男の姿が写っている。

颯介は一瞬、息を呑んだ。だが隣に写っている緑色の奇抜な頭は、よく見るまでもなくカレンだ。派手で特徴があるからすぐにわかる。

(この間の金曜日か。よく撮れてるじゃないか)

だが、一体誰がこれを――?

颯介は、わざと満足げに微笑み、何事もなかったかのように写真を胸ポケットにしまった。そしてすかさず、視線を部屋の中に走らせる。

すると、怪訝《けげん》な表情を浮かべて颯介を見つめていた三人のグループ秘書と目が合った。

(あいつら――)

慌てて顔を背《そむ》けたその三人を、颯介はしっかりと目に焼き付ける。そして、何事もなかったかのように手元の文書に目を落とした。

だが実際、文書の内容は追っていなかった。颯介はそれを読むフリをしながら、この写真が置かれていたことが示す意味を静かに考える。

『ひなたは職場で嫌がらせを受けている』

先週の金曜日、カレンが、ひなたと別れたあとに心配して、颯介に連絡を寄越《よこ》したのだ。なんとかしてやれと言われ、颯介は、その事実に気付いていなかった自分に、心底腹を立てた。

翌週からすぐに研修が始まったため、ひなたのここでの様子を、まだ確かめられていない。本人を問いつめてもいいのだが、颯介は少し迷っていた。

（原因は俺にもある）

社内で、ひなたとの仲をわざわざ見せつけるような真似《まね》をしていた。彼女に近付く男が少しでも減ってくれればという思いからだったが、女性社員から逆恨《さかうら》みを受けるところまでは、考えが至っていなかったのだ。

だからといって、自分がすべてをどうにかしてしまうのは、違う気がする。彼女は決して頭の悪い女性ではない。ただ少し、自信が足りないだけなのだ。

颯介は、ひなたの恋人であると同時に上司として、この件をどうやって解決すべきか――それをずっと考えていた。

＊　＊　＊

エリックの希望で、新幹線の座席は、彼のすぐ隣だった。

ひなたが、颯介から渡された会議資料に目を通していると、エリックが珍しく日本語で話しかけてくる。

「ねぇ、ひなた。名古屋といえばなにかな？」

（名古屋といえば？）

パッと頭に浮かんだのは、城と鯱《しゃちほこ》。あとはういろう、きしめん、味噌《みそ》カツ、ひつまぶし――

「今日出がけにね、結子から『名古屋のお土産《みやげ》を期待してるから』と言われてしまって」

結子さんは、エリックの奥方だ。ひなたは背すじをピッと伸ばし、秘書として役に立たねばと思い、気合いを入れた。

「いいお土産《みやげ》を探しますね。食べ物がいいですか？　それともアクセサリーとか」

「間違いなく食べ物のほうが喜ばれるね」

「承知しました」

ひなたは以前、エリックがなにかの折に漏《も》らした言葉を思い出す。

「結子さんて、確か甘いものがお好きで、辛いものが苦手なんですよね」

エリックは、感心したように呟《つぶや》いた。

「よく覚えてたね、ひなた。嬉しいよ」

褒《ほ》められて、ひなたは嬉しくなり、思わず笑みを浮かべる。

するとエリックが軽く目を見張って言った。

「ひなた……君の笑顔は素晴らしいね。そんな顔を見せられたら、なんでも言うことを聞きたくなるよ」

「なんでも？」

いつもの冗談だと思い、ひなたはフフッと笑った。でも彼は、口元に笑みを浮かべながらも、真剣な目をして言う。

「その笑顔は、君の最強の武器だよ。プライベートではいくら見せてもいいけど、他では使い方を考えたほうがいい」

「使い方……？」

エリックは意味ありげに微笑んだだけで、それ以上はなにも言わなかった。

（笑顔を使う？）

思ってもみないことを言われ、ひなたは考え込む。――確か、ニューヨークで颯介にも同じことを言われた。

『顔上げて胸張って、もし目が合ったら微笑んでやれ。そうすれば、大抵の男は、お前の言いなりだ』

（私の笑顔が、武器……？）

ひなたは資料に目を落としながら、ずっと二人から言われた言葉の意味を考えていた。

日帰りの出張を無事に終え、ひなたは颯介と待ち合わせた丸の内地下の改札を出る。

そこには彼の他に見知らぬ男性が二人、一緒に立っていた。

(誰……?)

ひなたは不思議に思いながらも、三人に近付いていく。すると彼女に気付いた颯介が、こちらを向いて手を振った。

「ひなた!」

颯介が手を上げたのに応《こた》えて、ひなたも笑顔を見せる。すると、残りの二人は目を見張り、呆然《ぼうぜん》とした表情を浮かべた。

「颯介さん、お疲れさまでした」

「ひなたもね。困ったことはなかった?」

笑顔で頷《うなず》くと、颯介の隣に立っていた中肉中背の人のよさそうな顔をした男性が、肘《ひじ》で颯介の腕を突《つつ》いた。

「早く紹介しろって」

「勝手についてきたくせに、うるさいな」

面倒くさそうな顔をする颯介の横で、その男性は自分からひなたに話しかける。

「俺、颯介の同期で阿部《あべ》。こっちも同期で石原《いしはら》ね」

うしろで控《ひか》えめに立っていた背の高い細身の男性が、ひなたを見て軽く頭を下げた。

(うちの会社の人……)

ひなたは二人にペコリと頭を下げる。

「秘書室の原田ひなたです」

緊張で身構えるひなたを見て、颯介は人前にもかかわらず優しく頭を撫《な》でた。

「今日は、一人でよく頑張《がんば》ったな」

ひなたは途端《とたん》に嬉しくなって頬《ほお》を緩ませ、はにかんだ。

「どぉえぇ……やべぇ、半端《はんぱ》ないわ」

「そうだな。宮村がふやけきってる理由がわかった」

(半端《はんぱ》ない……?)

ひなたは意味がわからず首を傾げる。颯介は顔をしかめて不機嫌そうに言った。

「うるさいな。お前ら、もう帰れ」

「ひでえ、颯介。俺だってひなちゃんと喋《しゃべ》りたい」

「阿部……人の彼女を気安く呼ぶな!」

「じゃあ原田ちゃん。よかったら今から少しだけ呑みに行かない?」

ひなたは阿部の誘いに目を丸くし、隣にいる颯介を窺《うかが》い見る。

彼はしかめ面《つら》のまま首を横に振った。恐らく、家に帰ってからまた仕事をするのだろう。

ひなたは阿部に「ごめんなさい」と呟《つぶや》き、それからふと思い立って、頑張《がんば》って作った笑顔を向けた。

「また今度でお願いします」

すると、彼はポカンと口を開け、顔を真っ赤にしてコクコクと頷《うなず》く。

「ま、また今度! 絶対ね!」

それを見ていた颯介の顔が、ものすごく不機嫌そうに歪《ゆが》められた。

阿部と石原が手を振って改札のほうへ歩いていくのを見送っていたら、颯介が指先でトントンと、ひなたの肩を叩く。

「はい?」

顔を上げると、彼は苦笑いしながら言った。

「いつ身につけたの、そんな技」

「技?」

「あんまり笑顔、振り撒《ま》かないでほしいな。いざという時だけの必殺技にしてね。誤解してのぼせる男が増えると困るから」

ひなたは目を丸くし、自分の頰《ほお》を撫《な》でて考える。

(これでよかった、のかな?)

自分では効果がイマイチよくわからないまま――

颯介に手を引かれて、ひなたはゆっくりと歩き出した。

＊

その週の金曜日。朝、ひなたが颯介と一緒に秘書室へ出勤すると、グループ秘書の若手で、ひなたより二年先輩の香坂《こうさか》が声をかけてきた。彼女は例の三人組の一人である。

「遅くなったけど、原田さんの歓迎会をしたいの。急だけど、今日はどうかな？」

颯介が近くにいるせいか、いつものキツい口調とは打って変わり、柔《やわ》らかい喋《しゃべ》り方だった。

（異動して三ヶ月近く経つのに、今さら……？）

しかも今日は金曜日だ。カレンと会う貴重な時間。

ひなたは不信感も相まって、到底行く気になれなかった。でも、自分のための歓迎会をどうやって断ったらいいか悩む。

先輩である彼女の誘いを断る恐怖。同時に限りなく湧《わ》き出してくる嫌悪感《けんおかん》。胸の中に渦巻《うずま》く暗い気持ちに呑まれて、ひなたは怯《ひる》んだ。

ふと顔を上げると、主任の松村が遠くの席から自分たちのことを見つめているのに気付いた。ひなたは以前、社食で彼女に言われたことを思い出す。

『なに考えてんのかわかんない中途半端な態度のほうが、よっぽど頭にくるわよ』

ひなたの答えは出ている。ならば、あとは迷わない――

意を決して大きく息を吸い、ひなたは頭を下げた。

「すみません。急なお話なので。今日は他に予定があります」

いつもビクビクしているひなたが胸を張り、まっすぐ前を見る姿に、誘いをかけた香坂だけでなく、颯介も、部屋にいた他のメンバーたちも目を丸くした。

ひなたは、さらに頑張《がんば》って笑顔も見せる。それを見た香坂は、息を呑んだ。

「私のためにわざわざ、ありがとうございました」

一瞬、ひなたを見て呆《ほう》けていた香坂は、ハッとして唇を噛《か》んだ。断られることは、まずないだろうと踏んでいたのか、彼女は困惑した表情でうしろを振り返る。その視線の先には三人組の残り二人がいて、同じように意外そうな顔をしていた。

「わかったわ。じゃあ、また今度ね」

香坂は引きつった笑みを浮かべながら、おとなしく引き下がっていった。また次の誘いがあるかもしれないが、ひなたはとりあえず断れてホッとする。

(笑顔って、やっぱり有効なのかも)

ひなたは自席に着き、両手でこわばった頬《ほお》をこっそりマッサージするように撫《な》でた。

チラッと視線を向けると、颯介が満足そうに笑いながら、こちらを見つめている。彼は目が合うと、笑顔のまま軽く頷《うなず》いてみせた。

『それでいいよ』

そう言われたような気がして、ひなたは今度こそ、心からの笑みを浮かべた。

＊　＊　＊

「すみませんっ！」

「いいわよ、香坂のせいじゃないし」

「信じられない。わざわざ企画してやったのに断るなんて」

その日の昼休み。颯介は、ひなたの作った弁当を持ち、彼女の待つ公園に向かおうとしていた。途中の廊下で、どこからか聞こえてきた会話に、思わず足を止める。

（あの三人——？）

その会話は、少し開いたままになっている休憩室の扉の中から聞こえてきた。

「営業部の人たち、どうします？」

「あの子が参加するならって、確か広報の人も」

「仕方ないでしょ。今日はキャンセルして、今度はあの子の予定を押さえてからメンバーを集めるのよ。あー面倒くさい！」

颯介はドアの前で顔をしかめた。

（営業部に広報……？　ひなたの歓迎会を秘書室メンバーでやるんじゃないのか？）

彼女たちは、扉の陰に隠れている颯介には気付かず、会話を続ける。

「やっぱり遊び慣れた男がいいですよね」

「そうね。うまく酔い潰《つぶ》してそのまま持ち帰るのになんの抵抗もないような、ね」

「それならやっぱり営業部のあの人ですよ。鬼畜男《きちくおとこ》って有名だし」

颯介はその会話の意味を察して、息を呑んだ。

〝遊び慣れた男〟〝酔い潰《つぶ》して持ち帰る〟〝鬼畜《きちく》〟

（そんな連中の中にひなたを……？）

颯介は、彼女たちのやり口の胸糞悪《むなくそわる》さに耐えきれず、反射的に思いきりドアを蹴《け》った。

ガンッと、思った以上に大きな音が響く。

驚いて振り返った三人は、そこに立っている颯介の姿を認めて、一斉《いっせい》に顔色を変えた。

「宮村さん!?」

「おっ、お疲れ様です。珍しいですね、こんな所に……」

「あああの、どうぞ中に！　私たちは社食に、ね？」

三人は焦《あせ》りを浮かべながら、そそくさとその場から立ち去ろうとした。颯介は休憩室の入り口に手と足をかけ、そこを塞《ふさ》ぐ。そうして、低く怒りを込めた声音で問いかけた。

「ひなたの写真とアドレス……本人の許可なく、勝手に社内の人間に流したのは君たちだよね？」

三人はビクッと身体を震わせ、その場に立ち尽くす。

「この写真も」

颯介が胸ポケットから取り出したのは、先日机の上に滑《すべ》り落ちた、カレンとひなたの写真だ。

「無断で撮るのは、犯罪だって知ってる？　公共の場所における盗撮は、都の迷惑防止条例違反だ」

震《ふる》える二人の前に、香坂が出てきた。彼女は颯介をキッと睨《にら》みつけて言う。

「それが私たちの仕業《しわざ》だって、原田さんが言ったんですか？　宮村さんはあの子と付き合ってるから無条件に言うことを信じてるのかもしれませんが、私たちじゃありませんん！　なんでそんな言いがかりをつけるんですか？　酷《ひど》いです……！」

うつむいて両手で顔を覆《おお》った香坂は、まるで泣いているかのように肩を震わせた。

颯介は大きなため息を吐き、冷たい口調で、うんざりしたように吐き棄てる。

「さっきの会話も酷《ひど》かったね。今さら歓迎会だなんて、おかしな話だと思ったけど。そもそも室長や俺に声をかけないのはなんで？　営業部の遊び人とやらに、ひなたを持ち帰らせるためか？　反吐《へど》が出そうなやり方だ」

話をすべて聞いていたことを告《つ》げると、三人は青ざめた。だが香坂は、あくまで自分たちはなにも知らないと言い張るつもりのようだ。彼女が顔を上げると、その目にはこれっぽっちの涙も浮かんではおらず、憎《にく》しみに近い、強い光を湛《たた》えている。

「それは誤解です。宮村さんは初めから私たちが悪いと決め付けてるから、そんな風に聞こえただけじゃないですか？　あの子、弱々しいフリして、そうやって私たちを陥《おとしい》れるつもりなんです。被害者は私たちのほうです！」

開き直ったその言い分に、颯介は怒り以上に強い侮蔑《ぶべつ》の気持ちが湧《わ》いた。

「おーい。一体なんの騒《さわ》ぎだよ。颯介お前、壊すなよ……曲がってるぞ、ドア」

振り返れば、室長の大谷が頭を掻《か》きながら、颯介が蹴《け》り飛ばしたドアの凹《へこ》みを見つめていた。騒《さわ》ぎを聞きつけ、様子を見に来たのだろう。

颯介はまた三人を振り返り、静かにこう告《つ》げた。

「証拠《しょうこ》なら揃《そろ》ってる。悪いが言い逃《のが》れをさせるつもりはないよ。君たちのしてることは嫌がらせじゃ済まない。犯罪だ」

＊＊＊

ひなたは、「すぐに追いかけるから」と言っていた颯介がいつまで経っても来ないので、公園のベンチで首を傾げた。

（なにかあったのかな……？）

しばらく迷ってから携帯を鳴らしてみると、颯介は『すぐに戻って』とだけ言って、慌ただしく通話を切ってしまう。

急いで二十七階の秘書室に戻ったら、全部で八人いるグループ秘書のほとんどがおとなしく席に座り、なぜか皆、気まずそうに下を向いていた。異様な雰囲気が漂《ただよ》う中、堂々と顔を上げているのは松村だけだ。

（え……まだ、昼休み中だよね？）

焦《あせ》って時計を確認したが、針が示していたのは、まだ昼休み時間中。

「原田さん、ちょっと来て」

声がして振り向いたら、室長の大谷が打ち合わせブースの入り口から顔を出し手招きをしていた。

ひなたは、呼ばれるままブースの中に入る。そこには颯介も座っていて、彼女は目を丸くした。

（一体なにごと……？）

大谷はさっそくなにかのコピーらしき紙を数枚、ひなたに差し出した。

「これは原田さんの携帯にメールをしてきた社員のリスト。颯介が一人ずつ当たって、アドレスの入手先を聞き出し、一覧にまとめてある」

ひなたは呆然《ぼうぜん》としながらも、手元のリストにざっと目を通し、そこに書かれた名前を見て身体を硬くした。

入手先の覧には、グループ秘書のあの三人の名前、しかもそのほとんどは『香坂友《とも》美《み》』となっている。

今度は大谷に代わり、颯介が厳しい顔つきのまま説明した。

「ひなたのアドレスの流出先は全員社内の人間だ。そこから外部に広がった様子はない。ひなたの写真を受け取っていたのも同じ奴らだ。相手の携帯に履歴《りれき》が残ってて、写真の送信者はすべて香坂だった。その見返りとして、香坂には少額だが謝礼が渡されている」

あまりのことに呆然《ぼうぜん》を通り越し、唖然《あぜん》としてしまう。

(謝礼?)

「金出してまで原田さんの写真がほしいってんだから、アイドルみたいなもんだよな。一般社員が君を見かける機会がなかなかないってのもあるんだろうが……」

大谷は苦笑いしながらそう言い、ひなたを見つめた。

「原田さんの情報を流出させた香坂と、そのリストにある二人にはなんらかの処分が下される。社内規定の違反はもちろんだが、君がその気なら犯罪として法的に訴《うった》えることも可能だ」

（法に訴《うった》える……あの三人を？）

ひなたは気持ちが追いつかず、困って目を泳がせた。

「社内手続き上は、原田さんから俺に被害の申告があったという形にするけど、いいかな？」

そう聞かれ、ひなたは混乱しながらも小さく頷《うなず》いた。その後、颯介を見て、泣きそうな表情を浮かべる。

「あの……私、法に訴《うった》えるのは……」

颯介は軽く息を吐き、厳しい表情を多少和《やわ》らげながら答えた。

「どうするかは、ひなたが決めていいよ。ただし訴《うった》える場合は、事前に俺と大谷さんに相談して。決めるのは会社の処分を待ってからでもいいしね」

多少猶予《ゆうよ》ができて、ひなたは少しだけ肩の力を抜いた。そして、ふと考える。

先ほど部屋に入ってきた時、秘書室内の空気がおかしかった理由がこれだとすると、表沙汰《おもてざた》になったきっかけは……？

「あの……、なぜ急にこんな話に？」

大谷と颯介を交互に見つめて訊《たず》ねたら、颯介は不機嫌そうな顔になり、大谷はなぜか苦笑いした。

「器物損壊《そんかい》事件が発生したんだ」

「……はい？」

ひなたは訳がわからず、また首を捻《ひね》った。

後から、あの歓迎会に隠されていた企《たくら》みを知り、ひなたは震《ふる》え上がった。もし誘いに応じていたら、無理に酔わされ、下手したら強姦《ごうかん》されていたかもしれないという。

颯介が苦々しい顔をして「本気で訴《うった》えることを検討してもいいと思う」と呟《つぶや》いたので、本当に自分は危なかったのだと実感した。そんな底知れない悪意を身近な人に持たれていたということに、ひなたは強いショックを受ける。

あの三人に嫌われているのは知っていた。だからといってこんなことまで――ひなたはまた深い自己嫌悪と恐怖に呑まれそうになり、なんとかそこから目を逸らした。

その日は午後からエリックの部屋で作業をさせてもらうことになり、ひなたはノートパソコンを持参して二十八階に上がった。スケジュール調整の電話をそこに転送してもらっていたので、電話がひっきりなしに鳴り、普段に比べて相当うるさかったはずだ。

なのにエリックは、ひなたが部屋にいる間、終始ご機嫌だった。

『美しい女性が目の前にいると仕事が捗《はかど》るよ』

　エリックの言葉に、ひなたが笑みを漏《も》らすと、彼もニコリと笑った。

　会議と会議の合間のちょっとした打ち合わせは、普段からこの部屋でも行《おこな》われる。ノックがあり、ひなたが表に出たら、訪れたメンバーは皆、驚きに目を丸くした。本来、打ち合わせや会議に同席するのは颯介の仕事だったが、今日は例の三人組の対応に追われているため、ひなたの役割になったのだ。

　訪問者たちが打ち合わせの間ずっとソワソワしているのを見て、エリックは可笑《おか》しそうに笑った。


　終業後は、颯介の帰りが遅くなるのもあり、ひなたはカレンに連絡して会社の近くまで迎えに来てもらった。ちょうど金曜日で会う約束もあったし、夜道を一人で歩くのが不安だったからだ。

「ひなた！　いつものかわいくてセクシーな格好もいいけど、美人ＯＬバージョンもいいわねえ」

　カレンの明るい口調に、ひなたの表情も緩む。

「普段がこっちで、金曜の夜が特別なんだよ？」

「そんなことわかってるわよ！　僕は、いつも金曜の夜のひなたしか見てないもん」

　ひなたは笑い、二人は連れだって歩き出した。

着替えをしに、カレンと一緒に自分のアパートへ久しぶりに帰る。するとドアの前に複数の人影があって、ひなたは恐怖に凍《こお》りついた。その青ざめた顔を見て、カレンも顔色を変える。

二人はその場で足を止め、部屋の前にいる人たちを遠目に観察した。

「……なんか、野次馬《やじうま》っぽい？」

カレンが言うように、そこに集まっている人々は、たむろったまま、ヒソヒソ会話を交わしたり、興味ありげにドアを見つめているだけだった。

二人はおそるおそる部屋に近付き、そのドアを見て、驚愕《きょうがく》に目を見開く。

そこには真っ赤なスプレーで、大きく走り書きがされていた。──『売女《ばいた》』そして『ビッチ』など、酷《ひど》い侮辱《ぶじょく》の言葉が。

ひなたは、その場に崩れ落ちる。

せっかく持ち直してきた気持ちがふたたび恐怖に呑まれて、視界がグラグラ揺れた。ショックなことが立て続けに起きたせいで、眩暈《めまい》と震《ふる》えが止まらなくなってしまう。地面に座り込み、両手で顔を覆《おお》って全身を震わせた。そんなひなたを、カレンは慌てて、両腕で強く抱きしめた。

その時、野次馬《やじうま》の中に交じっていたアパートの管理人が、ひなたに気付き、声をかけてきた。彼は、ぽっちゃりした体格に無精《ぶしょう》ひげを生やした、気のいい中年のおじさんだ。

だが、ひなたはショックで顔を覆《おお》ったまま泣いているため、代わりにカレンが答える。

管理人とカレンは話し合い、警察を呼ぶことになった。

駆けつけた警察官の簡単な聞き込みによれば、昨日の夕方にはなかったが今朝にはこれが書かれているのを見たとの証言があり、犯行は昨夜から明け方――つまり昨日の夜中に行《おこな》われたものだとわかった。

これまでのイタズラとは違い、落書きは器物損壊《そんかい》にあたる。修繕費用《しゅうぜんひよう》もかかることから、管理人を通じて、アパートのオーナーが被害届を出すことになった。

「物騒《ぶっそう》な世の中だからさ、殺されないように気を付けなよ」

管理人が心配そうに声をかけてきたが、それを聞いたカレンは、飛び上がって怒りだす。

「ちょっと！　ただでさえ怖がってる子になんてこと言うのよっ」

「なんだよ、おりゃあ心配して言ってんだろ」

「それにしたって言い方ってもんがあるでしょ！」

まだその場にいた警察官は、苦笑いしながら「まあまあ」と止めに入った。

うつむいたままのひなたに、カレンは「ここには絶対に一人で戻っちゃダメよ」と何度も念を押した。

カレンがすぐに連絡したおかげで、警察官が引き上げる頃には、颯介からも『もうすぐそっちに着く』という連絡が入った。

「ひなた！」

颯介は、アパート前に停まったタクシーから、転げ落ちそうな勢いで走り降りてきた。

だが、彼の声を聞いても、ひなたはうつむいたまま、顔を覆《おお》う手を離さない。

「ひなた……どうした？」

「颯介が来たよ？　ひなた？」

カレンにも声をかけられ、颯介に肩や背中を優しく撫《な》でられても、ひなたは黙って首を横に振る。とてもじゃないが、顔を上げる気にはなれなかった。

颯介とカレンは、ひとまずここから離れようと相談する。ひなたを連れ、乗ってきたタクシーに三人で乗り込み、颯介のマンションに向かった。

マンションに着き、三人で部屋に上がると、ひなたは、自分の荷物が置いてある寝室のクローゼットにフラフラした足取りで向かう。クローゼットの前に座り込み、カバンを引っ張り出して中をゴソゴソ探《さぐ》った。

ひなたが取り出したのは、擬態《ぎたい》用の銀縁《ぎんぶち》メガネだ。その場でコンタクトを外し、そのメガネをかける。そしてホッとして息を吐き、ようやく顔を上げた。

続いて、ひなたは擬態《ぎたい》を止めてからも伸ばし続けていた前髪を解《ほど》いて下ろし、カットバサミを探し当てた。そして黙ったままスッと立ち上がり、洗面台に向かう。

一連の動きをジッと見守っていた颯介とカレンが、慌てて追いかけてきた。

「ひなた！」

「ちょっと、まさか僕がいるのに自分で切る気？」

颯介が怪訝《けげん》な顔をしてカレンを振り返ると、カレンは「僕、美容師だから」と答える。

「そうか……って、そこじゃないだろ問題はっ」

颯介はふたたび声を張り上げた。

「ダメだ、ひなた！　逃げても解決しないぞ！」

ひなたは、ゆっくり振り返って言った。

「でも、擬態《ぎたい》をしてた時はこんな目に遭《あ》わなかった。この見た目のせいなら、私……！」

悲痛な声に、颯介もカレンも、その場で立ち尽くす。

二人に背を向け、ふたたび鏡に向かおうとするひなたを見て、カレンが慌てて叫んだ。

「だったら僕が切る！　だからそのハサミ、僕に貸して！」

カレンが、リビングの床に大きなビニールを広げ、その上に新聞紙を敷いてひなたがそこに座ると、颯介はため息を吐いた。

「本当に切るのか？」

「ひなたに切らせるよりマシよ」

「いや、腕前の問題じゃなくてさ」

颯介が軽く睨《にら》むと、カレンは苦笑いしながら肩をすくめた。

「僕は、擬態《ぎたい》は一つの方法だと思ってる。すでに面が割れてる職場で今さら隠しても意味ないけど、一人で外を歩く時は隠してもいいよ。最初にひなた本人が言ってたけど、状況で使い分けたらいいと思うの」

颯介は納得いかない表情を見せ、ひなたを振り返る。

「ひなたは……やっぱり擬態《ぎたい》のほうが安心する？」

メガネ越しだが、ようやく颯介の目を見たひなたは、黙って小さく頷《うなず》いた。

渋々といった感じで引き下がる颯介を横目に、カレンはニッコリと笑う。

「ひなたの髪切るの、久しぶりね。ついでに毛先も整えてあげる」

カレンはそう言って、ひなたの背後に回り、うしろの髪からハサミを入れ始めた。慣れた手つきで素早く丁寧《ていねい》にカットしていくカレンの姿に、颯介は感心している。

「さすがプロだね」

カレンはふふっと笑うと、ひなたの髪を撫《な》でて言った。

「あいかわらず綺麗《きれい》な髪……。本当にひなたは美の女神に愛されてるのね。ひなた自身がそれを望んでないのが悲しいところだけど」

その言葉に、颯介は眉根を寄せて、首を傾げる。

「そこがいつもわからない。ひなたはファッションとか美容がすごく好きなのに、どうして綺麗《きれい》に生まれついたことを自慢に思わないの？」

カレンとひなたは、目を丸くして颯介を見つめた。

「自慢……？」

ひなたは、心底不思議そうな顔をしている颯介を見て、戸惑った。ずっと容姿をコンプレックスにしか感じてこなかったひなたには、そういう発想自体がない。

（そうだ……）

ひなたは、遠い昔のことを思い出す。あの事件が起きる前。着飾ることを心底楽しんでいた頃――

「かわいい」とか「綺麗《きれい》だね」と言われることは、単純に嬉しかった。でも、世界がひっくり返ってしまったあの時に、容姿に関することは、すべてコンプレックスになってしまったのだ。

「職場の嫌がらせもキッカケは単なる妬《ねた》みだろ。ひなたが悪いんじゃなくて、俺と付き合ったことで目を付けられたんだと思う。それにしたって、行動はちょっと行き過ぎだけど」

颯介の言葉に、ひなたは眉根を寄せた。

「じゃあ、自宅の嫌がらせは……？」

颯介は途端《とたん》に顔をしかめ、強い怒りを滲《にじ》ませた口調で答えた。

「頭のおかしい奴のやることだから、どういう理屈か本当のところはわからない。でも、警察だって言ってただろ？『若い女性の一人暮らしにはよくあることだ』って。ひなたが特別なんじゃなくて、若い女性なら誰でも遭遇する可能性があるんだ」

ひなたは呆然《ぼうぜん》と、颯介を見つめ返した。

（この見た目のせいじゃない……？）

カレンも頷《うなず》いて言った。

「若い女の子なら、多かれ少なかれ、誰でも気を付けてるわよ。人より多少綺麗《きれい》な子は余計にね。防犯って意味では、ひなたのアパートは危なっかしいこと、この上ないわね」

カレンは、まだ切らずにいた前髪に優しく触れながら訊《たず》ねる。

「どうする、ひなた。やっぱり使い分けできるようにする？　それともいっそのこと思いきって、眉《まゆ》の辺りまで短くしてみない？」

「え？」

驚いて振り返ったひなたに、カレンはニコッと笑いかけた。

「ひなたって、おでこ少し広めだから前髪下ろしたほうがいいなってずっと思ってたんだよね」

　ひなたは驚いた表情のまま、大きな目をパチパチ瞬《しばた》く。

（おでこは……確かにそうだけど）

　混乱して躊躇《ためら》っていると、また颯介が口を開いた。

「ひなたが自分の身に起こることのすべてを見た目のせいだって思ってしまうのは、仕方ないのかもしれない。でも、見た目で得することもたくさんあるって気付いてほしい」

　その台詞《せりふ》に、カレンは肩をすくめて大げさに驚いてみせた。

「なんて説得力のあるお言葉！」

　颯介は、改めてひなたに向き合い、申し訳なさそうに頭を下げた。

「今回のことは俺にも原因がある。最初からもっと気を付けるべきだった。ごめんな、ひなた」

　ひなたはポカンと口を開けたまま、颯介の顔を見上げる。

「これからはちゃんと守るから。だから、できればひなたも……なにかあったら一人で抱えないで、俺に話してくれ」

　ひなたは颯介とカレンを交互に見つめ、今にも泣き出しそうなのを堪《こら》えながら言った。

「ずっと怖かったし、嫌われるのは悲しかった。颯介さんにも、これ以上負担かけたくなかったの。ただでさえお荷物なのに……」

颯介は少し悲しそうに表情を歪《ゆが》めると、座っているひなたの前にしゃがみ込んで正面から目を合わせた。

「なんでお荷物だなんて思うの？　仕事でもプライベートでも、ひなたが来てから俺はすごく楽になったのに」

「楽……？」

ひなたは驚いて、目を丸くする。颯介は、真顔で頷《うなず》いた。

「楽だよ。仕事では面倒くさいスケジュールの調整も苦手な翻訳《ほんやく》も任せられるし、家に帰れば部屋も綺麗《きれい》で美味《うま》い飯が待ってる。むしろ申し訳ないと思ってるのに」

すると、カレンが横から「なんだか嫁みたいなことしてるのね」と茶々を入れて、笑った。

結局、ひなたの前髪はそのまま残すことにして、毛先だけを整えて終わる。

片付けを済ませると、カレンは軽く一息吐いて腕を上げ、大きく伸びをした。

「ひなたも落ち着いたみたいだから帰るわ」

邪魔《じゃま》をしちゃ悪いとでも言いたげに、カレンはそそくさと帰っていく。

ひなたは一人ソファに座り、整えてもらった毛先をくるくると指先に絡めながら、考え込んでいた。

颯介はカレンを玄関まで見送ってから戻ると、ひなたの隣に腰掛けて言う。

「ひなた、このままここで一緒に暮らそう」

不意打ちのようなその言葉に、ひなたは驚いて顔を上げた。彼女は口を開けたまま、呆然《ぼうぜん》と颯介の顔を見つめる。

「一緒にって……、え？」

「アパートは解約して、完全に引っ越してきたらいい。もうあそこには戻ってほしくない」

颯介の真剣な表情から本気を感じ取り、ひなたは頭が混乱した。

（あそこに戻るのは確かに嫌だけど……でもそれって、同棲《どうせい》するってこと？）

今も一緒に暮らしてはいるが、あくまで一時的な避難のつもりだった。もし本気で同居するとなれば、親にもそう伝えなくてはならないし、会社にも届け出が必要だ。

「颯介さん、ちょっと待って。それって色々と大変ですよ、ね……？」

ひなたが困って眉尻を下げたら、颯介は安心したように笑った。

「よかった。『嫌です』とか言われたら、立ち直れないところだった」

「いえ、だから……親になんて言えばいいかとか。住居手当や通勤手当の手続きとか。色々……」

ひなたは必死で訴《うった》えたが、颯介は軽く首を傾げ、「うーん」と唸《うな》った。

「どっちにしろ挨拶《あいさつ》に行くなら、いっそのこと結婚しようか」

（結婚――!?）

ひなたは今度こそ驚きすぎて、固まったまま言葉を失った。

「おーい、ひなた」

動かないひなたを見て、颯介は少し焦《あせ》ったように言い訳する。

「ごめん、ひなた。結婚は本気じゃ……あ、いや。本気なんだけど、今すぐってわけじゃなくて」

混乱したひなたの眉間《みけん》には、みるみるうちにシワが寄っていく。

（本気じゃなくて、本気……？）

ひなたの混乱を見て取った颯介は、意を決した様子で顔を上げ、こちらをまっすぐ見つめた。

「俺は正直、ひなたとは今すぐに結婚したっていいと思ってる。それは、ひなたを好きだし、俺自身にいつでも結婚できる心構えができてるからだ。でもひなたには、まだなんの心構えも準備もできてないのはわかってる。――混乱させてごめんな。結婚って言ったのは本気だけど、今は聞き流してくれていい」

やっと理解したひなたは、頬《ほお》を熱くし、少し困って同時に照れくさくなった。その顔を見て颯介は嬉しそうに笑い、ひなたの頬《ほお》を両手で包むように触れる。彼はそのまま、額同士をコツンと合わせてささやいた。

「一緒に暮らそう、ひなた。ご両親にはちゃんと挨拶《あいさつ》に行くよ。手続きだって問題ない。恥ずかしければ俺が届けてくるから」

至近距離で見つめ合い、ひなたは自分の頬《ほお》がますます熱くなるのを感じた。

颯介は、ひなたの唇にそっと柔《やわ》らかいキスを落とす。唇が離れてから、ひなたは潤《うる》んだ瞳で颯介を見上げた。

「颯介さんと……一緒にいたい」

正直に答えたら、彼は心底嬉しそうに笑い、そのままひなたをギュッと抱きしめた。

ひなたも両手を彼の背中に回し、力一杯抱きしめ返す。

「俺がずっと、ひなたのこと守るから」

颯介の言葉に、ひなたは彼の腕の中で何度も繰り返し頷《うなず》いてみせた。

*

翌日の土曜日。颯介は引っ越しの手配をするために、朝から一人出かけていった。

ひなたの部屋のことなのに、彼は来なくていいと言う。きっと彼は、嫌がらせの跡をひなたには、もう見せたくないのだ。

ひなたも昨日の今日で、平気でいられるほど強くはない。でも、ここまで彼に頼りきりでは、一人でなにもできなくなってしまうと、心配になった。

(颯介さんは、私を甘やかしすぎだよね)

せめて、買い物くらいは済ませておこうと、ひなたはマンションの外に出る。いつものスーパーでセール品を見て回りながら、ぼんやりと考えた。

秘書室の三人のこと、自宅にされたイタズラのこと、昨夜の颯介とカレンとのやり取り。

(私に甘いのは、カレンも一緒かな……)

二人とも、混乱するひなたを宥《なだ》めるため、懸命《けんめい》に「ひなたは悪くない」と言い聞かせてくれた。

でも、やはり悪いのは、自分なのだ。──見た目ではない。人と向き合う努力や危機感が、圧倒的に足りていなかった。

(このままじゃダメだ)

颯介に守られているだけでは自分はダメになり、彼もいつかは疲れてしまう。そんな関係は、きっと続かない。

〝ずっと彼の傍《そば》にいたい〟

それが、ひなたの唯一の願い──

（傍《そば》にいるためには、私が変わらなくちゃいけないんだ）

ひなたは、この時初めて自分から、強くそう思った。

昼過ぎに颯介が帰ってきたので、ひなたは買ってきたお菓子を出し、お茶を淹《い》れた。

小さなダイニングテーブルで向かい合わせに座り、それらを口にして、颯介はしみじみと呟《つぶや》く。

「家でお茶飲むって、いいなぁ」

ひなたが笑うと、それを見た颯介も嬉しそうに微笑んだ。

皿や湯呑《ゆの》みを片付けていたら、寝室から出てきた颯介が、キッチンの入り口に立って訊《たず》ねる。

「ひなた、シャワー浴びる？」

「はい……？」

ひなたは驚き、思わず壁にかかった時計を見上げた。まだ昼の二時を過ぎたところだ。

「なんで、今？」

「俺は別に、そのままでもなにも問題ないんだけどね」

ふっと笑う颯介の瞳に浮かぶ色。それを見て、ひなたは心臓がドクンと跳ねるのを感じた。

彼の熱を帯《お》びた眼差《まなざ》しから、目が離せない。ひなたは手に持っていた洗いかけの湯呑《ゆの》みを割らないよう、シンクにそっと置いた。

濡《ぬ》れたままの手をうしろにつき、目の前まで来た颯介を見上げる。彼も腕の中にひなたを囲うようにして、流し台に手をついた。

「ひなた」

耳元に寄せられた彼の唇から、吐息と低く甘い声がこぼれる。

「今、抱きたい……抱かせて？　ひなた」

寒気にも似た官能的な痺《しび》れが、ひなたの腰から背すじをゾクリと這《は》い上がった。

「颯介さん、でもまだ……んっ」

明るいのに――そう言おうとしたけれど、颯介に唇を塞《ふさ》がれた。

昨夜の優しく労《いたわ》るようなキスとはまったく違う、強引で奪うような熱の籠《こ》もったキスに、ひなたは膝《ひざ》から崩れ落ちそうになる。

そうなる前に颯介はひなたの腰を抱き、ひなたも彼の背中にしがみつくように腕を回した。

熱くぬめった舌が口内を弄《まさぐ》るたび、ひなたはピクンと腰を震わせる。唇を塞《ふさ》がれたまま、ひなたがくぐもった声を漏《も》らすたびに、颯介の腕の力は強くなった。

ようやく唇を離すと、颯介はひなたの手を引いてリビングのソファに向かおうとする。

ひなたは驚き、掴《つか》まれた手を引いて、足を止めた。

「あの、あっちじゃなくて……？」

視線を寝室のドアに向けたひなたに、颯介は意味ありげな微笑みを返した。

「あっちに行くと、一回じゃ済まないよ？」

「えっ」

「おいで、ひなた」

颯介は力強く彼女の腕を引くと、ソファの上で強引に、ひなたを組み敷いた。彼は上に跨《また》がり、ひなたをジッと見下ろす。その瞳には明らかな欲望の熱が浮かび、軽く微笑んだ口元はひどく色っぽかった。

（こんな明るいところで……？）

ひなたは恥ずかしさに頬《ほお》を熱くしながら、着ている服を一枚ずつ脱いでいく颯介を見つめる。

引き締まった無駄のない体躯《たいく》に、男性らしい首すじのラインや大きな鎖骨《さこつ》——

ひなたは、彼の裸が綺麗《きれい》で、思わずジッと見入ってしまった。すると、それに気付いた颯介が微《かす》かに笑う。

「触りたい？」

そう聞かれ、ひなたは赤くなりながらも、小さく頷《うなず》いた。彼はひなたの手を取り、自《みずか》らの胸の辺りに触れさせる。ひなたはそのまま腕を伸ばし、彼の鎖骨《さこつ》をなぞるように撫《な》でた。

ゆっくりと胸元を辿《たど》り、引き締まって割れた腹筋をなぞる。指先から伝わる硬くて滑《なめ》らかで熱い感触に、ひなたは吐息を漏《も》らした。

「そのまま好きに触ってて」

颯介はそう言って、ひなたのブラウスのボタンを順に外していく。あっという間に下着姿にされ、軽く上体を起こされて、背中のホックも外される。

露《あら》わにされた胸の膨《ふく》らみを、颯介は優しく包むように手のひらで揉《も》んだ。そして、頂《いただき》に軽くキスをすると、そのまま強く吸いついた。

「ん……、あっ、やぁっ……」

胸の尖《とが》りを舌先で転がされ、唇で扱《しご》かれて軽く噛《か》まれる。強い刺激による痛みも甘く溶けて、すぐに快感へ変わった。両胸をじっくりと弄《いじ》られて、ひなたは何度も甘い声を上げ、腰を浮かせる。

まだ陽の入る明るいリビングでは、なにも隠せない。

互いに全裸の状態で、颯介はひなたの身体を起こして向かい合った。腕を掴《つか》まれ、軽く引き寄せられる。颯介は、自分の両腿《りょうもも》を今度はひなたに跨《また》がせて、正面から抱きしめてきた。

密着した素肌の感触と熱が心地いい。

二人の下腹部に挟まれ、硬くなっている颯介の屹立《きつりつ》に、ひなたは手でそっと触れる。彼は、一瞬苦しげに眉《まゆ》をひそめた。ひなたが颯介の顔を覗《のぞ》き込むと、彼は苦笑いしながら、「もっと触って」とささやく。

触られるのも、自分から触るのも、ひなたは好きだった。相手が颯介なら——

彼と付き合うまで、他人に触られることに恐怖を感じていたひなたは、こうして触れ合うことがこんなにも心地よく、ドキドキして、同時に安心するものだとは知らなかった。

（もっと触りたい……）

ひなたはそっと颯介の膝《ひざ》から下りると、少し開いた彼の脚の間に跪《ひざまず》いて、目の前の屹立《きつりつ》に、手で触れた。ピクンと震《ふる》えたそれに驚き、ひなたは颯介の顔を見上げる。彼は困ったような照れ笑いをし、ひなたの目を黙って見つめ返した。

「どうしたら……気持ちいい？」

小さな声でそう聞くと、颯介は微笑んでひなたの手を取った。

「軽く握《にぎ》って、そう……ゆっくりと上下に、んっ……」

彼は切なげに眉根を寄せ、目を閉じる。感じているのだとわかって、ひなたは颯介のその表情に、とてもドキドキした。

（もっと見たい、颯介さんのこんな顔）

言われたようにゆっくりと上下に擦《こす》りながら、ひなたは濡《ぬ》れて光る先端に思いきって唇を寄せると、そっと舌を這《は》わせた。

「んっ……、ひな、た……」

彼は眉根を寄せたまま、うっすらと目を開け、先端を口に含んだまま自分を見上げるひなたに、堪《たま》らないという表情を浮かべた。

ひなたは少しだけ息苦しさを感じながらも、懸命《けんめい》に舌と手を動かす。颯介の息が上がり、吐息混じりの声が漏《も》れて、ひなたもそれに感じてしまった。

しばらくすると突然、颯介がひなたの肩に手を伸ばして、動きを止めさせる。

「これ以上はダメ。ひなたの中でイキたい」

颯介はひなたの身体をソファの上に引き上げると、仰向けに寝かせて脚を開かせ、今度は自分がそこに顔を埋《うず》めた。そして一番敏感《びんかん》な花芽に吸い付き、舌先で押し込むようにそれを舐《ねぶ》る。

「ああっ！　ん、やぁっ……ダメ……！」

フルフルと首を横に振り、ひなたは身体を大きくのけ反《ぞ》らせて逃げようとした。だが、颯介は何度でも彼女を自分のもとへ引き戻す。

舌で何度も舐《ねぶ》られながら、同時に中に指を挿《い》れられ、浅いところを擦《こす》られる。そのうちに、快感が深いところからジワジワ膨《ふく》らみ、急激に高まりだした。

「あっ、ダメ、や、あっ……ああっ」

ひなたの高くて甘い声に、切羽詰《せっぱつ》まった響きが混じり始めた。絶頂が近い気配を察したのか、颯介はそのまま舌を往復させながら、ひなたの腿《もも》をしっかりと抱え込む。膨《ふく》らむ一方の快感をどうすることもできずに、ひなたは追いつめられるまま、高みへ上《のぼ》らされた。

「やっ……そ、すけさ……ん、なんか、変……や、こんな……やぁっ、ダメェ……！」

一際大きく背中を反《そ》らし、絶頂を迎えたひなたは、涙を流しながらソファの上で脱力する。

颯介はそのまますぐにゴムを着けて、力の抜けた彼女の腿《もも》をふたたび抱えた。まだ荒く乱れた呼吸が落ち着くのを待たずに、彼は自身の先端を膣口にあてがうと、奥までひと息に貫いた。

「あぁっ……！」

感じるのは、内に入り込まれる圧迫感と熱。彼の身体の重み。そして、腰が震《ふる》えるほどの深い快感――

もう、身体を繋《つな》げても痛みを感じることは滅多《めった》にない。むしろ抱かれるたびに深くなっていく快感に、ひなたは翻弄《ほんろう》される一方だ。

颯介は、彼女の華奢《きゃしゃ》な身体を押し潰《つぶ》さない程度に体重をかけ、何度も奥を突き上げてくる。激しい情欲をそのままぶつけてくる彼に、ひなたは戸惑いよりも喜びを感じた。

いつものように優しく、甘く、慈《いつく》しむように抱かれるのも好きだけれど。欲望のまま激しく求められるのも、相手が颯介ならば嬉しかった。

「颯介さ、ん、もっと……」
「ひなた……！」
「ああっ！」

大きく揺さぶられ、繰り返し深くまで突き上げられて、ひなたは、甘く切ない喘《あえ》ぎ声を漏《も》らす。際限なく膨《ふく》らんでいく快感の波に流され、高いところまで押し上げられて、ひなたは必死で彼にしがみついた。

「もう……あっ、ん……またっ」
「ダメだ、ひなた。まだ足りない」
「颯介さ……、ああっ！」

快感に我を忘れて叫ぶひなたに、颯介は言う。

「もう離さない、ひなた。ずっと俺の傍《そば》に……」

快感の波が弾ける直前——聞こえてきたその声に、ひなたは彼を力いっぱい抱きしめ返すことで応《こた》えた。

＊

週明け早々、問題を起こした秘書室の三人組の処分が決定した。

先週の金曜日の時点で個々の聞き取り調査が行《おこな》われ、二人はあっさりと、アドレスの流出とひなたに対する嫌がらせの事実を認めた。

香坂は最後まで認めようとしなかったが、颯介が用意した証拠《しょうこ》の数々を突きつけられると言い訳できなくなり、ついには黙り込んだという。

写真の取り引きについては香坂の独断で行《おこな》われ、他の二人はバラまかれている事実は知っていたものの、謝礼を受け取っていたことについては知らなかったらしい。

三人の行為は社内規定に定められた懲戒《ちょうかい》事由のうち『素行不良で会社内の秩序《ちつじょ》又は風紀を乱した時』に該当するとされ、さらに香坂については『職務上の地位を利用して私利を図り、又は取り引き先等より不当な金品を受け、若《も》しくは求め、又は供応を受けた時』に該当するとされた。

このことにより二人は六十日間の出勤停止処分で済んだが、香坂は盗撮など複数の問題行為が認められたことにより、即日での懲戒解雇《ちょうかいかいこ》処分が下された。

そして、颯介に任せていた引っ越しも、あっという間に終わってしまった。仕事の早い彼は、社内手続きも速《すみ》やかに済ませてきて、完全な同棲《どうせい》生活がスタートしたのである。

こうして、ひなたを悩ませてきた問題は一気に片付き、落ち着いた日々が戻ってきた。

「原田さん、お昼は？」

松村に聞かれ、ひなたは顔を上げる。時計を見れば、あと五分で昼休みだ。

「お弁当です」

そう答えたら、彼女から「社食に付き合って」と言われ、ひなたは戸惑いつつも頷《うなず》いた。

あの三人が処分されたことで、現在グループ秘書のチームは三人分の欠員が出ている。

颯介からも指示されて、ひなたは落ち着くまでの間、松村の下に付き、グループ秘書の業務をフォローすることになっていた。

下に付くようになって気付いたのだが、松村は意外と面倒見がいい。颯介と違い、物言いがハッキリしすぎてはいるものの、指示は的確だし、フォローも丁寧《ていねい》だ。

最初はビクビクしていたひなたも、数日ですぐ彼女に慣れた。

ひなたは今、これまでの自分の態度を反省し、誰に対してもなるべくコミュニケーションを拒《こば》まないよう努力している。それが功《こう》を奏《そう》したのか、松村だけでなく、秘書室の他のメンバーとも、少しずつ会話ができるようになっていた。

今日、颯介は終日外回りの予定だ。

昼休みになり、松村と一緒に社食へ足を踏み入れると、いつも以上に周囲の視線が集まる。

グループ秘書三人が一度に処分されたことは、決定と同時に社内に周知されていた。停職処分で済んだ二人も辞表を提出し、停職期間中にそのまま退職することになっている。

役員秘書室は花形の部署だ。それもあって、今回の醜聞《しゅうぶん》はかなり注目を浴び、速いスピードで噂が広がっていた。

弁当を持ったひなたは、以前と同じ二人掛けの窓際《まどぎわ》の席に座り、松村を待った。すると、前方から一人の男性が近付いてくる。背が高く細身のその男性に、ひなたは見覚えがあった。

「原田さん、俺わかる？」

遠慮《えんりょ》がちに声をかけられ、ひなたは頷《うなず》く。

「石原さん……ですよね？」

以前、東京駅で会った、颯介の同期だ。立ち上がろうとしたら、彼は微笑んでそれを制した。

「ちょっとだけ時間いい？　頼みたいことがあって」

（頼みたいこと？）

ひなたが首を傾げると、そこへ松村が、怪訝《けげん》な表情を浮かべながら帰ってきた。

「——フランス語の翻訳《ほんやく》？」

石原は申し訳なさそうな顔で頷《うなず》く。

「今まで頼んでた外注の人が仕事をやめてしまって。新しい人を探してるんだ。でも、誰かに頼もうにも、その訳者にちゃんと能力があるかを判断できるやつが部内にいないんだ」

ひなたは目をパチパチと瞬《しばた》いた。

「じゃあ新規の外注さんから上がってきたものを見て、きちんと訳されているかを判断すればいいということですか？」

「いや、それはもう宮村に頼んだんだ。そしたら全然ダメだって言われてね」

（あら……）

ひなたと松村は、思わず目を見合わせる。石原は困った顔で眉根を寄せた。

「正直、今から新たに他の訳者を探す時間がないんだ。それで困ってたら宮村が、原田さんに頼んでみたらって」

（颯介さんが？）

ひなたは松村をチラリと窺《うかが》い見る。その顔が『好きにしたら』と言っているようだったのに後押しされ、ひなたは石原に向かって頷《うなず》いた。

「やります」

「本当に？　ありがとう！　助かるよ」

あまり大きく表情が変わらない石原が、安心したような笑顔を見せる。

「詳細は後で送るから」

するとそこで、松村がすかさず口を挟んだ。

「原田さん、ここで言わなきゃ。『これは貸しだからいつかちゃんと返して下さいね』って」

石原は一瞬目を丸くすると「もちろん」と言って、笑みを浮かべる。

「颯介に怒られない形で返すよ」

そうして石原は軽く手を振り、足早にその場を去っていった。

ひなたは松村に向き直り、そっと聞いてみた。

「他部署のお仕事、引き受けても問題なかったですか？」

すると松村は「今さら？」と呆《あき》れたように肩をすくめる。

「会社にとって必要なことなら、部署なんか関係なく助けるべきじゃない？　特に彼は、やれることはやった上で頼んできたわけだし」

（やった！）

ひなたは嬉しくなって、コクリと頷《うなず》いた。

「後はあんたが、自分の仕事をそっちのけにしないで、できる範囲で対応すればいいのよ。でも引き受けたからには、ちゃんとやんなさいよね」

ひなたはニコニコしながらふたたび頷《うなず》き、それを見た松村は、軽くため息を吐いた。


その夜。ひなたは帰ってきた颯介に話したいことがあってソワソワしていた。しかし彼は夕飯を食べた後、ひたすら黙々と仕事を続けている。

ひなたはお茶を淹《い》れ、ソファの隣に腰かけてジッと颯介を見つめた。視線を感じて振り返った彼は、ひなたのソワソワした様子に気付いて笑う。

「どうしたの？」

そう聞かれ、ひなたは嬉しくなって目を輝かせた。

「今日、石原さんに翻訳《ほんやく》を頼まれました」

「ああ」

颯介はわかっていたかのように軽く頷《うなず》き、ひなたの頭を撫《な》でる。

「無理な量でもなかったし、ひなたに頼めばって言っちゃった。悪かったな」

ひなたは首を横にブルブル振り、身を乗り出して訴《うった》えた。

「全然悪くないです！　翻訳《ほんやく》好きだし。なによりも、颯介さんがオススメしてくれたのが嬉しい」

そう言って、はにかむひなたを見て、颯介は困った顔をする。

「あー、も～……」

そうして彼はひなたの腰に腕を回すと、そのまま抱き寄せて言った。

「なんでそんなにかわいいわけ？」

「え？」

「おいで。ひなたを先に寝かせる」

颯介は強引に彼女の手を引くと、寝室に向かって歩きだした。

「先にって？　颯介さんっ」

（そんな子どもを寝かしつけるみたいに言われてもっ）

颯介は足を止めずに寝室へ進み、ベッドの上にひなたの身体を押し倒した。そして瞳に甘い色を滲《にじ》ませて言う。

「抱き潰《つぶ》して朝まで起きられなくしてやる。ひなたが目の前にいると、仕事がどうでもよくなるよ。目の毒だ」

「あの……んんっ！」

颯介に唇を塞《ふさ》がれて、声が出せなくなった。

（仕事……大変なのに）

口内に潜《もぐ》り込んだ舌が、ひなたのそれを絡めとる。彼に覚え込まされた、背すじを逆《さか》撫《な》でるようなゾクリとする快感に震《ふる》えた。

(邪魔《じゃま》したくないのに)

大きくて熱い手が、着ているパジャマの上からひなたの身体を確かめるように撫《な》でる。

唇が離れると、ひなたは乱れた呼吸をなんとか整えながら、呟《つぶや》いた。

「も……仕事の邪魔《じゃま》しないから。余計疲れちゃう」

でも颯介は、身体を離そうとするひなたの両手首を掴《つか》み、可笑《おか》しそうに笑った。

「男って疲れると余計こういうことしたくなるって知ってた？　ここでお預け喰《く》らうほうが辛《つら》いよ」

「でもっ」

「心配しなくていいから、感じて？」

(充分、感じてる……)

彼はまた唇を重ね、ひなたの頭や頬《ほお》を優しく撫《な》でた。それだけで、身体からは簡単に力が抜けてしまう。

結局、颯介が初めに言った言葉通り、ひなたは甘く抱き潰《つぶ》されて、そのまま朝までベッドに沈み込むハメになった。

＊　＊　＊

三人が処分され、二人が正式に同居を始めてから半月が経った。

その日の夜。颯介が外回りから帰ると、秘書室の部屋で松村に声をかけられる。そして、昼間の出来事について話を聞かされた。

「飯村……あいつが？」

今日の昼休み、ひなたと松村が一緒に歩いていたら、社内で声をかけられたらしい。ニューヨークと夜華会館で、ひなたに絡んできたあの男だ。

「ものすごーく、感じ悪い男でしたよ。ハナから女を下に見て、馬鹿にしてそうな感じ」

颯介が顔をしかめると、松村は「念のため」と言い置いてから、あの男の言葉を伝えた。

「婚約は解消したとかなんとか。原田さんがひどく怯《おび》えてたから……なんとかしてあげてくださいね」

松村はそう言って軽く頭を下げ、部屋を出ていった。

彼女のうしろ姿をしばらく見送ってから、颯介は顔をしかめたまま席につく。

ひなたはすでに帰宅した後で、姿はない。左腕の時計を確認すれば、すでに夜の九時を過ぎていた。

(松村さん、わざわざあれを言うために残ってたのか?)

彼女は、無駄な残業を一切しないタイプだ。それほど、ひなたが飯村の存在に怯《おび》えていたということかもしれない。

――ニューヨークで会った時。そして夜華会館で顔を合わせた時。どちらの印象も最悪な男だ。ひなたに言い寄る男は誰でもそうだが、それを差し引いても、あの男は特に気に入らない。

(婚約を解消……ひなたを口説くために?)

あれは旧家の娘との政略結婚だったはずだ。

「本気だってことか」

颯介はますます眉間《みけん》のシワを深くすると、まるで目の前にあの男が立っているかのように、前方を鋭《するど》く睨《にら》みつけた。

颯介が家に帰ると、ひなたはソファで本を開き、イヤホンでなにかを聞いている。

邪魔《じゃま》をしないように黙って寝室のドアを開けたが、その動きが視界に入ったのか、彼女は「あっ」と声を出して顔を上げた。

イヤホンを外して立ち上がり、ひなたはパタパタと近付いてきて、颯介の顔を笑顔で見上げる。

「おかえりなさい、颯介さん」

「ただいま」

颯介も微笑んで、ひなたのツルンとした頬《ほお》を軽く撫《な》でた。

「なにしてたの？」

聞くと、ひなたは少し恥ずかしそうな顔をして視線を逸《そ》らす。

「……イタリア語の、勉強です」

「イタリア語？」

ひなたは頷《うなず》き、上目遣いで颯介を見上げ、頬《ほお》をプクッと膨《ふく》らませた。これは、どういう顔をしていいかわからない時の表情だ。

「新しい言語を覚えようと思って。まずはフランス語と似てるものから。会話はなかなか難しいかもしれないけど、翻訳《ほんやく》はできるようになりたいなって」

颯介は驚いて、目を見開いた。最近のひなたの向上心には、めざましいものがある。

ひなたがそう思いだしたのには、きっと松村の存在があるだろう。

ああやって松村がひなたを気にかけるのも、かわいがっている証拠《しょうこ》だ。松村は自分にも厳しいが、他人にも厳しい。つまり、ひなたが彼女の期待にしっかり応《こた》えているということだ。

颯介はひなたの肩を抱き寄せて、額に軽く唇を当てると、耳元でささやいた。

「よく頑張《がんば》ってるね。偉いよ、ひなた」

顔を見たら、彼女は頬を染め、嬉しそうに唇を噛みしめていた。

颯介は無意識に笑みを浮かべ、ひなたのその唇に指でそっと触れる。ひなたはその指先に誘われ、軽く噛んでいた唇を開くと、颯介の顔が近付いてくるのに合わせて、おとなしく目をつむった。

柔らかい彼女の唇を食《は》むように、ゆっくりとその感触を味わう。すると、すぐにひなたの息が上がってきた。迎えられるままに舌を伸ばせば、ひなたもそれに甘く絡みついて応《こた》える。

(軽いキスだけのつもりだったのに、止まらない)

深く口づけながら、颯介は背広をその場に脱ぎ捨て、ネクタイを緩めた。彼女の後頭部に手を回して引き寄せ、何度も繰り返し唇を合わせる。そうしながら、ひなたを抱き上げてソファへ移動し、そこに下ろして、のしかかった。

「颯介さん、好き」

彼女は颯介に向かって腕を伸ばしながらささやき、潤《うる》んだ瞳を向けてくる。

「ひなた……」

ふたたび口づけながら、彼女を腕の中に抱きしめた。柔らかくて華奢《きゃしゃ》な身体からは、入浴後の甘い香りがする。

ひなたの着ているTシャツを裾《すそ》からたくし上げ、少し荒々しくカップの上から胸を揉《も》んだ。細い割に豊かな彼女の胸は、柔らかく形を変え、指の間からこぼれそうになる。

颯介は、ひなたの細い首のうしろに手を回し、軽く上半身を起こさせて、早々にシャツを脱がせた。背中に手を回してブラジャーのホックも外すと、明るい部屋の中で彼女の綺麗な身体が露《あら》わになる。

「あの、颯介さん……明かり……」

照明を落としてほしいというひなたの要求は、当然ながら無視して、颯介は目の前の小ぶりでかわいらしい乳首に吸い付いた。

「ああっ！　あっ、ん……」

透き通るように高く甘い声。

感じやすい彼女の身体を、颯介は思うままにじっくりと味わった。

何度見ても、何度触れても、彼女の美しさには感動を覚える。美容に関心が高いひなたは、体型を維持するためか、普段から運動や食事にかなり気を配っていた。

おかげで颯介は、彼女の引き締まった腰や、滑《なめ》らかで柔らかい肌、美しい脚などを存分に堪能《たんのう》することができる。

ひなたは、まだ恥ずかしさが抜けないのか、うつぶせるようにして身を捩《よじ》った。颯介はここぞとばかり背後から覆《おお》い被《かぶ》さり、彼女の白く美しいうなじに口づける。

「んっ、そ、すけさ……ん」

「本当に首が弱いね、ひなたは」

首すじやうなじに唇を這《は》わせるだけで、彼女はいつも肌を粟立《あわだ》たせ、身体を硬くする。

そのまま背骨にそって舌を這《は》わせ、腰骨から丸くふるんとしたお尻を撫でると、ひなたはまたかわいらしい声を上げた。

「ふぁっ……ん……っ」

「もしかして、もう濡《ぬ》れてるかな」

わざと意地悪くそう呟《つぶや》き、脚の間に手を伸ばす。ひなたは半分困ったような拗《す》ねたような顔をして、首を横に振った。

でも案の定、柔らかくて熱い恥丘の奥にはすでに蜜が溢れており、颯介は指先で掬《すく》ったそれを、ひなたの目の前に見せつける。

「ほら、やっぱり。感じてる」

「やっ……、そんなこと、ない」

顔を赤くして首を横に振り続ける彼女の背中に、颯介はふたたび口づけて笑った。

「なんで否定するの？　感じてくれたら、俺も嬉しいのに」

すると、ひなたは不安げにこちらを見上げて訊《たず》ねる。

「だって……やらしいって思わない？」

「思ったらダメなの？」

そう問い返したら、ひなたは怖い顔をして首を横にブンブンと振った。

「かわいいなら嬉しいけど。やらしいは、ちょっと……」

颯介はクスリと笑って答える。

「恋人が、かわいくてやらしいって、男にとっては最高だけどね」

ひなたは目を丸くし、頬を染めながら困った表情を浮かべた。

（やっぱり、かわいい）

颯介はニッコリ笑い、ひなたの両膝を掴んで、脚を大きく開かせる。

「きゃあっ、ちょっ、颯介さんっ！」

「ひなたのやらしいところ、見せて？」

「待ってっ、いきなり……やぁんっ」

かわいらしく結ばれたサイドのリボンを引けば、薄く繊細《せんさい》な下着は簡単に剥《は》がれ落ちた。まるで、脱がされることを想定していたかのようなデザインだ。

（やっぱり、やらしい）

露《あら》わになった襞はたっぷりと蜜に濡《ぬ》れ、光っている。颯介は躊躇《ためら》うことなくそこに口をつけて、その奥に舌を伸ばした。

「あっ、ん……ああっ！」

舌の動きに合わせてひくつく腰。快感に溶けて震える声や、乱れる息遣い。次々と溢れ出てくる蜜――快楽に素直で敏感《びんかん》な身体も、恥ずかしさのあまり背《そむ》けた顔も、すべてが愛おしい。

いつどんな姿をしていても、彼女は颯介を惹《ひ》きつけ、より深く魅了《みりょう》する。――俺の最高の恋人。

(絶対、誰にも渡さない)

颯介は改めてそう決意して、ひなたの身体を強く抱きしめた。

＊

数日後の金曜日。

颯介は明日、県を一つ跨《また》いだ先にある、ひなたの実家へ挨拶《あいさつ》に行く予定だった。そのため今日はずっとそわそわして、どことなく落ち着かない気分だ。恋人の両親に挨拶《あいさつ》をするのは、さすがに初めてのことである。

だが夕方、颯介は室長の大谷と共に、会議室へ呼ばれた。そこで人事課長から告《つ》げられたのは、異動の内示――

「ニューヨーク？」

それは、颯介にとって、まさに青天《せいてん》の霹靂《へきれき》だった。

「いつ付けですか？」

「来月の初めだ。月が変わったばかりだから、約一ヶ月後だね。距離が遠いのを考慮《こうりょ》して、これでも精一杯早く伝えたつもりだよ」

颯介は呆然《ぼうぜん》としながら頷《うなず》いた。うちの会社の人事は、大抵の場合突然に、しかも直近で知らされることが多い。

「ご配慮《はいりょ》いただき、ありがとうございます……」

「あっちには三年から五年行ってもらうつもりだ。色々と大変だろうけど、君のキャリアアップになることは間違いない。頑張《がんば》って」

そう言い残して、人事課長は先に会議室を出た。大谷は、ドアが閉まるのを確認してから振り返り、まだ呆然《ぼうぜん》としたままの颯介に訊《たず》ねる。

「原田さんを、どうするつもりだ？」

颯介は微《かす》かに眉根を寄せると、静かに首を横に振った。

「置いては行けません」

大谷は顔をしかめて、颯介に厳しい目を向ける。

「やっと対人スキルもアップしてきて、彼女の仕事もこれからってとこだぞ」

「離れるなんて、俺が耐えられません！」

初めて聞く颯介の悲痛な叫びに、さすがの大谷も驚いた顔をして口をつぐんだ。

沈黙が流れ、しばらくして颯介は静かに立ち上がる。そして、大谷をまっすぐ見つめて言った。

「彼女は連れていきます。後が大変なのは重々承知しています。──ですが、これは譲れません。申し訳ありませんが調整をお願いします」

大谷は軽くため息を吐き、静かに答えた。

「まずは原田さんと話をしろ。話し合って二人が決めたなら……なんとかせざるを得ないな」

二人はしばらく黙って見つめ合う。

先に視線を逸《そ》らしたのは颯介だった。そして静かに頭を下げ、そのまま部屋を出ていった。

＊＊＊

ひなたは、決裁《けっさい》文書を届けるついでに、頼まれた翻訳《ほんやく》原稿を持ち、営業部のフロアを訪れた。

エレベーターを降りると、今一番聞きたくない声が背後から響く。

「おう、ひなた！」

ビクッと肩を震わせ、ひなたは嫌々ながらうしろを振り返った。

案の定、背後に立っていたのは、飯村虎太郎だ。彼には数日前にも社内で一方的に声をかけられた。今、うちの会社と彼の会社の間で取り引きがあるようだ。

だが幸いなことに、今いる営業フロアの廊下は割と多く人の往来《おうらい》があった。なにかされる心配は、とりあえずなさそうだ。

「……なにかご用ですか？」

渋々言葉を返すと、彼はニヤッと笑う。

「あんたの声を聞くのも久しぶりだ。ゆっくり話したいのは山々だけど、実は今日急いでんだよね。だから、これだけ言っとくわ」

飯村はそこで言葉を切り、こちらをジッと見つめる。ひなたは警戒《けいかい》して、うしろに一歩下がった。

「婚約はひなたのために破棄《はき》したってことを、くれぐれも忘れるなよ。だいぶ面倒くさかったけどな。まぁ本命の女ができちまったんだから、しょうがない」

ひなたは眉間《みけん》にシワを寄せた。

〝ひなたのため〟とか、〝しょうがない〟とか。わざわざ念押ししてくるところも恩着せがましい。それに、話があまりにも一方的すぎる。

「私、付き合ってる人がいますけど」

「そんなん関係ねぇよ。じゃあな」

「は……？」

本当に急いでいたのか、彼はあっけなくエレベーターに乗って去っていった。

ひなたはその場に呆然《ぼうぜん》と立ち尽くす。

（関係ないってなんなの？）

本当に初対面の時から、彼には話が通じない。それが、とても腹立たしかった。

（結局自分がどうしたいかだけで、私の意思なんか必要としてない）

自分を認めていない人間に好きだと言われても、ただのエゴとしか思えなかった。見てくれだけを気に入られても、恐怖と嫌悪《けんお》しか感じない。

ひなたは最近、周囲の人間から、努力したことを褒《ほ》めてもらったり、仕事や考え方や価値観を認めてもらったりしているうちに、少しずつ自信に近いものを取り戻し始めていた。

（あんな人、私だって認めない。次に会っても絶対に負けたりしないから！）

ひなたは握《にぎ》った拳《こぶし》にグッと力を込めて、ふたたび歩きだした。

金曜日は、特別な用事がなければ定時で帰宅する。ひなたのその習慣はすっかり定着していて、定時を過ぎて残っていると、秘書室の人たちは「時間過ぎてるよ」とか「仕事が忙しいの？」などと、声をかけてくれるまでになった。

そんな気遣いや優しさをたくさん感じられるようになり、ひなたは少しずつ、自分のことを好きだと思えるようになってきた。

（こうやって、大事にしてもらえる人間でいたい）

そのためには、自分も人に返さなければならない。問題なのは見た目じゃなく、怖がって人を拒絶していた自分の態度のほうにあったのだと、ひなたはもう気が付いている。それを、何度も根気強く教えてくれたのは……

「ひなた」

聞き慣れた声がして、振り返る。

カレンとの待ち合わせに間に合うよう、急ぎ足で廊下に出たところを、颯介に呼び止められた。

「もう少し待ってて。今日、俺も一緒に行く。ひなたと、カレンにも大事な話がある」

そう言う颯介は、とても真剣な表情をしていて、ひなたは微《かす》かな不安を感じ取った。

カレンにメールして、颯介のマンションまで来てもらう。

カレンが到着してリビングに通した時、「場所がわかるか心配していた」とひなたが告げると、カレンは「こんなわかりやすいとこ一度来たら迷わないわよ、ひなたじゃあるまいし」と返した。

プクッとむくれるひなたを見ても、颯介は笑わない。ひなたとカレンは目を見合わせて、いつもと違う颯介の様子に身構えた。

どうせならお茶を淹《い》れ、夕食の支度《したく》をしようと腰を上げたひなたの腕を掴《つか》んで、颯介は言った。

「座って。大事な話がある」

カレンは「なによ、改まって」と肩をすくめる。でも、颯介の真剣な表情からなにかを感じ取ったのか、おとなしく話を聞く態勢になった。

腕を掴《つか》まれたひなたも、素直に颯介の隣に座る。でも彼の手の力は強く、それがますます不安を掻《か》き立てた。

（話ってなに？）

「――来月、転勤することになった。場所はニューヨーク」

その瞬間、ひなたの心臓がドクンと嫌な音を立てた。途端《とたん》に、視界がジワジワ滲《にじ》んで歪《ゆが》みだす。

（ニューヨーク……？）

耳奥に自分の鼓動が大きく鳴り響く。腕を掴《つか》む颯介の手の熱さだけが確かなものとして感じられ、ひなたは無意識に彼にしがみついた。

「イヤ……離れるなんて、イヤ！」

ひなたの口から、今にも泣き出しそうな声音で、縋《すが》るような言葉がこぼれていく。

「行っちゃダメ。もう、一人はイヤなの」

颯介は彼女の手首を掴《つか》んで引き剥《は》がすと、目に涙をいっぱいに溜《た》めたひなたを抱きしめ、腕の中に強く閉じ込めた。

「置いていかない。俺だって、ひなたがいない生活なんて、想像もしたくない！」

その言葉に、カレンが素早く反応した。

「それって……ひなたを連れていくってこと？」

颯介は頷《うなず》き、涙を流す彼女の頭を優しく撫《な》でて言った。

「一緒に行こう、ひなた。仕事を辞めて、俺と結婚してほしい」

ひなたは颯介の腕に抱かれながら、肩をビクッと震わせて、目を見開いた。

（結婚……？）

「ちょっと待って！　嘘でしょ、ひなたに会えなくなるなんて!!」

カレンが、テーブルをバンと叩いて、腰を浮かせる。颯介は彼を宥《なだ》めるように言った。

「永遠に会えなくなる訳じゃない。たまには帰国するし、あっちでの勤務は長くても五年だ」

「五年も!? イヤだよ! 行かないで、ひなた!」

カレンが珍しく泣きそうな表情を見せ、ひなたは驚いて顔を上げた。颯介を見ると、ひなたと同じように驚いた顔をしている。

「一人になるのがイヤなら、僕が一緒にいる。颯介が帰ってくるまで僕が守るから! だから、行っちゃイヤだよ。ひなたにだって仕事があるでしょ? 最近はすごく楽しそうだったじゃないか」

カレンの言葉が、ひなたの胸に刺さる。颯介は強張《こわば》った顔つきで、カレンを見つめていた。

「ダメだ。ひなたは置いていけない。絶対に連れていく」

颯介は強い眼差《まなざ》しでカレンを見据《みす》えると、今度は微《かす》かに声を震わせて言った。

「ひなたじゃない。俺が無理なんだ。離れたら俺はきっとおかしくなる。耐えられない」

ひなたは驚きに目を丸くする。カレンは顔をしかめると、彼を恨《うら》めしげに睨《にら》み返した。

「決めるのは、ひなただよ。颯介じゃない」

「……わかってる」

「嘘だ、わかってない! 仕事を辞めて結婚しようだなんて、ハナからひなたの意思を無視してるじゃないか!」

颯介が黙り込むと、カレンは大きく息を吐き、今度はひなたを見つめた。

「僕は反対だ。いずれ颯介と結婚するにしても、まだ早すぎるよ。やっと擬態《ぎたい》しなくても外を歩けるようになって、仕事も楽しめるようになったばかりじゃないか。誰も知り合いのいない場所に行って、仕事も辞めて家に籠《こ》もったら、また殻《から》の中に逆戻りだよ」

三人はそれぞれに黙り込み、しんとした静寂《せいじゃく》が部屋を包み込んだ。

しばらくしてカレンが立ち上がり、静かにこう告《つ》げる。

「今日は帰る。……僕は、結婚には反対しないよ。でも、ひなたが向こうに行くのは反対だ。颯介が不安なら、離れる前に入籍だけして数年間だけ別居でもいいだろ」

玄関に向かうカレンを、今日はひなたが追いかけた。颯介はソファに座って顔を伏せたまま、動かない。

玄関で靴を履《は》いて振り返ったカレンは、ひなたの顔を見て苦笑いした。

「よく考えて、ひなた。颯介とひなたの人生は別物だ。勢いで飛び込んで、颯介が事故や病気で突然いなくなったりしたらどうする？　仕事は、女だからって簡単に手放しちゃダメだよ」

「カレン……女言葉、抜けてるよ？」

今は返せる言葉がなく、答えを誤魔化したら、カレンは拳《こぶし》でひなたのおでこを軽く小突いた。

「あのね。それだけ真剣に言ってるのよ。まあ、僕もビックリしすぎて思わず素に戻っちゃったわ」

ひなたは軽く目を見張る。

「男言葉のほうが素なの？」

「僕のコレも、擬態《ぎたい》だからね」

彼は笑ってウィンクをすると、ドアを開け、軽く手を振りながら出ていった。

鍵を締めてリビングに戻ったひなたは、ソファに座ったままうつむいている颯介に近付き、隣に膝《ひざ》をついた。そして彼の頭をそっと抱きしめ、その髪に頬《ほお》を擦《す》り寄せる。

「颯介さん」

ひなたの胸元に颯介の顔がある。そっと覗《のぞ》き込むと、彼は目を閉じて、されるがままにジッとしていた。それを見たひなたは、胸を掴《つか》まれたように苦しくなった。

（いつも私が甘えてばかりなのに）

それだけ彼が弱っているようにも思えて、ひなたは抱きしめる腕にきゅっと力を込める。

「……ひなた」

ふいに、颯介が口を開いた。ひなたはゆっくり腕を解《と》き、今度は隣に座って、彼の肩に頭を預けた。視線の高さが逆転し、いつものように、ひなたが颯介を見上げる形になる。

　彼はひなたと目を合わせると、悲しげな顔をして呟《つぶや》いた。

「ごめんな……押しつけるような言い方して」

　ひなたは首を横に振り、「謝らないで」とささやく。

「私だって、颯介さんがいなくなったら頑張《がんば》れない。耐えられないのは同じだから……」

　彼の邪魔《じゃま》にならないように、お荷物ではなく少しでも役に立てるようにと思って、今まで頑張《がんば》ってきたのだ。自分を変えようと思ったのも、少しずつ自分のことが好きになり始めたのも、みんな颯介が隣にいたから。そしてこの先もずっと、一緒にいたいと思っているのに――

「颯介さんが本当に私を必要としてくれるなら、一緒に行く。たとえほんの少しの間でも、離れたくない！」

「ひなた……」

　今度は颯介が、彼女を力強く抱きしめた。彼の胸に顔を埋《うず》め、ひなたも腕を回して、強く抱きしめ返す。すると、颯介の手に後頭部を掴《つか》まれ、強引に上を向かされた。

「颯介さっ……ん」

　塞《ふさ》がれた唇は、いつも以上に熱く感じられた。追い縋《すが》ってくる彼に、ひなたは同じように応《こた》える。互いに引き寄せ合い、温もりを合わせながら、一緒にいたい気持ちは同じだと確かめ合う。

でも、なぜかひなたは、自分も颯介も不安の影を振り払うために、お互いの熱を求め合っているような――そんな気がしてならなかった。

＊

翌朝。

朝食を食べて、キッチンでの片付けを終えたひなたは、ソファに座っている颯介に手招きをされた。ひなたはすぐに駆け寄り、彼の隣にピタリとくっついて座る。

それを見た颯介がクスリと笑った。

彼の言いたいことはわかっている。いつも「ひなたは甘えただね」と言われるから。

でも、彼がそれを嫌がったことはない。

今日は颯介と一緒に、ひなたの実家に挨拶《あいさつ》へ行く予定だった。

なし崩しに始めてしまった同棲《どうせい》だけれど、彼を紹介することに、不安はなかった。

（でも、ニューヨークだなんて……）

今仕事を辞めて結婚し、颯介について行くということになれば、経済的にも精神的にも完全に依存してしまうことになる。それはあまりに申し訳ないと思うし、カレンが言うように颯介になにかあったら、一人で、どう対処していいかわからない。

颯介が、隣で軽く息を吐き、こう言った。

「ご両親には、ひなたと結婚したいと伝えるつもりだ。ニューヨーク行きの話もするよ。でも、まずは結婚を認めてもらわないとね」

ひなたは、不安に思っていることをそのまま口にする。

「もし、反対されたら？」

颯介は穏やかな笑みを浮かべてひなたの顔を覗《のぞ》き込み、「大丈夫だよ」とささやいた。

「俺たちが迷わなければ、いつかは認めてもらえる。それが出発までに間に合わなくても構わない。結婚そのものを焦《あせ》る必要はないから」

「でも一緒に行けなくなっちゃう……！」

そう訴《うった》えると、颯介は首を軽く横に振った。

「入籍してもしなくても、向こうには連れていくよ。そのためには……仕事のほうが問題だ。ひなた、有給残ってる？」

ひなたは一瞬考えてから、頷《うなず》く。

「全然使ってないから、丸々残ってます」

入社一年目の残り分が繰り越され、今年の分と合わせて二十日以上残っているはずだった。

「退職するなら一ヶ月以上前に申告が必要だ。今申し出ても、退職日は来月のなかばになる。でも有給が残ってるなら、来月以降はそれを消化すれば、一緒に出発できる」

それだと早々に辞表を提出しなければ、間に合わない。ひなたは戸惑いを感じながらも、頷《うなず》いた。

だが颯介は、そこでわずかに躊躇《ためら》いを見せる。

「本来なら、後任が決まるまでは、第二秘書のひなたが俺から業務の引き継ぎを受ける。でも一緒に行くとなるとそれはできないから、後任者とエリックには、相当負担をかけることになるな」

それだけではない。例の一件で懲戒解雇《ちょうかいかいこ》になった香坂の後任はすぐに決まり、すでに着任しているが、後の二人の後任が決まっていない。グループ秘書のチームは、二名の欠員が出たままだ。

そこにサポートとして入っているひなたが抜ければ、チームの業務が回らなくなる。たとえ回っても、残りのメンバーの負担は相当重くなるはずだった。

そのことに思い至り、途端《とたん》にひなたは、気持ちが折れそうになった。

あんなによくしてくれるメンバーに、これ以上負担をかけたくなかった。例の一件だって、元はひなたが異動してきたことが発端《ほったん》なのだ。

こちらの気持ちを察したのか、颯介が苦しげに眉根を寄せる。

「本当なら、ひなたの退職のタイミングはもっと時期をずらすべきだと思う。落ち着くまで……せめて、三ヶ月から半年」

ひなたは驚いて目を見張った。

(三ヶ月から半年……？)

想像はできたことだが、改めて言葉にされると長く感じた。

颯介はひなたの肩を掴《つか》み、少しだけ身体を離して顔を覗《のぞ》き込む。ひなたも颯介を見上げ、二人は見つめ合った。彼は顔をしかめたまま、こう続ける。

「俺たちが出会って付き合い始めてから、まだ一年も経ってない。正直言えば……不安なんだ」

ひなたは颯介の顔を見上げ、彼の言葉の続きをジッと待った。

「このまま離れれば、ひなたはまた俺がいない日常にあっという間に戻っていって、それが当たり前になる。擬態《ぎたい》をやめた今なら、出会いもアプローチも多い。もしかしたら、中には俺と同じように、ひなたが怖くないと思える男がいるかもしれない」

その言葉に、ひなたは呆気《あっけ》に取られて目を丸くした。

(私が颯介さんを好きになったのは、単に怖くなかったからだと思ってる……？)

徹底して人を避けてきたひなたの耳にも、自然に聞こえてきた『宮村颯介』の噂。専務であるエリックの顔は知らなくても、彼の顔は知っていた。

彼は決して自分と関わり合いになることはない——高嶺《たかね》の花のような人。

話したことがなかった時は、無意識のうちに惹《ひ》かれているなんて思いもしなかった。

だからわからなかった。なぜ颯介だけが怖くないのか。

「怖くないから好きになったんじゃない。好きだから、怖くなかったの。颯介さんは私が憧《あこが》れて、初めて恋をした人だから」

颯介はひなたの言葉を聞き、微《かす》かに笑みを浮かべて、彼女の頬《ほお》をそっと撫《な》でた。

「俺がひなたの初恋?」

ひなたも微笑んで頷《うなず》く。そうしたら、颯介から優しいキスをいくつも落とされた。——額に、頬《ほお》に、そして唇に。

「だから、前と同じにはならない。颯介さんのいない日常は、きっとずっと大事なものが欠けたままなの」

そう言ったら、颯介は少しだけ悲しげな表情を浮かべる。

「俺も同じだ。ひなたと出会う前の日常には、もう戻れない」

颯介の瞳になにかを決意したような光が宿《やど》った。それを、ひなたは真剣に見つめ返す。

「……お互いの気持ちを、信じてみようか」

ひなたはその言葉の意味を、すぐには呑み込めなかった。

(それって、つまり……?)

「お互いを信じて、しばらくの間だけ離れよう。せめて秘書室の業務が落ち着いて、ひなたが抜けても大丈夫だと思える時まで」

ひなたは息を呑み、堪《たま》らずに顔を歪《ゆが》めた。

「しばらくって……さっき言ってた、三ヶ月から半年？」

問い詰めると、颯介は苦しげな表情を見せた。ひなたは、彼にしがみついて抗議の声を上げる。

「なんで？　置いていかないって……連れていくって、颯介さん言ったのに！」

途端《とたん》に、ひなたの目から涙が溢《あふ》れ出す。

「三ヶ月も離ればなれなんてヤダ！　なんで急にそんなこと言うの？」

颯介はひなたを抱きしめ、背中をゆっくりさすりながら言い聞かせた。

「引き継ぎの間の、ほんの数ヶ月だけだ。ずっとじゃない。ひなたも同じ気持ちだろ？残るメンバーに少しでも負担をかけずに済むなら、そのほうがいい」

彼の腕の中で、ひなたは肩をピクリと震わせた。

「さっき、そう言いたそうな顔してたよ。それで俺も、少しだけ頭が冷えた」

社会人として、そうするべきだというのはわかる。無責任に投げ出すようなことをしてはいけないと、ひなたも理解していた。でも感情は止められない。

ひなたはゆっくり顔を上げ、涙に濡《ぬ》れた目で颯介を睨《にら》む。

「結婚するって言ったのは？」

「ひなたがいいなら、今すぐにでも」

「不安だって、颯介さんが言ったのに！」

「不安だよ。でも、ひなたが初恋だって言ってくれたから。数ヶ月ならなんとか我慢できるかなって思えた」

ひなたは目に涙を浮かべたまま口をへの字に曲げ、下を向く。

「無理矢理にでも、連れてってほしかった」

颯介は苦笑いして言う。

「俺もそうするつもりだった。……ついさっきまでは」

まだ気持ちが切り替わらず、ひなたはグズッた。

「う～、颯介さんの嘘つき」

頭では、そうしたほうがいいとわかっている。でも彼と離れることを、そんな簡単には受け入れられない。

颯介はひなたの頬《ほお》を撫《な》で、また何度もキスを繰り返した。

「仕事が落ち着いたら教えて。すぐにでも迎えに来るから」

ひなたは涙を流しながら目をつむり、されるがままに口づけを受けた。

「……三ヶ月より早かったら？」

「一ヶ月しか経ってなくても、ひなたがいいって言えば迎えに来るよ」

「一緒に行きたい」

「俺も、そう思ってる」

たった数ヶ月――でも、二人で過ごした時間もまた、同じく数ヶ月のことでしかなかった。

「寂しい……離れたくないよぉ」

「俺もだよ、ひなた」

顔をグチャグチャにして、ふたたび泣きだしたひなたを、颯介はギュッと抱きしめる。彼は、ひなたが泣きやむまでずっと、背中を優しくさすり続けてくれた。


久しぶりに実家へ帰り、両親に挨拶《あいさつ》がてら、結婚したいということ、そしてニューヨークの転勤について行きたいということを話した。両親はどちらも、結婚することは構わないと言った。でも母からは、仕事を辞めるかどうかは、もっとよく考えなさいとキツめに言い聞かされた。

（カレンと同じこと言われちゃった……）

颯介の運転する帰りの車の中で、ひなたはシートにもたれながら、ただ黙って流れる景色を見つめている。

マンションが近くなってきて、同じように黙ったままだった颯介が、ふいに言った。

「夕飯、どこかで食べて帰ろうか」

「……はい」

作る気力が湧《わ》かず、ひなたは素直に頷《うなず》いた。ずっと黙りこくっていたせいか、返事をする声が掠《かす》れてしまう。それに気付いた颯介が、心配そうに眉根を寄せた。

「泣きすぎだ、ひなた。喉を痛めないようにしないと風邪《かぜ》ひくよ」

「ん……わかった」

颯介と一緒にいると、本当に至れり尽くせりだと思う。

(居心地がよすぎるんだ、きっと)

ちょっとした時に、いつも彼の愛情を感じる。彼は常に自分のことをちゃんと見ていてくれる。

もしこれがなくなったら——そう考えると、また涙が出そうになり、ひなたは慌てて鼻を啜《すす》った。

(これ以上泣いちゃダメって言われたのに)

ひなたが涙を振り払うようにプルプル頭を振ると、颯介は、前を見ながら黙って苦笑を浮かべた。

＊

翌週の水曜日。颯介に正式な辞令《じれい》が出て、本格的な引き継ぎ作業に入った。それを受けるのは当然ながら、ひなただ。

ひなたは、グループ秘書のチームを手伝いながら、ふたたびエリックの専任秘書としての業務に重点を置くことになった。

今まで颯介がこなしていた各会議の事前準備やエリックとのディスカッション。各種会合やパーティーへの参加。市場調査を始めとする分析、企画から製造ライン、広報、営業などとマーケティングの連携《れんけい》を図るなど、ひなたには見えていなかった業務が、実はまだまだたくさんあった。

自分には圧倒的に知識や経験が足りない――引き継ぎを始めて、ひなたはそのことを強く思い知らされた。

今日、ひなたは室長の大谷から「弁当持ってこないでね」と言われていた。どうやら昼食をごちそうしてくれるつもりのようだ。ひなたは漠然《ばくぜん》と、なにか重要な話でもあるのかと考えていた。

その日は、どうやっても時間内には終わらない量の資料を読み込み、明日までに要点をまとめて、会議前にエリックと打ち合わせをしなくてはならなかった。本当なら昼休みも潰《つぶ》して資料に向き合いたいところだが、そんなひなたの事情などお構いなしに、大谷はにこやかに声をかけてくる。

「じゃ行こうか、原田さん」

時計を見ると、まだ昼休みが始まる十分前。恨《うら》めしげな目を向けるひなたを、大谷はしれっとした表情で「早く」と急《せ》かした。

ひなたは諦《あきら》めてため息を吐き、立ち上がる。その時、松村と目が合ったのだが、事情を知る彼女からは「ご愁傷《しゅうしょう》さま」と言わんばかりの生温《なまぬる》い笑みを向けられ、軽く手を振られた。

（助けてくれない……）

ひなたは肩を落とし、大谷の後に付いて歩く。顔の広い彼には、様々な人間が声をかけてくる。エレベーターに乗り込むと、若い男性が二人、大谷に迫ってきた。

「大谷さん！　その隣の美女はもしや……？」

「羨《うらや》ましいだろ。上司特権で同伴《どうはん》ランチだ」

「俺も！　ぜひ一緒に行かせて下さい！」

「ええっ！　俺も、俺も交ぜて！」

狭《せま》いエレベーターの箱の中で、大の男たちが諸手《もろて》を上げて迫ってくる。

「ダメだっつーの。お前ら連れてったら大事な話ができねぇだろうが」

「ええ！　大谷さん、まさかとうとう……？」

「いやーさすがの大谷さんでも、それはちょっと無謀《むぼう》っていうか」

「どんな話だと思ってんだよ」

「え、告白？」

「ついに再婚する気になったのかな～なんて」

（え？）

ひなたが目を丸くして顔を上げるのと同時に、その若い男性二人は、大谷から頭をバシバシッと叩かれていた。

「てめぇら、余計なこと抜かすなっ」

エレベーターが一階に着くと、乗り合わせた男性たちは「じゃあまた今度」「大谷さん、ファイトっす！」などと言いながら、あっという間に去っていった。

「なにがファイトだ、馬鹿どもが……」

ひなたは、ため息を吐く大谷を見上げて訊《たず》ねた。

「室長って、独身だったんですか？」

すると大谷はひなたを振り返り、ニヤリと笑う。

「おう。颯介やめて、俺んとこ嫁に来るか？」

ひなたは眉根を寄せて即答した。

「行きません」

大谷は面白そうに片眉を上げると、「原田さんもだいぶ言うようになったなあ」と感《かん》慨《がい》深げに呟《つぶや》いた。

まだ寒くなる前、毎日公園でお弁当を広げていた時、社屋《しゃおく》の近くにある、この定食屋を見かけるたび、ずっと気になっていた。辺りに飲食店が少ないせいか、ここはいつも行列ができるほど混んでいるのだ。

でも今日は、昼休み十分前に出たせいか、すんなり席に座れた。

(早く来たのはこのため……?)

ひなたが一人考えていると、大谷が卓上メニューを差し出しながら訊《たず》ねた。

「なにがいい?」

見れば、定食は焼き魚、生姜《しょうが》焼き、日替わり、焼き肉の四種類のみ。あとは丼ものだけだ。

ひなたは店内を見回した。古くて小さな昔ながらの定食屋さん。だが、テーブルに置かれた調味料や棚《たな》や窓枠などを見ても、隅々まできちんと手入れされている。

「お魚にします」

大谷はまた興味深げに眉《まゆ》を上げ、ひなたを見つめた。

「決め手は？」

「……決め手？」

なぜそんなことを聞くのだろうと思ったけれど、ひなたは素直に答える。

「ちゃんとしたお店だな、と思って。魚が好きですけど、ちゃんと扱ってるところでないと食べる気がしませんし……」

大谷は目を丸くした。

「なるほどね」

首を傾げるひなたをよそに、大谷は焼き魚定食を二人分注文する。そして、いきなり話を切り出した。

「原田さんから見て、松村はどうだった？　しばらく一緒にやってもらったけど」

（松村さん？）

てっきり颯介の話をされると思っていたひなたは驚く。

「とっても親切で、優しい先輩です。仕事もできるし、すごくよく気が付くし。色々教えてもらえて勉強になります」

「そうか……じゃあ決まりだな」

見ると、大谷は満足げな笑みを浮かべて頷《うなず》いている。

「決まりって？」

「颯介の後任だ。今月末、颯介が出発したら松村が原田さんの上司だ」

ひなたは口を開いたまま固まった。

（松村さんが颯介さんの後任――!?）

「颯介は兼任《けんにん》してたが、室長補佐は別に来る。松村の肩書きは主任から係長になって、専務取締役の専任第一秘書に付く。原田さんはまだぺーぺーだから第二秘書のままね」

「はぁ」

（それは当然だから、別に……）

「あいつは有能だし目端は利《き》くし、面倒見もいい。下を育てるのには向いてんだよ。ただなあ……口調がキツくて、それに付いていける奴がなかなかいないんだよなぁ」

「そうですか？」

不思議がるひなたを見て、大谷は苦笑いする。

「原田さんとは相性がいいんだろ。松村にとっても幸運だ。後輩がちゃんと育ったら、あいつの評価も格段に上がる」

ひなたはギクリとして、大谷を見つめた。彼は口元に笑みを湛《たた》えつつも、鋭《するど》い眼差《まなざ》しを返してくる。

「私……」

ひなたが口を開くと、大谷はそこにわざと言葉を被《かぶ》せてきた。

「原田さん。君も会社にとって必要な人間だ。辞めると言うなら俺は上司として全力で引き留める。仕事が本当に面白くなるのは、まだこれからだよ」

そのすぐ後に来た定食の味は、ほとんどわからなかった。

ひなたは目の前に座る、一見人当たりのいい上司を、初めて怖いと感じた。


食事を終えて大谷と一緒に一階のエントランスロビーを歩いていたら、背後から声をかけられた。

「原田さん」

聞き覚えのある声だが、呼び方が違うせいで一瞬混乱する。振り返ると、そこにはスーツ姿の飯村虎太郎が立っていて、ひなたは驚き、思わず足を止めてしまった。

「知り合いか？　なら先に行ってるぞ」

数歩先で立ち止まった大谷がそう聞いてきて、ひなたは一瞬迷う。でもここがロビーだということもあり、大丈夫だろうと判断して頷《うなず》いた。

「はい、すみません」

そして改めて飯村に向き直り、目立たないように声を抑えて口を開いた。

「なんですか？」

彼は意味ありげに笑い、ゆっくりひなたに近付いてきて、顔を覗《のぞ》き込む。ひなたは三歩くらいうしろに下がりつつも、彼をキッと睨《にら》み返した。

（絶対負けないって決めたんだから――！）

飯村は、そんなひなたの様子をニヤニヤ眺《なが》めながら言う。

「俺、聞いちゃったんだよね。色男な宮村サン、海外に転勤なんだって？」

ひなたは息を呑み、血の気がすうっと引いていくのを感じた。

（なぜそれを……）

「すっげえチャンス、巡ってきちゃったよね。恋人がいようが関係ねえとは思ってたけど、邪魔《じゃま》なのは確かだしな」

飯村の言葉にカチンときて、ひなたは反射的に言い返した。

「なにか勘違いしてませんか？　颯介さんがどこへ行っても、私が貴方とどうにかなる可能性なんて一ミリもありません」

彼はヒュウと口笛を吹き、変わらず気味の悪い笑みを浮かべる。

「怒った顔もかわいいなぁ、ひなた」

「ふざけないで！　貴方は私のことなんか好きじゃない。見た目が好みなら誰だっていいんでしょう？」

そう叫んだ後、ハッとした。ここはエントランスロビー。周囲を見回すと、通りがかりの社員たちから好奇の視線を向けられていることに気付いた。

「……っ、忙しいから失礼します！」

ひなたは足早にその場を去ろうとする。その手を、飯村がうしろから強引に掴《つか》んできた。

ひなたは、久々に感じる恐怖に震《ふる》えながら、叫んだ。

「イヤ！　離してっ」

「わがままな女は、ちゃんと躾《しつ》けてやらないとな」

飯村の手には、ますます力が入る。

「離してったら……！」

――その時。ロビーにいた社員らしき男性が二人、咄嗟《とっさ》に駆け寄ってきた。

「なにしてんだ！　嫌がってんだろーがっ！」

「手ぇ離せよっ」

ひなたが驚いて顔を上げると、その見知らぬ社員のうちの一人は飯村を羽交《はが》い締《じ》めにし、もう一人がひなたを背後に庇《かば》って距離を取ってくれた。

「原田さん、大丈夫？」

「お前、所属はどこだ！」

気付くと、ロビーの端にいた警備員たちも寄ってきて、飯村はあっという間に複数の男たちに囲まれた。制服を着た女性社員たちも何人か、遠巻きに騒《さわ》ぎを見守っている。

「うちの社員じゃないのか？」

「入館証は？　素直に出せ！」

囲んだ男たちが、揃《そろ》って飯村に詰め寄る。彼は多少気まずそうな顔をしつつも、ヘラヘラ笑いながら答えた。

「そいつ、俺の女だから。ただの痴話《ちわ》ゲンカだよ。口出さないでくれる？」

飯村のとんでもない言い訳に、ひなたが唖然《あぜん》としていたら、背中に庇《かば》ってくれた男性が振り返って訊《たず》ねた。

「あいつ、知り合い？」

ひなたは思いきり首を横に振り、懸命《けんめい》に訴《うった》える。

「違います！　出張先で一度声をかけられてから、ずっとつきまとわれてて」

「ストーカーってこと？」

そこまで大げさな話ではないので、ひなたは慌てて付け加えた。

「でも、うちの取り引き先の人らしいんです。社内でも何度かすれ違ったので……」

すると飯村が、図々しくも声を張り上げて言った。

「ひなた！　説明しろよ、ちょっとケンカがこじれただけだって」

ひなたは、ここがロビーであることを忘れ、思わず叫んだ。

「ふざけないで！　私は、貴方みたいな人と絶対付き合ったりしない！　相手にされないのがそんなに悔《くや》しいなら、颯介さん以上の男になってから、出直してきなさいよ！」

一瞬しんと静まり返った後、周りの人たちは皆、なにかを納得したような顔になり、ふたたび飯村を拘束《こうそく》した。

結局、彼は警備員によって別室に連れていかれ、ひなたは近くにいた女性社員のうち何人かに付き添われて、二十七階へと戻った。途中で彼女たちから「大変だったね」とか「宮村さん以上とか、あんな奴には絶対無理でしょ」と、言葉をかけられる。ひなたは、自分の言葉を信じてもらえたのだとわかって、嬉しいというより驚いていた。

話を聞いた大谷は、「先に戻って悪かったな」とひなたに声をかけ、そのまま外に出て行った。おそらく詳しい状況の確認に行ったのだろう。

一緒に話を聞いていた松村は、相手があの『飯村虎太郎』だと知って飛び上がった。

「あの男！　信じられないっ」

ジッとうつむくひなたに、松村は優しいトーンで声をかける。

「原田さん。ちゃんと声上げて抵抗したんだ。偉かったね、よく頑張《がんば》った」

ひなたは目を丸くして、松村の顔を見上げた。彼女はニコリと笑って頷《うなず》く。

「イヤだってちゃんと言えたから、助けてもらえたのよ。大したことなくてよかった」

ひなたは、その言葉に頷《うなず》きつつも、少し違うことを考えていた。

あれは、半分颯介のおかげなのだ。彼とひなたが付き合っていることを皆が知っていたから。そして、颯介と付き合っていながら、飯村などになびくわけがないと、あの場にいた全員が揃《そろ》って納得したから――

（颯介さんて、やっぱりすごい）

ひなたは、この場にいなくても彼に守られていることを実感し、胸がきゅうと甘く締めつけられるのを感じた。

＊

二日後の金曜日の夜。残業を早めに切り上げ、ひなたは最寄《もよ》り駅からマンション方面に少し歩いたところにあるカフェで、カレンと向き合っていた。

ひなたは、この間の彼の台詞《せりふ》が、ずっと気になっている。

『僕のコレも、擬態《ぎたい》だからね』

カレンが女言葉を使ってはいても、ゲイというわけではなく、性的には女の子が好きだということは知っていた。でも彼がひなたに、性欲を含む男性としての視線を向けてきたことは一度もない。

「やっぱり、颯介について行くの？」

そう聞かれ、ひなたは躊躇《ためら》いながら頷《うなず》く。

「引き継ぎがあるからすぐには無理だけど……数ヶ月したら、私も行く」

「仕事を辞めて？　颯介に守られて颯介を待ちながら、颯介のためだけに生きていくの？」

ひなたは、いつになく辛辣《しんらつ》なカレンの口調に、顔をしかめた。

「なんでそんな言い方するの？」

手に持っていたティーカップを乱暴に置いたら音が響き、隣の席に座っていたカップルがチラリと視線を寄越《よこ》した。

カレンはため息を吐き、なんとも寂しげな表情でひなたを見つめ返す。

「ひなたはとても強い目を持ってる。それは見た目の良《よ》し悪《あ》しとは別に、他人を惹《ひ》きつけて魅了《みりょう》する目だよ。ひなたは誰かに頼ったり依存なんかしなくても、自分の力で輝いて、誰よりも高い場所に登っていける人なんだよ……！」

（依存……）

仕事を辞めて颯介と結婚すること。それは、今のひなたにとって、経済的には完全に颯介に寄りかかってしまうことを意味している。

ひなたにも、なんとなくわかっていた。カレンや両親が、なにを心配しているのか。

うつむいてしまった彼を見つめ、ひなたは答える。

「私だって、颯介さんに一方的に甘えてしまうのは申し訳ないと思ってる。でもそれ以外に、どうしたら一緒にいられるのかわからない。私はカレンが言うみたいに、輝くとか高い場所とか……考えたことないの。ただずっと彼と一緒にいたいだけで」

するとカレンが寂しそうに苦笑いして呟《つぶや》いた。

「僕じゃ……代わりにはならない、よね」

ひなたは驚いて顔を上げる。

(代わり？)

その寂しげな表情を見つめながら、ひなたはカレンに向かってそっと手を伸ばした。

彼はそれを見て不思議そうに瞬《まばた》きし、おそるおそる手を差し出す。

「カレンと颯介さんは比べられないよ。どっちも大事な人だから。誰も颯介さんの代わりはできない。でもカレンの代わりもいないの。私の親友は……カレンだけだもん」

そう言いながら、ひなたは彼の手をギュッと握《にぎ》った。カレンは、寂しそうな笑みを浮かべたまま、そっとその手を握《にぎ》り返してきた。

＊

翌週、颯介の後任が正式に松村に決まり、ひなただけでなく彼女も含めた引き継ぎが始まった。松村が傍《そば》に付き、颯介の話を聞きながらその指示に応《こた》えていく様子を見て、ひなたは少なからずショックを受けた。

業務経験も知識もある松村は、言われたことの半分もピンとこないひなたとは違い、なんでもスイスイと理解していく。エリックも含め三人が議論を始めると、ひなただけがその場に取り残された。

仕方がないこととはいえ自分の力不足を目の当たりにして、ひなたは落ち込みを隠せない。

（やっぱり私って、すごいお荷物なんだ）

引き継ぎを始めてから、自分が颯介の仕事の半分も担《にな》えておらず、圧倒的に知識も経験も足りていないと実感したばかりだった。そこへ、さらに松村との違いを見せつけられ、ひなたはようやくあの時の三人が、自分を目の敵《かたき》にした理由が理解できた気がした。

（颯介さんのことだけじゃない。私みたいな新人が専任秘書になってしまったことも許せなかったんだ、きっと）

颯介はこれまで、ひなたの目からその事実をとても上手に隠していた。少しずつひなたにできる仕事を与え、褒《ほ》めて自信をつけさせようとしていた。

そのことにひなたはようやく気付き、自分の未熟さや、浅はかさが心底嫌になった。

＊　＊　＊

「原田さんが落ち込んでるぞ?」

颯介は、席に着いてすぐ、大谷からそう声をかけられた。

今日の午前中は後任に決まった松村への引き継ぎ作業をし、午後から外出して、今戻ってきた。時間はすでに二十一時を回っている。周りを見れば、残っているのは専任秘書が数人と室長の大谷と、一緒に戻ってきた松村だけだ。

「……わかってます。でも引き継ぎをする以上、全部見せないわけにいかないので」

颯介が呟《つぶや》くと、隣にいた松村も口を開いた。

「まだ二年目の、庶務しか経験していない子にいきなり経営部門の仕事はキツいですよね」

大谷は大きなため息を吐く。

「自分の実力をちゃんと自覚できるだけ、優秀なんだけどなぁ」

「初めに比べて、だいぶしっかりしてきてるし、成長もかなり早いほうですよ」

二人の言葉に、颯介は複雑な表情を浮かべる。

本当ならもっとじっくり、ひなたのペースに合わせて課題を与えてやりたかった。少しずつ知識と自信をつけさせ、経験を増やしていけば、会社にとってもきっと有益な人材になったはずだ。

颯介は数日前、ひなたがロビーで飯村に絡まれて、周囲の人間に助けてもらい、ことなきを得た話を聞いた。その後でも、ひなたは傷付いたり落ち込んだりした様子は見せていない。

（確かに、公私共にしっかりしてきている）

それはいいことに違いないのに――

黙り込む颯介を見て、大谷と松村は目を見合わせ、肩をすくめた。

颯介が家に帰ると、玄関ドアを開けた途端《とたん》にパタパタと足音が響いた。すでにパジャマ姿になったひなたが、玄関まで走って出迎えにくる。

「おかえりなさい、颯介さん」

嬉しそうな笑顔を見せるひなたに、颯介も微笑み返した。

でも背中を向けた途端《とたん》に彼女の肩は下がり、うつむいている姿はなぜか酷《ひど》く疲れて見えた。それに気付いた颯介は、眉根を寄せる。

「ひなた……？」

呼びかけると、彼女は不思議そうに振り返って「なあに？」と首を傾げた。その表情は明るく、口元には笑みも浮かんでいる。だが颯介の目には、それが精一杯の強がりに見えた。

そのまま見つめていたら、彼女はそのうちに笑みを崩し、困惑の表情を浮かべる。

颯介は静かに問いかけた。

「もしかして、泣いてた？」

目もとが微《かす》かに赤かった。よく観察しないとわからない程度だが、普段からひなたを見つめるクセがある颯介には、すぐにわかった。

ひなたはハッとして目を逸《そ》らし、首を横に振って否定する。でも瞳はすでに潤《うる》んでおり、表情は歪《ゆが》み始めていた。

立ち止まって下を向いてしまった彼女に近付き、颯介は小さく丸まった背中をそっと撫《な》でる。

「家に帰ったら俺は上司じゃないんだから、いいんだよ、なんでも言って」

すると堪《こら》えきれなくなったのか、ひなたは眉根を寄せ、涙をポロポロこぼし始めた。

颯介がそのまま黙って背中を撫《な》で続けていると、ひなたは握《にぎ》り締めた拳《こぶし》でまぶたを覆《おお》いながら、溢《あふ》れ続ける涙をなんとか堪《こら》えようとして「うー……」と呻《うめ》いた。

颯介にも覚えがあった。

思い描く理想と、まだまだそこに追いつけない自分。経験もなく知識も足りず、だからといってがむしゃらにやれば思い通りにいくというわけでもなく、色々なことが空回ってしまう苛立《いらだ》ち。『まだ若いんだから仕方ない』と言われることの悔《くや》しさも。

本人の能力だけでは補いきれない、ある程度年数を重ねないと見えてこないことだってある。そして、悔《くや》しいと思うのは『できるようになりたい』という気持ちがあるからだ。

颯介はひなたの肩を抱き、なにも言わず黙ったまま抱きしめて、その小さな背中をさすり続けた。

彼女が落ち着いてから、颯介はひなたをソファに座らせて、自分は寝室に入る。

いったん着替えてからゆっくり話を聞いてやるつもりだったが、リビングに戻ると、ソファに彼女の姿はなかった。

部屋を見回したら、キッチンに入って食事の支度《したく》をしているのが見える。カウンターの向こうに見える、ひなたの泣きはらした赤い目がいじらしく、颯介は強い迷いを感じ始めた。

――できることなら、ひなたが納得できるまで仕事を続けさせてやりたい。

だがそれは、二人が離ればなれになることを意味している。それも数ヶ月ではなく、何年もの間。

(ちょうどいいのかもしれない)

颯介の赴任《ふにん》は三年から長くても五年だ。自分の歳は三十を超えているが、ひなたはまだ二十四になったばかり。五年経ってもまだ三十手前だ。仕事と結婚の折り合いをつけるタイミングとしては合っているのではないだろうか。

だがその時、ひなたが今と同じように仕事より颯介を選ぶとは限らない。長く離れていれば、そもそも一緒にいたいと思う相手が自分ではなくなっている可能性もある。

その場に立ち止まっていたら、支度《したく》を終えたひなたが、考え事をしている彼に気付いて首を傾げた。

「颯介さん？　晩ごはん、できましたよ」

ハッとして顔を上げれば、彼女はキッチンから出てきて、用意した皿や茶碗をテーブルに並べ始めていた。

颯介も、それを手伝う。カトラリーケースを手に取り、その中に並べられた二組ずつのフォークやスプーン、二揃《そろ》えの箸《はし》を見つめた。

――いつの間にか当たり前のように、ここにあるもの。気付いたらそこかしこに感じる、ひなたとの生活の息遣い。穏やかな空気や、温かさ。

（これを自分から手離す……？）

数ヶ月だから離れることも我慢できると思えた。突然辞めて職場に迷惑をかけ、苦い思いを残すよりは、と。だが彼女が仕事で独り立ちできるまで、となれば事情はまったく違ってくる。

自分の気持ちに従うならば、その選択は迷う余地もない。でも、ひなたのためならば――？

「颯介さん？」

まだ潤《うる》んで赤いままの彼女の目を見つめ、颯介は簡単には答えの出ないその問いを、ずっと頭の中で繰り返していた。

＊＊＊

ひなたが見る限り、仕事の引き継ぎはかなりスムーズに進んでいた。

ただ松村は語学がかなり苦手なようで、英語はなんとかなるものの、それ以外の言語はさっぱりだった。そのせいかエリックには、ひなたを手離すつもりが毛頭《もうとう》なく、ひなたは「会社を辞める」となかなか言い出せずにいる。

手離すつもりがないのは大谷も同じで、ひなたに新たな翻訳《ほんやく》の業務や、今後役立ちそうな社内研修の案内などを積極的に送ってきたりしていた。

颯介がニューヨークに出発する日はあっという間に近付いてくる。ひなたの心には、日に日に心細さと寂しさが募《つの》っていった。

（私の準備さえ整えば、すぐにでも迎えにきてくれる）

颯介との約束を思い出し、それを糧《かて》にして、ひなたはすぐにこぼれそうになる涙を何度も堪《こら》えた。

部屋と必要な家具などは、すべてあらかじめ準備されているらしい。彼は、衣服と日用品を少し、そして仕事道具のみを持って出発する予定になっている。

それでもいくつかの段ボール箱に分けて送らなくてはならない量があり、その箱が部屋に並んで着々と中身が埋まっていくのを、ひなたは毎日泣きそうな気持ちで見つめていた。

寂しさを感じているのは、ひなただけではない。

それを証明するかのように、颯介は出発までの一週間、連日のようにひなたを求めた。

でも、どれだけ繰り返し抱かれても、寂しさは強くなる一方で埋まらない。

ひなたは泣きながら颯介にしがみつき、彼もまた、のめり込むようにして中で果てるまで、何度も肌を重ね合わせた。

＊

出発の前日。颯介は昼間、一日中各部署に挨拶《あいさつ》をして回り、秘書室にはほとんど戻ってこなかった。やっと部屋に戻ってきたのは夕方で、室長の大谷をはじめとした全員が集まって、颯介の栄転を祝福した。

彼はもう、明日には旅立ってしまう――

離れた場所でジッとうつむいているひなたに気付いた大谷が、声をかける。

「原田さん、直属の部下なんだからいいんだよ。堂々と隣にいれば？」

その言葉で皆がうしろを振り返り、一様に苦笑いした。ひなたは、泣くのを懸命《けんめい》に我慢しながら両手を握《にぎ》りしめ、隅っこに立っている。

「ひなた、おいで」

颯介も苦笑いし、優しくひなたを呼んだ。周囲から「あれをどうにかしてやれ」と、目でせっつかれたからだ。

ひなたが下を向いたままゆっくり近付くと、人垣《ひとがき》が割れて、すんなり彼の前まで行けた。なにか言うと思った予想を裏切り、颯介は黙って手を伸ばすと、ひなたを力強く抱きしめる。皆はもちろん、ひなたも驚いて目を丸くした。

「颯介さっ……ここ、こ、しょ、職場……！」

びっくりしすぎて普段の呼び方に戻っていることに、ひなたは気付かなかった。

「でも涙、止まっただろ？」

颯介は腕を緩めてひなたの顔を覗《のぞ》き込み、いたずらっぽく笑った。ひなたは目を見開いて、返事をするようにパチパチと瞬《まばた》きをする。

「うわぁ……宮村さん、甘い」

「恋人にはそんな感じなんだ」

「でも想像通りだよね。二人のラブラブっぷりは」

周囲の女性たちがそう言ってからかい、颯介は余裕の笑みを見せ、ひなたは顔を熱くした。

やっと颯介の腕から解放された時、ちょうど内線電話がかかってきた。番号を見て颯介が「エリックだ」と呟《つぶや》き、受話器を取る。

「はい……はい、わかりました。すぐに伺《うかが》います」

簡単な返事をして通話を切ると、颯介はひなたの頭をポンと撫《な》でてから、大谷に「上に行ってきます」と伝えた。その言葉で、皆は自然に解散して自席に戻る。

ひなたも目尻に残っていた涙を拭《ふ》き、颯介と一緒に帰れるように、またすぐ仕事の続きに取りかかった。


定時を過ぎ、颯介はまだ挨拶《あいさつ》回りが残っていると言うので、ひなたは一足先に夕飯の買い物をしてから家に帰った。

明日は平日だが、彼の見送りをするために、有給休暇を申請してある。

颯介の出発は午前中。昼前のニューヨーク直行便に乗る予定だ。だから明日の朝は、あまり時間がない。今夜が、二人でゆっくり過ごせる最後の時間だった。

「ただいまー」

玄関で鍵が回る音がして、彼の声が響いた。

「おかえりなさい、颯介さん！」

いつものようにパタパタと駆け足で出迎える。颯介は嬉しそうに微笑んだ。

「ひなた」

彼が優しい声で呼び、両腕を広げる。ひなたはそのまま腕の中に飛び込み、彼の顔を見上げた。すると、颯介の顔がゆっくり近付いてきて、ひなたは一瞬驚いて目を丸くしながらも、誘われるままに彼の唇を受け止める。

触れるだけのキスを何度か繰り返し、颯介は仕上げにひなたの前髪を掻《か》き分けて、おでこにチュッとキスをした。

「おまけ」

おでこに残った感触がくすぐったくて手をやると、颯介は可笑《おか》しそうに微笑んだ。

（こんなことも、明日からは……）

ひなたは、ここ数日の間ずっと、なんとか平常心を保とうと努力してきた。でも颯介に、こんな風に甘やかされると、途端《とたん》に心が崩れそうになる。

「颯介さん……」

ひなたの声が、微《かす》かに震《ふる》えた。彼は涙で潤《うる》んだ彼女の目を覗《のぞ》き込み、痛みを覚えたかのような表情を浮かべる。

颯介は、ひなたの肩を力強く抱き寄せながら、一緒にリビングへと移動した。ソファに促《うなが》されて、そこに座ると、颯介が切り出す。

「明日、出る前に話そうと思ってたけど……今話すよ」

「話……？」

肩を抱かれたままのひなたは、彼の胸に頬《ほお》を寄せ、顔を見上げた。

「ひなたの引き継ぎが終わったらすぐに迎えに来るって約束したよね。あれを、撤回《てっかい》したい」

（え……？）

途端《とたん》に、ひなたの頭の中は真っ白になる。

「撤回《てっかい》って、どういう意味……？」

困惑するひなたを、颯介は真剣な表情で見つめ返した。

「引き継ぎが終わったらじゃなくて、ひなたが仕事でも自信が持てるようになったら、迎えに来る」

（仕事で自信？）

ひなたは首を横に振り、必死で訴《うった》える。

「そんなのっ……きっと、何年もかかっちゃう！」

「俺の気持ちは変わらない。待つよ、何年でも」

ひなたはショックで言葉を失った。

どんなに寂しくても、数ヶ月後にはまた一緒に暮らせるからと自分に言い聞かせてきた。颯介がいてくれるから、擬態《ぎたい》をやめても怖くないと思えるようになった。ずっと一緒にいたいから、自分が変わらなければと思ったのに——

今仕事を辞めれば、経済的に寄りかからずにはいられなくなる。颯介自身が望んでくれているからこそ、ひなたもそれに甘えることができた。だがこの状況で結婚したいと言うことは自分を養ってほしいと頼むのと、同じになってしまう。

(言えない……)

ひなたは、離れたくない、寂しい、一緒について行きたいという、胸が張り裂けそうなほど強烈な思いを口にすることができなくなり、途端《とたん》に苦しくなった。

(こんなに苦しいのに、なにも言えない)

ギュッと目をつむり、胸を押さえてうずくまる彼女の背中を、颯介は慰《なぐさ》めるように撫《な》でる。

でもひなたは、大好きだったその手の温もりが、もう自分を受け入れてくれるものではない気がした。耐えられず、そのまま彼に背を向ける。

(苦しい……傍《そば》にいるほど、余計に)

彼はもう、明日にはいなくなってしまう。そして今度いつ会えるのかも、わからない。

こんなに求めているのに、今の自分ではダメだと言われたのだ。

「ひなた……？」

戸惑う颯介の声が響く。

ひなたの世界は、またしても、ひっくり返ってしまった。

第四章

黙り込んでしまったひなたを、颯介は覆《おお》い被《かぶ》さるようにしてうしろから強く抱きしめてきた。ひなたはされるがまま、彼の腕の中で呆然《ぼうぜん》とする。

（どうして……？）

なぜ颯介が急にそんなことを言い出したのかわからない。

ただただ混乱し、胸の中に渦巻《うずま》くのは、強い焦《あせ》りと悲しみだけだった。

わかっているのは、彼が明日にはいなくなってしまうこと。そして、すぐにでも自分を迎えに来てくれるという約束が、なくなってしまったこと——

最後の夜だったが、颯介はただ優しくひなたを抱きしめて眠った。

実際には二人ともあまり眠れず、お互いの静かな息遣いと体温を感じながら、望まない夜明けをまんじりと迎えただけだ。

二人で朝食を取り、彼は出発の支度《したく》を整える。

ひなたは空港まで見送りに行くつもりでいたけれど、それは彼に断られてしまった。

「空港からの帰り道が心配だから。しょげてるひなたを一人で帰すなんて無理」

結局、時間ギリギリまで部屋にいた颯介を、ひなたは玄関まで見送りに出た。そして、ようやく口を開き、問いかける。

「出張で日本に来る時は……ここに帰ってくる？」

颯介は苦笑いして答えた。

「あたりまえだろ。俺たちしばらく離れて暮らすけど……別れるわけじゃないよな？」

ひなたは勢いよくコクコクと頷《うなず》いた。そんなひなたの反応に、颯介はホッとした様子を見せる。

「できるだけ毎日、電話かメールするよ。長期休みが取れれば会いに来る。昨日も言ったけど、俺の気持ちは変わらない」

颯介はひなたの頬《ほお》を両手で包むと、涙を湛《たた》えた瞳をジッと覗《のぞ》き込みながらささやいた。

「愛してるよ、ひなた」

ひなたは目を見開き、我慢できずに涙をこぼして、颯介の首に抱きついた。なにも言葉にできないまま、ただ嗚咽《おえつ》を漏《も》らし続ける。

もう時間がなく、颯介は泣きやまないひなたの腕を解《と》くと、最後に額と頬《ほお》、そして唇の順に口づけて言った。

「待ってるから」

手を離した颯介が目の前でドアを開ける。そして外に出てそれを静かに閉じるまで、ひなたの視界は涙で滲《にじ》んだままだった。だから、彼がどんな表情をしていたのかわからない。

――カチャン、とオートロックがかかる音が響いた瞬間。

ひなたは、自分の心の中に、他のなににも埋めることができない大きな穴が空《あ》くのを、はっきりと感じた。

颯介は行ってしまった。

ひなたの耳には、彼の最後の声が繰り返し、いつまでも響いている。

『待ってるから』

廊下に座り込んだひなたは、壁にもたれかかりながらボンヤリと空《くう》を見つめる。泣くだけ泣いて、泣きすぎて喉が痛んでいるのを自覚した。

しゃくり上げて興奮していた身体が落ち着いてきても、ひなたはその場から動けずにいた。だが、頭の中は目まぐるしく回転している。

(仕事に自信を持てたら、一緒にいられる……？)

でもそれは、一体どういう状態のことを言うのだろう？　もし仮にその自信が持てたとして、彼と一緒にいるには結局、会社は辞めざるをえないのではないだろうか。

(颯介さんは、私にどうなってほしいの？)

答えの出ない問いを繰り返し、ひなたは大きなため息を吐くと、落ちていた肩をさらに深く落とした。

＊

彼を見送った日は、涸《か》れたはずの涙が気付くと何度もこぼれていた。翌日の朝、隣にいない颯介の温もりが恋しくて、また泣いた。

それからは、仕事をしても、家に帰って家事をしても、眠る時も、なにをしていても、颯介がいなくなってしまったことを実感させられるばかり。

自分ではどうすることもできない寂しさが、ひなたの心をジワジワと追いつめていった。

彼が渡米してから、一ヶ月――

その頃にはもう、有能な松村のおかげで、仕事はだいぶ順調に回り出していた。

ひなたも、なにかあるたびに涙をこぼすことはなくなった。

でも、寂しさが消えてなくなることはない。それはむしろ、ますます酷《ひど》くなっているようにさえ思えた。

ある時、ひなたは松村に頼まれて、資料をエリックの部屋に届けた。すると彼が、ふいに手招きをし、フランス語で話しかけてくる。

『ひなた、そこに座って』

『なんでしょうか?』

ひなたは首を傾げながら、言われたとおり応接セットの椅子《いす》に腰掛けた。エリックは困ったような顔をして、ひなたの顔をジッと見つめる。

『だんだん、酷《ひど》い顔になっていくね』

「え……」

酷《ひど》いとはどういう意味だろう? ひなたは自分の頬《ほお》を手でペタペタ触って確かめる。

エリックは苦笑いし、今度は日本語で問いかけてきた。

「颯介の不在がこたえてるのかな。気持ちはもう、整理できた?」

(気持ちの整理……)

ひなたはうつむき、小さく首を横に振った。

「どうしたらいいか、わからないんです」

エリックは自分の椅子《いす》から立ち上がると、ひなたの向かい側のソファに移動した。

「なにがわからないの？」

柔《やわ》らかい口調で訊《たず》ねるエリックに、ひなたは涙を堪《こら》えながら答える。

「颯介さんは、私が仕事に自信が持てるようになったら迎えに来るって言いました。でも具体的にどうしたらいいのか……」

その言葉に、彼は目を丸くした。

「ひなたは、颯介と一緒にいたいんだね？」

ひなたは迷わずに頷《うなず》く。

「彼を追いかけられない理由は？」

驚いてエリックを見つめると、彼はなにかを見極めようとするかのように、鋭《するど》い視線をこちらに向けていた。

ひなたは考えながら、慎重《しんちょう》に言葉を選ぶ。

「理由は……会社を辞めたら経済的に困るのと、彼が今すぐにはそれを望んでいないことです」

「〝仕事に自信を持つ〟か。……なかなか難しいね」

エリックの言葉に、ひなたは頷《うなず》きながら肩を落とした。

「私じゃ、あと何年かかるか……」

「颯介だって、いつ帰れるかはわからないしね。次が日本とは限らない」

その言葉で、ひなたは新たな絶望感に襲われ、我慢していた涙がこぼれ出した。それを見たエリックが、慌てて謝る。

「虐《いじ》めるつもりじゃなかったんだ、ひなた！　悪かった。お詫びと言ってはなんだけど、いい人を紹介するよ。ただし、その結果どうなるかは、君次第だけどね」

（いい人……？）

ひなたは、涙を拭《ぬぐ》いながら怪訝《けげん》な表情を向ける。エリックはいたずらっぽく笑い、軽くウィンクをして見せた。

＊＊＊

二週間後の土曜日。カレンは、客が多く、とても忙《せわ》しない店内の雰囲気をものともせず、受付の隅に置いてある椅子《いす》にジッと座り込んでいた。彼はさっきから黙ったまま、時計と店の入り口を交互に睨《にら》んでいる。同僚たちも、そんなカレンの様子をずっと不審《ふしん》げな目で眺《なが》めていた。

その時、カランッと音を立てて、店のドアが開く。

（来た！）

ひなたがここに来るのは初めてだ。

芸能人だって度々訪れるこのサロンの店員たちは、綺麗《きれい》な女の子など、かなり見慣れている。だが、濃紅色《のうこうしょく》でシルクのような光沢《こうたく》のドレスに身を包み、その上に毛足の長い黒艶《こくえん》のコートを着て、店に入ってきたひなたを見ると、皆揃《そろ》って息を呑み、目を見張った。ドレスではなく、彼女の美しさに見惚《みと》れて。

「ひなた！」

ガタンと音を立て、カレンが椅子《いす》を蹴《け》って立ち上がり、急いで駆け寄ると、ひなたは華《はな》やかな笑顔を見せた。

「カレン。ごめんね。急に無理なお願いして」

二日前に突然電話をかけてきた彼女は、土曜日に髪をセットしてほしいと言ってきた。

カレンはそれに、二つ返事でＯＫしたのだ。

「いいのよ！　ひなたが僕じゃない奴に頼んでたら、嫉妬《しっと》で床を転げ回ってたわ」

「大袈裟《おおげさ》だよ、カレンてば」

ひなたはコロコロとかわいらしく笑った。

「大袈裟《おおげさ》じゃないよ。本当に綺麗《きれい》だよ、ひなた。でも、どうしたのこれ？　このコートもドレスもひなたが買うには高すぎない？」

カレンがそう言って眉根を寄せたら、ひなたも同じ表情を浮かべる。

「やっぱりそう思う？　知り合いに借りたんだけど、あまりに高価そうで下手に食事もできないの。汚したらどうしようかと思って」

「知り合いって誰？」

カレンが訝《いぶか》しみながら訊《たず》ねると、ひなたはいたずらっぽく笑って誤魔化した。

席に着いた彼女から、華《はな》やかなドレスに負けず、かといって派手すぎず、あくまでもシックな雰囲気でと、リクエストされる。カレンは張り切って、ひなたの髪を丁寧《ていねい》にセットした。

ひなたは鏡の中の自分をじっと見つめたまま、問いかけてくる。

「今の私……どんな風に見える？」

カレンは編み込んだ部分に最後の飾りを留《と》めながら、「うーん」と考え込んだ。

「やんごとなき家のお嬢さんみたいよ。ドレスの存在感もすごいけど、大丈夫。負けてないわ」

ひなたは嬉しそうに微笑むと、今度は彼をジッと見つめた。

「カレンに褒《ほ》められると、自信が湧《わ》くね」

「信頼してもらえて嬉しいわ」

　セットが終わって、ひなたの頼みでタクシーを呼んで店の入り口まで送り、カレンは首を傾げながら訊《たず》ねた。

「ところで、どこに行くの？」

ひなたはパッと振り返ると、息を呑むほど艶《あで》やかに微笑む。

「面接。南麻布《みなみあざぶ》で」

「は？　面接……？」

「後でゆっくり説明するよ。まずは上手くいくように祈ってて」

とびきりの笑顔を見せ、ひなたはタクシーに乗り込んだ。彼女が窓ガラス越しに手を振り、車は慌ただしく去っていく。

カレンはそれを呆然《ぼうぜん》と見送りながら、あることに思い至り、慌てて店内に戻っていった。

＊　＊　＊

タクシーが到着した場所は、在日フランス大使館。

ひなたが受付で身分証明書と招待状を提示すると、大使館公邸へと案内された。他にも正装をした招待客が歩いており、ひなたはその後をゆっくり歩いていく。

公邸の入り口では、ホストである大使夫妻が出迎えをしていた。

それより手前に、凛《りん》とした佇《たたず》まいの、漆黒《しっこく》のドレスをまとった美しい女性が立っている。ひなたは彼女に早足で駆け寄って、声をかけた。

「結子さん、遅くなりました」

「ひなちゃん！　まあ……想像以上にかわいいわ」

待っていたのは、エリックの奥方である結子夫人だ。穏やかで美しい彼女とは、先日エリックの自宅で知り合ったばかり。

今日のパーティーに呼ばれたのは、本当はエリック夫妻だ。でもエリックが出張のため参加できず、代わりにひなたが彼女のお供をすることになった。ひなたのドレスやコートは、結子夫人が準備したものである。

フランス人のエリックと結婚した結子夫人は、実はフランス語が話せない。でも堂々として気品のある立ち姿のため、そんな風には一切見えなかった。

結子夫人は、初めてひなたに会った時、とても感激していた。

『とってもかわいらしいって、エリックから聞いてたけど本当だわ！　ひなちゃんようこそ！　よく来てくれたわね』

〝ひなちゃん〟と、結子夫人に呼ばれるのが、ひなたは心地よくて、とても好きだった。

「さ、行くわよ、ひなちゃん。気楽にね」

　そう声をかけられ、ひなたはゴクリと唾《つば》を呑む。

「はい、結子さん」

　今日のパーティーでのひなたの仕事は、結子夫人の通訳と、もう一つ——

「ふふ、なんだかワクワクしてきたわ。どんどん売り込むから、ひなちゃんは笑顔を忘れないでね」

「はい！」

　ひなたは夫人と連れ立って、まずは大使夫妻のところへ挨拶《あいさつ》に向かう。

　今日は彼女にとって勝負の日。自分の手で未来を切り開くための一歩を、ひなたは踏み出した。

＊

　それから一ヶ月後。ひなたは今、以前出張で使ったグレイッシュピンクのキャリーバッグに、めいっぱいの着替えを詰め込みながら、カレンと携帯電話で話をしている。

『じゃあ、出発は明後日《あさって》なの!?』

「うん。格安の往復航空券だから、すぐに帰ってくるけどね」

『颯介、知ってるの？』

「ううん、内緒。でもアパートの場所はわかるから大丈夫だよ」

カレンは電話の向こうで『いやぁぁあっ』と奇声《きせい》を発した。

『ちゃんと擬態《ぎたい》して行くのよ！　颯介に会うまでの間だけでいいから！　あっ、ねぇ、もしかして颯介が「残れ」って言ったら、帰ってこないの？』

ひなたは目を丸くして、笑った。

「それはないよ。このマンションも放っておくわけにはいかないし。荷物も仕事もあるから、帰ってくるよ」

『えー……』

電話の向こうで疑いの声を漏《も》らしたカレンは、その後もグズグズと文句《もんく》を言った。

『もっと早く教えてくれれば、空港まで見送りに行けたのに』

「大袈裟《おおげさ》だよ。帰ってきたら、たくさん話聞いてもらうから、待ってて」

『じゃあ行きと帰りの飛行機と時間教えて！　なんかあっても誰にもわからないとか、怖すぎるから』

「はいはい。心配性だよね、カレンは」

ひなたは斜め掛けのバッグから航空券とパスポート、そしてビザをセットにして入れたケースを取り出した。

(ごめんね、カレン)

親友にもまだ話せない、一世一代の決意――

罪悪感を声に出さないようにして、ひなたは飛行機の時間を教える。

電話を切ると、ひなたは立ち上がり、すっかり片付いたクローゼットを見つめた。

(ここにはもう戻れないかもしれない)

そんなことはないと思いたかった。でも、確信は持てずにいる。

(勝手なことばかりして……怒られるかな)

颯介が向こうに行って二ヶ月半。

初めは毎日来ていた電話がメールだけになり、それも忙しいのか最近では隔日ペースになっている。かといってマメに連絡をすれば会いたくなるし、声を聞けば離れていることが余計辛《つら》くなってしまう。

(もう少しで会える)

たとえ玉砕《ぎょくさい》してもいいから、会いたい。

ひなたはもう一度決意を固めると、「よし！」と声に出して気合いを入れ、また荷作りに取りかかった。


「――では、お荷物三個口ですね。お預《あず》かりします」

玄関先で、集荷の依頼を出した宅配業者の若い男性が、台車に次々と箱を積み上げた。

ひなたは重いと感じたその箱も、彼が持つと軽そうに見えて、思わず「おお」と声を漏《も》らす。

「引っ越しですか？」

そう聞かれ、ひなたは軽く頷《うなず》いた。

「なんでわかったんですか？」

段ボール箱三つで、なぜそう思ったのか、不思議で訊《たず》ねる。すると彼は、ドアを開け放しにしたリビングを指して言った。

「ソファに布を掛けてあるのが見えたんで。すみません、つい」

「いえ」

代金を支払ってドアを閉める。

一人になったひなたは、リビングに戻って部屋の中を見回した。ベッドとソファには、埃除《ほこりよ》けの布を掛けてある。

颯介が日本に帰ってくる予定は今のところ立っていない。そしてひなたも、この部屋に戻って来られるのか、もし帰るとしても、それがいつになるのかはわからなかった。

ここしばらくは、冷蔵庫の整理に四苦八苦していた。ブレーカーを落としていくつもりだったから、腐《くさ》るものは置いておけない。氷も捨て、生ものだけでなくドレッシングや調味料もギリギリまで使い、余らせたものは廃棄《はいき》した。今は中身がほぼ空《から》になっている。

(今夜はホテルに泊まって、明日はいよいよ出発)

ひなたはもう一度部屋中を見回り、やり残したことがないかを確認した。

ここでの生活は短かったけれど、とても楽しかった。でもそれも、颯介がいたからだ。彼がいなくなってからは、それまで楽しかった分だけ、余計に辛《つら》かった。

(それも、今日で終わり)

玄関脇《わき》のシューズクロークの棚《たな》には、花束が置かれている。二日前にもらったものだが、生けることができず、そのままになっていた。

(捨てたくないけど……)

さすがに飛行機の中へ花束は持ち込めない。せめて今日いっぱいは大切にしようと考えて、ホテルへ持って行くことにした。

玄関で靴を履《は》き、手持ちのバッグを斜め掛けにすると、ひなたは花束とキャリーバッグを手に、マンションの部屋を後にする。

前に進む足取りは軽く、口もとには鮮《あざ》やかな笑みが浮かんでいた。

＊

人生二度目のフライトは、前回と同じ東京－ニューヨークの直行便。

ひなたは、なんとか一人で出入国の手続きを終え、颯介のいるマンハッタンまで移動してきた。彼の住むアパートメントを見つけるまでは、だいぶ順調だったのだが……。

今いるのは、マンハッタンのミッドタウンにある、いかにも高級そうなアパートメントの前だ。入り口にはキチンとした身なりのドアマンもいる。

腕時計を見れば、時間は夜の八時。一人で街をうろつくには、もうだいぶ厳しい時間だった。いくらニューヨークが眠らない街とはいえ、すでに人通りは少なくなってきている。

(どうしよう)

ひなたは自分のやらかした失敗に呆然《ぼうぜん》としたまま、その場で頭を抱えていた。

目の前の怖そうな黒人のドアマンは、ひなたを警戒《けいかい》して仁王《におう》立《だ》ちをしている。

さっきから彼に『ここに婚約者が住んでいる』と訴《うった》えているのだが、なかなか信じてもらえない。

まず、ひなたが婚約者のいるような年齢に見えないこと。そして『知り合いなら携帯で連絡を取ればいい』と言われて気が付いたことが原因だ。

(海外通話に対応させてくるの忘れてた)

ひなたの携帯は、電源は入るが、通信が一切できなくなっていた。元々古い機種で、今から申し込もうにも、どこへ行けばいいのか、そもそも対応機種なのかどうかすらわからない。

ドアマンは訝《いぶか》しげにひなたを見つめると、『電話しないのか?』と怖い顔で訊《たず》ねてきた。

(したくてもできないんだってば!)

もう泣きたくなってきた。頭がパニックを起こしていて、うまく回らない。

ひなたの眉尻を落とした悲しげな表情を見かねたのか、ドアマンは大きなため息を吐いた。彼は大げさに肩をすくめると、『ちょっと待ってろ』と言って奥に入っていく。

しばらくして戻ってきた彼は、『まだ部屋に帰ってきていないようだ』と、ひなたに告《つ》げた。

(だとすれば、まだ会社……?)

以前訪れた支社は、ここから遠くもないが、決して近いとは言えない距離にあった。歩くのは、さすがに怖い。かといってタクシーに乗るほどではないし、夜に一人で乗る勇気もなかった。

(歩く以外ないのかな?)

そう考えて、ひなたは身がすくんだ。でも、ずっとここに立ち尽くしているわけにもいかない。

ドアマンの彼にお礼を言い、ひなたはゴクリと唾《つば》を呑むと、いざマンハッタンのはずれにある支社に向かって歩き出した。

ミッドタウンイーストの五番街に近い所から、イーストリバー方面に向かってすぐに、ひなたは後悔し始める。

(やっぱり怖い……)

進めば進むほど、通りからは人の気配がなくなっていった。

〝人がいない通りを歩いてはいけない〟と、以前颯介から教わっていたひなたは、もうこれ以上はマズいと思い、足をピタリと止めた。そしてすぐにクルッと踵《きびす》を返し、アパートメントの方向に戻り始める。

ふたたび颯介のアパートメントが見えてくると、ひなたはホッとして、無意識に速くなっていた歩調を緩めた。

その瞬間、背後から勢いよく歩いてきた男にぶつかられる。気付いた時には、手に持っていたはずのキャリーバッグがなく、顔を上げたら、その男がバッグを抱えて走っていくのが見えた。

「あっ！」

(ひったくり――?)

男は全力で走りながら、細い路地を曲がっていく。反射的に後を追いかけようとして、ひなたはうしろから誰かに腕を強く掴《つか》まれた。

「ダメだ、追うな！」

（あ……）

懐《なつ》かしくも愛おしい声――

ひなたは振り返る前にもう、背後にいるその人の気配に安心していた。

「本気でっ……、心臓が止まるかと……！」

全力で走ってきたのか、激しく息を切らせているその人を、ひなたはようやく振り返った。そして、涙混じりの声で、彼の名前を呼ぶ。

「颯介さん」

それとほぼ同時に、彼はひなたを抱き寄せ、これ以上ないほど強い力で抱きしめてきた。

「やっと見つけた！」

もう暗闇に沈むマンハッタンの街は、冬の寒さで凍《こお》りつきそうだ。でも、ひなたは颯介の温もりに触れ、冷えきった頬《ほお》や身体がじわりと温かくなるのを感じた。

「荷物……盗られちゃった」

ぼんやりとそう呟《つぶや》く。颯介も、ようやく呼吸を落ち着けて、優しく訊《たず》ねた。

「パスポートと財布は？」

「それはここに」

ひなたは颯介の腕から抜け出すと、コートの下で斜め掛けにしていたバッグを指差した。

颯介はホッと息を吐き、ひなたの頭を優しく撫《な》でて言う。

「仕方ない。あっちは諦《あきら》めよう」

ひなたは、彼の顔を見上げて訊《たず》ねる。

「髪が下りてる。それに服も……。今日、仕事お休みだったの？」

颯介は息を深く吸い込み、そのまま大きく吐きだして言った。

「後で説明するよ。ひとまず帰ろう。もう暗いし、寒くて凍《こご》えそうだ」

ひなたは厚手のコートの中にセーターを着込み、カシミアのマフラーを巻いている。対して、颯介の防寒具はコートのみ。見るからに寒そうだった。

二人は手を繋《つな》いで一緒に歩き出す。

二ヶ月半ぶりに顔を合わせたのに、ひなたは一瞬で颯介の隣にいることに馴染《なじ》んだ。

彼がいなくなってからずっと感じていた欠乏感《けつぼうかん》がなくなっている。

ひなたは、彼の気持ちが日本を発《た》つ前となにも変わっていないことを肌で感じて、安心した。

アパートメントの前で、ドアマンとふたたび顔を合わせる。ひなたが笑顔を見せたら、彼はこっそりウィンクしてくれた。

二人はエレベーターで三階へ上がる。外観よりも雰囲気のある廊下を抜け、颯介の部屋のドアの前に立った。

鍵を開けようとしている彼の背中を見て、ひなたは我慢できなくなり、なにも言わずに抱きついた。颯介はびっくりして「おわっ、なに？」と声を漏《も》らす。

部屋に入ると、目の前には、そこそこ広いリビングダイニング。壁際《かべぎわ》には、備え付けのキッチン。奥の開いている扉の向こうが、ベッドルームのようだ。

「おっと、ひなた。ここから土足禁止ね」

中へ足を踏み出そうとしてそう言われ、慌てて立ち止まる。足元を見れば、その先からラグが敷いてあり、颯介はそこで部屋を区切っているようだった。

「ん、わかった」

ひなたは素直に頷《うなず》き、ブーツを脱いだ。一足先に中へ入った颯介は、さっさとコートを脱ぎ、一人掛けのソファにそれを放る。

アパートメントの建物内に入った時から、すでに暖房が効いていて、とても暖かい。聞けば、ニューヨークでは凍死を防ぐ為、暖房を入れる義務が家主に課されているらしい。このアパートメントもセントラルヒーティングで、冷暖房費は家賃に含まれているという。

ひなたもコートを脱ぎ、それを手に持ったまま、部屋のあちこちを見回した。すると、ふいにうしろから抱きしめられ、久しぶりの感触にドキッとする。

「会いたかった」

そう耳もとでささやかれ、ひなたは目頭がじわりと熱くなるのを感じた。

「私も……」

身じろぎして振り返ると、目が合うのと同時に、颯介の唇が落ちてきた。まだ冷たかったひなたの唇は、あっという間に触れ合う熱で溶けていった。

そのままだと、触れ合いがどこまでも深くなってしまいそうで、ひなたは懸命《けんめい》に腕を突っ張り、身体を離そうとする。

「待って、颯介さん……」

「嫌だ、待ちたくない」

切羽《せっぱ》詰まったような颯介の声音に、ひなたも切なくなる。

「私もそう。でも、待って」

強引に押しつけられていた唇が離れ、服の上から身体に触れていた颯介の手も離れた。不満そうに顔をしかめる彼を見て、ひなたは苦笑いする。

「大事な話があるの」

そう切り出すと、颯介の瞳が一瞬、不安げに揺れたのがわかった。

一人掛けのソファに座った颯介に「おいで」と言われ、ひなたは彼の膝《ひざ》の上に向かい合って座る。

「今日……黙って来たりして、ごめんなさい」

気まずく思って謝ると、なぜか颯介は「こっちもごめん」と謝り返してきた。

「実はひなたが来ること、カレンから聞いてた。でもまさか、すれ違うと思わなくて。ごめんな」

ひなたは首を横にプルプルと振る。

颯介は額をひなたのそれにコツンと当てて、微笑んだ。

「来てくれて嬉しいよ。会いたかった……ひなた」

ひなたも嬉しくて微笑み返すと、彼はまた唇に軽くキスをした。そして「んー」と唸《うな》り、少し困った顔をする。

「……大事な話ってなに？　俺、今すごくひなたに飢《う》えてるから、結構頑張《がんば》って耐えてるんだけど」

ひなたは目を丸くすると、顔を熱くしながら言った。

「あのねっ、私……会社を辞めたの」

「え？」

颯介の表情が真顔に戻る。ひなたは軽く深呼吸してから、真剣な表情で颯介の目を見つめ返した。

「黙って勝手なことしてごめんなさい。颯介さんに言われたこと、どうしたらいいのか、いっぱい考えたの。でもわからなくて……」

ひなたが懸命《けんめい》に紡《つむ》ぐ言葉を、颯介は真剣な目をして、ジッと聞いていた。

「エリックに相談したの。そうしたら、結子さんに会いなさいって言われて」

「結子さんに？」

話の方向が意外だったのか、颯介は目を丸くした。

ひなたがエリックの前で『どうしたらいいかわからない』と弱音を吐いたあの時、彼はこう言った。

『颯介と一緒にいることと、経済的に自立して仕事に自信を持つこと。君が両方望むなら、それを叶える方法はきっとある』

そして、紹介してくれると言った〝いい人〟とは、結子さんのことだったのだ。

「確か……結子さんは自分で会社を経営していたよな」

颯介が思い出したように呟《つぶや》き、ひなたは頷《うなず》いた。

「人材派遣の会社をやっているの。それで、私にフリーの通訳とコンパニオンをやってみないかって」

「コンパニオン？」

颯介は、わずかに顔をしかめた。それを見たひなたは、慌てて言葉を付け足す。

「接客じゃなくて付き添いのほうね。身元の確かな人を相手に、通訳が必要なパーティーとか、会議に同伴《どうはん》するの」

それを聞き、颯介はホッと息を吐きつつも、不安げに眉根を寄せたままだった。

「この間、結子さんと一緒にフランス大使館でのパーティーに出てね。そこで知り合いをたくさん紹介してもらって、もういくつか依頼をもらってるの。ご本人の仕事やご主人の関係でフランス語での会話が必要だけど話せない人とか」

「え、もう？」

颯介は驚きに目を見開いた。

ひなたは、結子夫人に相談した後、仕事のメドが立ってすぐに、辞表を提出した。

ひなたは颯介と目を合わせ、微笑む。

「でもね、それだけだと収入が安定しないから、翻訳《ほんやく》の仕事もするつもり。実は、石原さんにこっそりお願いして、フランス語の翻訳《ほんやく》が必要になったら結子さんの会社を通じて依頼をもらうことにしたの。うちの会社、外注は法人相手にしか出せないって言うから」

それなら、自分の数少ないスキルをめいっぱい活かせるし、収入も少しは安定する。

経済的に颯介によりかからなくても、自分が食べる分くらいは、なんとか確保できるはずだった。

颯介は言葉もなく、彼女をただジッと見つめる。

ひなたは大きく息を吸い、勇気を振り絞《しぼ》って言った。

「たまに日本とかフランスに出張することはあるけど、もうフリーだから。私、颯介さんと一緒に暮らしたい。仕事だって頑張《がんば》るし、努力してスキルアップもする。だから……傍《そば》にいたいの」

おそるおそる、颯介の表情を窺《うかが》い見る。

すると彼は、かすかに頬《ほお》を歪《ゆが》めて、泣きそうな表情になった。それは、ひなたが初めて見る颯介の姿で——

次の言葉をジッと待っていたら、彼はひなたの額を軽く小突いた。

「ひなたが、こんなに強いとは思わなかった」

颯介はそう言うと、目を潤《うる》ませながら、今度は嬉しそうに笑った。

「まさか、こうくるとは……」

その瞬間、ひなたもパッと笑顔に変わり、腕を伸ばして颯介の首に抱きついた。

「お願い、颯介さん。私と結婚して下さい……！」

ひなたは彼にしがみつき、ドキドキしながら答えを待った。けれど、なにも返ってこない。不思議に思い、抱きついていた腕を解《と》いて身体を離すと、彼は驚きすぎたのか、呆然《ぼうぜん》としたまま固まっていた。

ひなたは彼の膝《ひざ》から下り、無事だったほうのバッグから、薄いケースを取り出す。その中からパスポートを出して颯介に差し出した。

「ビザをね、取ったの」

その言葉に、颯介はようやく反応し、怪訝《けげん》な表情を浮かべる。

「わざわざ？」

ひなたは前回出張時に取得した、ＥＳＴＡ（アメリカ電子渡航認証システム）の有効期限がまだ切れていないにもかかわらず、新たにビザを取得していた。

「あと、これも」

そう言ってバッグから取り出したのは、折りたたんだ一枚の紙。

「婚姻届……」

受け取って呟《つぶや》いた颯介は、先ほどから驚愕《きょうがく》に目を開きっぱなしだ。

右欄の「妻になる人」と「届出人」のところには、すでにひなたの署名と捺印がしてあった。

「私、カレンには往復だって言ったけど、本当は片道のチケットしか取らなかったの。帰りの便はダメだった時に取ろうと思ってて。颯介さんにプロポーズして、もし受け入れてもらえたら、そのままこっちで暮らしたかったから」

彼に会えば、きっともう二度と離れたくなくなる。ひなたはそう思い、思いつく限りの準備をしてから、日本を出てきた。

あらかじめ滞在に必要なビザを取っておけば、結婚することになった時も、こちらにいながら切り替えができるはずだった。そのために、ひなたはわざわざビザを取得してきたのだ。

そう説明すると、颯介は婚姻届の用紙を手に持ったままスッと立ち上がり、奥の部屋からペンと判子を持って戻ってきた。

「こういうのは時間かかるから、さっさと書いて明日にでも日本に送ろう。あっ、と……うちの両親への報告は、ひとまず電話でいいか」

颯介は、そうひとりごちてから、躊躇《ためら》わずに必要事項を記入していく。

ひなたはその手もとをジッと見つめながら、嬉しさが胸にじんわり広がっていくのを感じた。

(プロポーズ……受けてくれた)

もし颯介が少しでも躊躇《ためら》いを見せたら、ひなたは用紙をすぐに破ろうと思っていた。

彼の負担になるのは、ひなたの本意ではない。

「――よし、いいかな」

ペンを置き、微笑んで顔を上げた颯介と目が合うと、ひなたは今すぐ抱きつきたくて堪《たま》らなくなった。でも、せっかく書いてもらった婚姻届をなくさないようにと思い、また折りたたんでいったんカバンにしまう。そして、ひなたは改めて颯介に向き直り、思いきり両腕を伸ばした。

それを見た颯介も、満面の笑みを浮かべて、ひなたを力強く抱きしめる。

離れてからずっと、恋しくて堪《たま》らなかった彼の温もり。頬《ほお》に触れる髪や肌の感触。懐《なつ》かしくて愛おしい香り。

ひなたはそれらを感じ、やっと深く呼吸ができたように思えた。

「ありがとう、ひなた」

颯介のささやきに、ひなたは彼の背中に回した腕に力を入れ、精一杯抱きしめ返すことで応《こた》えた。

そのまま床に押し倒され、ひなたは後頭部に颯介の手、そして首すじと背中にラグの柔《やわ》らかさを感じる。目の前にある颯介の瞳を見つめながら、ひなたは微笑んだ。

「大好き……颯介さん」

何度も深いキスをしながら、二人は互いを強く抱きしめ合う。

颯介の手が、服の上から身体の形や感触を確かめるように撫《な》でていき、ひなたは久しぶりに感じる彼の重みや息遣い、そして目の前の慈《いつく》しむような眼差《まなざ》しに、胸がいっぱいになった。

だが、そこでハタと気が付く。

（お風呂入ってない……！）

「颯介さんっ！」

ひなたが慌てて叫ぶと、彼はその勢いに驚いて手を止めた。

「今度はなに？」

先ほど「待ちたくない」と言った颯介を無理矢理押し留めたのもあり、ひなたは申し訳ない気持ちでいっぱいになった。でも、これも譲るわけにはいかない。

「ダメ。お風呂入らなきゃ」

飛行機に十三時間以上乗り、そしてこちらに着いてからも、アパートメントを探すまでに長時間歩き回っている。絶対に引かないと決意して颯介を見つめると、それが伝わったのか、彼は諦《あきら》めたようにため息を吐いた。

「わかったよ。それなら一緒に入ろう。俺だって、これ以上はもう待てない」

「えっ」

同居していた時にも、お風呂には一緒に入ったことがない。

ひなたは戸惑い、微妙な顔をして見せたけれど、今度は颯介が譲らなかった。

「ほら行こう！　早く早く！」

「ちょっ、颯介さ……っ」

強引に腕を取られ、ひなたは抱えられるようにしながら、バスルームに連行されていった。

ここは高級アパートメントなだけあって、バスルームにはちゃんとバスタブが置かれている。洗面台とトイレとバスが一緒になっているが、日本のユニットバスとは違い、スペースがかなり広く取られていた。

さっきまでいたリビングもそうだが、壁紙が白ではなくシックなグリーン系でまとめられている。ただしこちらは清潔感のある淡い明るめの色合いで、モザイク調のタイルがかわいらしい印象を与えていた。

ひなたは服を脱ぐことに恥ずかしさを覚えながら、バスタブの中に入る。シャワーと一体になっているため、お湯は張らずに、まずは身体を流していった。

後からすぐに追いかけてきた颯介は、背後からピタリと寄り添い、ひなたの身体に腕を回して、抱きしめながらささやく。

「俺が洗ってあげようか？」

ひなたは恥ずかしさと、直《じか》に触れる彼の体温や素肌の気持ちよさに、身体が熱くなるのを感じた。

髪を洗い終わると、颯介はボディソープを手に取り、泡立てて、ひなたの全身を丁寧《ていねい》に撫《な》でていった。泡の付いた彼の指先は、ひなたの肌の上をスムーズに滑《すべ》る。

「あっ……んん……」

その指先がぷくりと尖《とが》った胸の頂《いただき》を何度もくすぐった。そこを摘《つ》ままれるたびに、甘い痺《しび》れが走る。

ひなたの口からは、自然に甘い吐息と声が漏《も》れ出した。その声はシャワーの水音に紛《まぎ》れながらバスルームの中に響き、羞恥心《しゅうちしん》が膨《ふく》れ上がっていく。

声を抑えようと指を咥《くわ》えたら、颯介がそれに気付いて、ひなたの手を取り、ささやいた。

「聞かせて、ひなた。我慢しないで」

「でもっ……」

「大丈夫、外には聞こえないよ。聞いてるのは、俺だけだ」

（颯介さんだけ）

それは呪文《じゅもん》のように、ひなたの心を解放する。

（こんな風にすべて見せられるのは、颯介さんだけ）

どんな自分でも、彼は受け入れてくれると、ひなたは信じている。

颯介は、ひなたの首すじや背中に唇を這《は》わせ、舌でくすぐるように舐《な》めあげていった。

その熱い感触は、ゾクゾクと痺《しび》れるような快感をもたらし、逆に肌の上をツルンと滑《すべ》ってしまう手は、もどかしさを感じさせた。

「あ……んっ、颯介さん……！」

背後にいる彼の顔が見えないのが、物足りない。

ひなたは自分を抱く時の颯介の瞳に滲《にじ》む、欲望の色を見るのが好きだった。求められていることを強く実感すればするほど、ひなた自身の欲望も煽《あお》られる。

「もっと……」

そう呟《つぶや》くと、颯介は耳もとでフッと吐息混じりの笑みを漏《も》らした。

「もっと触られたい？　それとも、こっちがいい？」

ちょうど尾骨のところに、颯介の硬くて熱い屹立《きつりつ》が当たる。ひなたが、その感触に背中を震わせると、彼はまた含み笑いを漏《も》らした。

「かわいいね、ひなた……もっとほしがってみせて」

ひなたはうしろを振り返り、颯介の顔を見上げる。今度は自分から手を伸ばし、背伸びをして、少し屈《かが》んでくれた颯介の唇にキスをした。そして、ひなたの好きな彼の首すじや大きな鎖骨《さこつ》、広い胸板から腹筋までを、手と唇で触れながら伝い下りていく。

ひなたはバスタブに膝《ひざ》をつき、目の前の屹立《きつりつ》に迷わず唇を付けた。舌を出して、下から上に舐《な》め上げ、先端を口に含む。咥《くわ》えながら視線を上げると、ひなたが見たかった、颯介の色っぽく切なげな表情を見ることができた。

しばらく口淫を続けたら、颯介の屹立《きつりつ》は口の中でますます硬く大きくなっていく。颯介は息を乱しながら、ひなたの頬《ほお》や顔にかかる髪を優しく撫《な》で、こちらをジッと見つめている。

「んっ、ひなた、もう……」

口を離すと、颯介はひなたの身体を強引に抱え上げて立たせ、今度は自分がしゃがんで膝《ひざ》をついた。ひなたは颯介がしようとしていることを悟り、一瞬強烈な恥ずかしさを覚えたが、颯介も自分と同じ気持ちでそうしたいのだと思い直して、されるがままに任せた。

ひなたは壁に寄りかかり、バスタブの縁《ふち》に軽く腰掛けて、脚を開かされる。なにもかも颯介の目の前に晒《さら》す瞬間は、何度経験しても恥ずかしい。

「濡《ぬ》れて、溢《あふ》れてるよ？　泡は流したはずなのにヌルヌルしてる……なんでかな？」

そう言って、今度は颯介が舌を伸ばし、膣口と花弁をくすぐるように舐《な》めた。舌の熱さとぬめりが快感と共に、背すじをゾクリと逆撫《さかな》でるような震《ふる》えを湧《わ》かせる。

「んんうっ……あっ……」

颯介が手を伸ばしてシャワーを止める。すると、充分に暖まったバスルームに、ひなたの声と、いやらしい水音が響いた。

颯介の舌が焦《じ》らすように、花弁や恥骨の膨《ふく》らみなどに触れていく。一番感じるところに触れてもらえないことがもどかしく、ひなたは自然に腰を揺らした。それを彼はわかっていて、フッと笑う。ひなたが泣きそうな顔をしたら、彼はそれを宥《なだ》めるみたいに、ようやく舌先と唇で花芽を摘《つ》まんだ。

「ああっ……！」

感覚があまりにも鋭敏《えいびん》で怖い。あとほんの少しでも強く刺激されれば痛みを感じそうだったが、颯介は絶妙な加減でひなたを愉悦《ゆえつ》の中に誘った。彼は、ちゃんとひなたの反応を見ながら、優しく甘やかしてくれる。だからこそ、ひなたはいつも安心して彼から与えられる快感に没頭《ぼっとう》することができた。

感じるままに声を上げると、颯介は花芽をかわいがりながら指の腹で膣奥を探るように押し上げてくる。

「ああっ……！」

鈍《にぶ》く重いが、深い快感が湧《わ》いた。もどかしさもあり、大きく背中を反《そ》らすと、颯介はそこを繰り返し指の腹で押し上げる。

「ううんっ、あっ、あ、やぁぁ……！」

「ここ、ひなたが好きなところだね。俺のを挿《い》れた時も、ここを突くとすごく締まるんだよ」

そう言われ、ひなたは自分の中が彼の指をきゅうと締めつけるのを自覚した。

「はぁ……そろそろ、限界かも」

颯介はそう呟《つぶや》き、「出ようか」と言った。

てっきりここで、すぐにでも繋《つな》がれるのかと思っていたひなたは驚き、咄嗟《とっさ》に彼の腕を掴《つか》んだ。

「イヤ。ここで……」

颯介は苦笑いして、ひなたの唇に軽くキスをする。

「ごめん、ゴムが……寝室に戻らないと」

それを聞いたひなたは軽く唇を噛《か》み、颯介の顔をジッと見つめた。

「いいのに」

「え？」

「結婚するんだから……。颯介さんの子どもなら、いつできてもいい」

そう言ってしまってすぐ、ひなたはハッとした。自分はそうでも、颯介が同じように思っているとは限らない。すると――

「本当にいいの？」

意外なほど嬉しそうな声が返ってきて、ひなたは驚いた。颯介は目を細めて笑うと、ひなたを力強く抱きしめる。

「もっと仕事したいかと思ってた。子どもはまだまだ先かなって」

（それって……颯介さんはほしかった、とか？）

ひなたも彼の背中に手を回し、その胸に頬《ほお》を擦《す》り寄せて言った。

「ずっと颯介さんと一緒にいたい。颯介さんが世界中のどこに行っても、なにがあっても。絶対一緒にいるから」

彼は少しだけ身体を離す。そして、ひなたがその表情を窺《うかが》う間もなく、深く口づけてきた。

互いを貪《むさぼ》るように舌を絡めてから、颯介は唇を離してささやく。

「愛してる、ひなた。もう一生離さない……！」

バスタブの縁《ふち》に手をつかされ、背後から腰の辺りを掴《つか》まれる。お尻に、丸みのある熱くて滑《なめ》らかなものが触れ、それが肌の上をなぞるように移動していった。それは、行き先を探るように何度かひなたの膣口を上下に往復し、溢《あふ》れる蜜を絡める。

ぬめった先端で花芽を擦《こす》られると、途端《とたん》に脚の力が抜けそうなほどの快感が走り、ひなたは腰を震わせた。

「挿《い》れるよ、ひなた」

耳もとでささやかれ、膣口に押し付けられた熱を感じて、ひなたは息を呑んだ。

「……っ！」

颯介は、ゆっくりと中に入ってくる。

（熱い……大きい）

他の人を知らないから、比べてどうなのかはわからない。でも彼が入ってくると、いつもギリギリまでそこを押し広げられるような強い圧迫感がある。

（いつもと違う）

顔が見えないのをひなたが嫌がるせいで、颯介は背後から身体を繋《つな》げることは滅多《めった》になかった。でも狭《せま》いバスタブの中で取れる体位は限られている。

「あっ、ん……んんっ」

うしろからだと擦《こす》れる箇所がいつもと違い、ひなたの身体はそれを敏感《びんかん》に感じ取った。

「あぁっ……！」

奥までグッと突き上げられ、大きく背中を震わせる。颯介も歯を食いしばり、息を止める様子が伝わってきた。

「痛い？」

彼の気遣う声が響く。ひなたは言葉が出せず、無言で首を横に振る。颯介は、彼女が敏感《びんかん》に反応した箇所を、腰を軽く引いて何度か擦《こす》り上げてきた。

「ああっ、あ、あっ……」

浅く擦《こす》られるたびにひなたは甘い声を上げる。颯介は背後で吐息混じりの笑みを漏《も》らした。

「良さそうだね、ここ」

颯介はなにかを堪《こら》えるようにため息を吐くと、ひなたの背中に覆《おお》い被《かぶ》さりながら耳もとに顔を寄せた。

「俺もいいよ……よすぎて、理性がどっかに飛びそうだ」

そのささやきに、ひなたの身体が反応して颯介を中で締めつける。そのせいか彼もまた軽い呻《うめ》き声を漏《も》らした。

颯介は覆《おお》い被《かぶ》さっていた身体を起こすと、さらにグッと奥へ進む。そして、ひなたの腰を強く掴《つか》んで引き寄せながら、深いところを突き上げてきた。

「あぁっ！」

颯介は奥を小刻みに揺らし、大きく腰を引いて、それからズクリと奥を抉《えぐ》る。そのまま深いところを何度も穿《うが》たれた。

「んんっ、あっ、あ……やあぁぁっ！」

ひなたの甘過ぎる声と、颯介の荒い息遣いがバスルームに響く。それが耳を犯して、感覚はさらに鋭敏《えいびん》になっていく。突かれるたびに深くなる快感に、ひなたは頭の中まで痺《しび》れて、なにも考えられなくなっていった。

「ひな、たっ……」

颯介の声も切羽《せっぱ》詰まった響きを帯《お》び、ますます動きは激しくなった。快感は膨《ふく》らみ続け、じわじわとせり上がってきて、ひなたもそれに追い詰められていく。

「んぅっ、やぁ、もぉ……も、だめぇっ……颯介さんっ……！」

熱い肉塊は激しく膣壁を抉《えぐ》り、最奥を突き上げた。

ひなたはギリギリまで足を踏ん張り、快感を逃《のが》して耐えようとしたが、もう限界だった。

「だめっ、そ、すけさっ……いっちゃ……やぁっ、いくっ、もっ……あぁぁぁっ！」

「ひなたっ……！」

耐えきれずに、ひなたはそのまま絶頂を迎えた。視界は一瞬だけ赤く染まり、そのあと白く弾ける。

その瞬間は声にならず、身体は大きく波打つように震《ふる》え、膣内で颯介の形をはっきりと感じられるほど強く締めつけてしまった。

（あ……）

その瞬間、身体の奥にじわりと広がる熱を感じる。颯介も背後で甘い吐息を漏《も》らしながら腰を震わせており、ほぼ同時に達したことがわかった。

「はぁっ、……あぁ」

長い息を吐き、まだ整わない呼吸の中、颯介が呟《つぶや》く。

「ごめん、ひなた……やっぱりまだ、全然足りない」

「えっ」

ひなたが目を丸くするのと同時に、颯介はまだ硬いままのものを引き抜くと、半分脱力したひなたの腕を掴《つか》んだ。

「もう一度ベッドでじっくりしよう？　もっとひなたの中、味わいたい」

颯介には先に出てもらい、ひなたはもう一度軽くシャワーを使った。身じろいだ途端《とたん》、膣内から彼の放った白濁《はくだく》が溢《あふ》れ出てきたためだ。

ひなたはそれが流れ、腿《もも》の内側を伝い落ちていく感触にも、ゾクリとくる愉悦《ゆえつ》を感じた。

そうしてバスルームを出て、ベッドに腰掛けて待っていた颯介の腕の中に飛び込む。するとすぐに唇を貪《むさぼ》られ、そのままバスタオルを剥《は》いで押し倒された。

（やっと帰れた……）

ここは、ひなたがずっと求めていた、心の底から安心して自分のままでいられる場所。

（ここが、私の――）

颯介の腕の中で、ひなたは何度も啼《な》きながら「もう離さないで」と懇願《こんがん》する。彼はひなたを強く抱きしめながらキスをして、「二度と離さない」とささやいた。

最終章

あの夜、キャリーバッグを盗られてしまったために、ひなたはしばらく着るものに困った。辛《かろ》うじて下着だけは、替えを手持ちのバッグに入れてあったので、颯介のワードローブを借りながら、なんとか数日をやり過ごす。

ひなたは実家に電話をして、颯介と結婚することと、このままニューヨークで暮らすことを伝えた。母は電話口で軽くため息を吐きつつも、『おめでとう』と言ってくれる。

『仕事をちゃんとするならいいのよ。女だって経済的に自立しなきゃね』

ひなたは、あらかじめ颯介の日本のマンションから実家に送っておいた荷物をそのままこちらに送ってくれるようにお願いし、電話を切った。

（あとは、カレンに――）

そう考えて、ひなたの手が止まる。彼に正直な気持ちを隠したまま、日本を出てきてしまった。

ひなたは受話器を抱えて、しばらくその場に立ち尽くす。

（怒る？　それとも……）

カレンに嫌われたり、見捨てられたりしたら――ひなたは想像しただけで泣きそうになる。でも〝話さない〟という選択肢はない。

心を決めて番号を押したが、カレンは出なかった。まだ家に帰っていないのかと思い、携帯にもかけてみたが、やはり繋《つな》がらない。

(どこかに出かけてる？)

ひなたはため息をつき、後でふたたびかけ直すことにしたが、その日は何度かけても繋《つな》がらなかった。国際電話のかけ方を間違えたかとも思い、颯介が帰宅してから相談したが、その後も通じることはなかった。

(まさか、カレンになにか……？)

心配を表情に出していたら、颯介が「大丈夫だよ」と言って、携帯が使えないひなたに代わり、翌朝メールを送ると約束してくれた。時差があるから、連絡のタイミングが難しい。調べてもらったら、ひなたの携帯は海外ローミングに対応していない機種だったのだ。

颯介に頭を撫《な》でられ「よしよし」と優しく慰《なぐさ》められる。堪《たま》らず腕を伸ばしたら、しっかりと抱きしめ返してもらえて、少し安心した。

「颯介さん、大好き」

広い胸に頬《ほお》を擦《す》り寄せると、彼の香りに包まれて、また幸せな気分に戻れた。

（一日連絡がつかないくらい、大丈夫だよね？）

そのまま頭を撫《な》でられてウットリしていたら、颯介がふと呟《つぶや》いた。

「ひなた、今日買い物行けた？　腹減った……」

その力のない声に、ひなたは「あっ」と我に返って顔を上げる。

「もちろん行ったよ！　この部屋なんにもないんだもの。颯介さん、こっちに来てから、なに食べて生きてたの？」

＊

それから二日間も、カレンとの連絡は取れないままだった。さすがに本気で心配になり、彼の勤め先に電話をしたら、驚きの事実を知らされる。

（カレン……なんで？）

ひなたは、日本から着てきた自分の服と颯介のものとを適当に組み合わせて着込み、外へ飛び出した。

地下鉄を乗り継ぎ、ハドソン川を渡った先のジャージーシティにあるリンカーンパークの近くまで来る。通りを歩き、上を見上げながら店を探した。

「あ、ここ……！」

見覚えのある店名が、ビルの二階のガラス張りのウィンドウに書かれていた。

階上に上がり、サロンのドアを開けると、店の入り口近くで接客をしている彼を見つけて、ひなたは目を見開く。

「カレン……！」

なにげなく振り返った彼が、立ち尽くすひなたに気が付き、ひなた以上に驚いた表情を見せた。

カレンは勤務中だったが、一刻も早く話をしたかったひなたは、受け付けをして彼を指名する。

しばらく待ってから席に案内されると、鏡越しに見たカレンは、とても嬉しそうな顔をしていた。

「よくここにいるってわかったわね。こんなに早く会えるとは思わなかったわ」

「なんで……？」

そう聞くと、カレンはふふんと得意げな笑みを浮かべた。

「親友だもの。ひなたが颯介と、そんなに長く離れていられないことは、わかってた」

彼の言葉が耳に痛い。

「嘘ついたことも……？」

気になっていたことを口にしたら、カレンは軽く笑った。

「別に嘘じゃないわ。こっちに来ることを颯介に黙ってたってことは、あの時はまだ受け入れてもらえるかどうか、わかってなかった。もしダメなら、帰ってくるつもりだったんでしょ？」

すべて見透《みす》かされていることに、ひなたは驚き、素直にコクンと頷《うなず》いた。

カレンは穏やかに微笑み、そっとひなたの髪に触れる。

「勤めている会社があるのに、ひなたが面接を受けに行くって言った時、颯介のところに行くつもりなんだって、すぐにわかった。いつ行くのかと思ってたけど、出発が急だったから焦《あせ》ったわ。僕も追いかけるつもりでこっちの支店に異動の希望は出してたけど……。相当無理言って、ゴリ押ししちゃった」

(ゴリ押しが通るのがすごいけど)

鏡の中のカレンをジッと見つめたら、彼はいたずらっぽく笑い、こっそりささやく。

「オーナーの弱みは握《にぎ》っておくものね」

「カレンってば……」

ひなたが肩をすくめて苦笑いすると、彼はフフッと笑った。

「颯介が、ひなたを帰すわけないこともわかってたわ。そうでしょ？」

ひなたは素直に頷《うなず》き、「結婚するの」と告《つ》げる。

カレンは、心から嬉しそうな笑顔を見せて言った。

「おめでとう、ひなた。僕のミューズ……これからもずっと、幸せにね」

親友の祝いの言葉が胸を突き、ひなたは涙ぐんだ。

「ありがとう、カレン」

ひなたは以前、彼が勧《すす》めてくれたように前髪を切ってほしいとお願いする。

「いいの？　もう擬態《ぎたい》できなくなっちゃうけど」

答えはわかっているだろう彼に、ひなたはあえて言った。

「うん。もう必要ないから」

カレンは静かに笑うと、「了解」と答えてハサミを手に取る。

長く伸ばしていた前髪に、少しずつハサミが入れられていった。目の前を覆《おお》っていた髪が少しずつ切り落とされていくたびに、ひなたは心の中で長い間溜まり続けていた澱《おり》みたいなものが溶けてなくなっていくように感じていた。

＊＊＊

前髪を作って帰ってきたひなたから話を聞いた時、颯介は信じられない気持ちだった。

まさかカレンが、ひなたを追いかけてニューヨークまで来てしまうとは――

平日、仕事を抜け出し、サロンが休みだったカレンと二人で会う約束をした。会社近くのカフェで待ち合わせる。

颯介には、他の男と結婚する女性を追いかけてこんな所まで来てしまうカレンの心境が、理解できない。

「やっほー、颯介」

「……驚いた。こっちに支店があるんだって？」

先に席に着いていたカレンの向かい側に座りながら、訊《たず》ねる。

カレンはニコニコしながら頷《うなず》いた。とても機嫌がよさそうだ。

「結婚するんだって？　おめでと」

「ああ、多分もう役所に受理されてるから、結婚した、だな」

先にカレンが注文していたコーヒーが運ばれてきて、颯介はその店員に同じものを頼んだ。

「カレンは英語、話せたのか？」

そう聞いたら、彼はカップを手にしながら、首を横に振る。

「全然。ひなたがこっちに来るつもりだって気付いてから、慌てて勉強始めたの」

颯介は、驚嘆《きょうたん》のため息を吐いた。

「すごい行動力だな」

だが颯介が本当に聞きたいのは、そんなことではなかった。

「いいのか？」

そう切り出すと、カレンは目をパチパチと瞬《しばた》かせて「なにが？」と首を傾げる。

「ひなたが結婚して……カレンは、それでいいのか？」

颯介にも、もうわかっていた。カレンがなによりも、ひなたのことを大事に想っていることを。もしかしたら自分と同じか、それ以上に。

カレンはフッと笑うと、颯介から目を逸《そ》らし、窓の外に視線を向けた。

「僕ね、セックスできないんだ」

一瞬、なにを言われたのか理解できなかった。

颯介が固まると、カレンはなんでもないことのように笑って、こちらに視線を戻す。

「詳しい説明は省《はぶ》くけど、初体験に結構酷《ひど》いトラウマがあってね。それからできなくなっちゃった」

颯介はなんと答えていいかわからず、黙ったままカレンを見つめる。そこへ先ほど頼んだコーヒーが運ばれてきて、颯介は無意識にカップへと視線を落とした。

しばらくして、カレンはとても静かな口調で話し始める。

「ひなたは僕のミューズだ。あんなに綺麗《きれい》で純真無垢《むく》な子は、他にいないと思ってた。繊細《せんさい》で傷付きやすい。でも、最近は少しだけ変わった」

颯介がわずかに視線を上げると、カレンは嬉しそうに微笑んで言った。

「恋をして、ますます綺麗《きれい》になった。僕は、ひなたはこのままトラウマを乗り越えて、どこまでも高いところへ羽ばたいていくんだと思った。けど、ちょっと違った」

颯介は眉根を寄せ、カレンを見る。自分も、その通りだと思っていたからだ。

「違うって、なに？」

そう問いかけると、カレンは軽く肩をすくめてみせる。

「人間、そうそう変わらないよ。ひなたは基本的に繊細《せんさい》で、傷付きやすい。心のバランスを取る方法が擬態《ぎたい》から、颯介の隣にいることに変わっただけだ」

（ひなたの根本は変わっていない……？）

颯介は、「なぜそう思う？」と重ねて問いかけた。するとカレンは苦笑いして、ため息を吐く。

「ひなたは可能性の塊《かたまり》なのに、本人は羽ばたくことを全然望んでない。今回こんな行動に出たのは、ただひたすら颯介の隣にいたいって、それだけを思ってたからだよ」

「でも、ひなたは擬態《ぎたい》をしなくても平気でいられるくらい、強くなってる」

颯介が反論すると、カレンは笑った。

「それは、颯介が隣にいるからだよ。擬態《ぎたい》してるのと同じくらい安心できるんだ。事実、颯介がこっちに来て、一人になってからは、だいぶ精神的に不安定だったよ」

颯介は呆然《ぼうぜん》として、カレンを見つめ返した。

彼はうつむき、自嘲《じちょう》気味に呟《つぶや》く。

「本当は僕がそれになりたかった。擬態《ぎたい》の代わりに、僕に依存してくれたらいいって。でもひなたを女性として幸せにするには、僕じゃ力不足だ。やっぱり恋のパワーには敵《かな》わないよ」

カレンはそれだけ言って立ち上がると、気持ちを切り替えるように、ニコリと笑った。

「ミューズを手に入れた君に祝福を。でも、親友の座は永遠に渡さないよ」

じゃあまたね、と明るく言って去っていったカレンを、颯介は軽く手を振りながら見送った。


颯介が仕事を終えて家に帰ると、ひなたは器用にも一人掛けのソファにうずくまり、すうすうと寝息を立てていた。

白くてつるんとした肌に、影を落とす長いまつげ。スッと通った鼻すじに、ふっくらとした柔《やわ》らかそうな唇。

いつか見た時となにも変わらない、美しい寝顔。

颯介はその傍《かたわ》らに立ち、彼女を見つめながら思った。

——ここにいるのは、自分の隣でだけ可憐《かれん》に咲き開く、美しい花。

(別に羽ばたかなくてもいいんだ)

颯介は初めから、そう思っている。なにもかも捨てて自分のところへ来たって、喜んで受けとめると。

（ずっと、永遠に俺の隣にいればいい）

彼女のまぶたにそっとキスを落としたら、ひなたは眠ったまま身じろぎをして、幸せそうに微笑んだ。

書き下ろし番外編

小春日和、

ひなたと颯介が結婚してもうすぐ一年――

半年も経たないうちにひなたの妊娠が発覚し、初出産の時を迎えたのは、十一月の半ば。ニューヨークの凍えるような寒さの中で、珍しく日の当たる暖かい日だった。

こちらでは日本と違い、産後二日ほどで退院させられてしまうため、母体に過度の負担がかからないよう無痛分娩を選択するのが一般的だ。

初産《ういざん》だったにもかかわらず、その子は颯介が心労で倒れてしまう前に、無事にすんなりと産まれてきてくれた。

標準より少し小さめの女の子。

颯介は産まれた日の日和《ひより》にちなみ、彼女に『小春《こはる》』という名前を付けた。

＊＊＊

来客を察してひなたがドアを開けると、目の前には颯介によく似た長身の男が、大きなスポーツバッグを抱えて立っていた。

「こんちは、ひなたさん。久しぶり！」

彼の名前は宮村航太《こうた》。颯介の弟である。

ひなたが彼に会うのは、妊娠中に一度だけ日本に帰国し初顔合わせをして以来だ。

「航太くん。いらっしゃい」

予定時刻どおりにアパートメントを訪れた彼を歓迎する。

実は、ひなたより航太のほうが年上なのだが、義理の姉と弟になるのでお互いを「ひなたさん」「航太くん」と呼び合っていた。

「お、来たな。久しぶり、航太」

ひなたの背後から、颯介も声をかける。

「兄貴！　小春ちゃんは？　俺のはつめい〜！」

（はつめい？）

ひなたは意味がわからず首を傾げた。

でも航太が「姪《めい》っ子、姪《めい》っ子」と浮かれながら中に入ってくるのを見て、なるほどと思う。

（初めての姪《めい》っ子だから、〝初姪《はつめい》〟か）

クスッと笑ったら、颯介がひなたの顔を覗《のぞ》き込んできた。

「どうしたの？」

「ううん。なんでもない」

颯介は不思議そうな顔をしながらも、ひなたの肩を抱き、一緒に航太の後を追いかける。

昼間は主に日当たりのいい奥の部屋で小春を寝かせていた。

二人で奥の部屋へ入ると、航太はベビーベッドでスヤスヤ眠る彼女の姿を、口を開けたままぼうっと見つめている。

その顔が、小春の顔を見ている時の颯介にそっくりで、ひなたはおかしくなり、フフッと笑った。

「なに？」

「どしたの、ひなたさん」

振り返った二人の表情も、瓜二つだ。

（宮村家のＤＮＡすごい）

ひなたは以前、颯介の母が宮村家の男性陣を見て同じことを言っていたのを思い出し、ますますおかしくなってきた。実は兄弟だけじゃなく、父親も彼らとそっくりなのだ。

肩を抱いたままだった颯介の胸に顔を埋《うず》め、ひなたはなんとか笑いを堪《こら》えようとする。

でも堪《こら》えきれなくて笑いすぎて涙まで出てきたひなたを、颯介も航太もわけがわからないといった顔で、見つめていた。

ひなたの作った夕食を囲みながら兄弟は向かい合い、ワイングラスを傾ける。

「航太。次のフライトいつ？」

「明後日《あさって》の午後便だよ。まとまった休み取るのも久々なんだ。万年、人手不足だからさ」

その言葉に、ひなたは目を丸くする。

（たった二日でも、まとまった休みになるの？）

航太は、颯介の父である慎吾《しんご》と同じエアラインの国際線パイロットだ。

慎吾は現役の機長で、航太はまだなりたての副操縦士。

だからなのか『颯介』も『航太』も空をイメージする名前で、父親がパイロットだと聞いた時、ひなたは妙に納得したのを覚えている。

「で、今夜はどこに泊まるんだ？」

颯介が意味ありげに、そう問いかける。

ひなたが首を傾げると、航太は軽いノリで答えた。

「整備士のジェシーのアパートだよ。明後日《あさって》はダレスから飛ぶから、明日の午後移動する」

颯介の眉間《みけん》に、うっすらとシワが寄る。

「一応聞くが……明日の夜は？」

「CAの香澄《かすみ》ちゃんと一緒に空港近くのホテル」

大きなため息を吐く颯介の横で、ひなたは唖然とした。

（ジェシーに、香澄ちゃん……？）

「ああもう……お前、いつまでそうやって遊び歩いてるつもりだ？」

睨む颯介に、航太はニコニコしながら返す。

「そうだよねぇ。かわいい小春に『航太くん、サイテー』とか言われたら立ち直れないね～」

これっぽっちも悪気のなさそうな航太の様子に、ひなたは言葉もない。

（顔は似てるのに、中身は全然違う！）

颯介はふんっと鼻息を荒くして言った。

「小春に『航太くん』なんて呼ばせるか！　お前なんか『おじさん』で充分だ」

ひなたは「え、そっち？」と思いつつ、航太をマジマジと見つめる。

それに気付いた航太が、ひなたにニッコリ笑いかけた。

「なに？　そんなに見つめて。さすがの俺でも、ひなたさんほどの美人には、なかなかお目にかかれないよ。やっぱ眼福だなぁ」

すると、ひなたが反応するより早く颯介が立ち上がって言った。

「航太！　お前、もう見るな。ひなたも小春も穢《けが》れる！」

「うわ……ひでぇ兄貴。人をタタリみたく言うなよ」

ひなたは、ふと一緒に仕事をしていた頃の颯介を思い出した。

見た目も中身もピカイチでモテモテ。秘書室は別名『宮村颯介ファンクラブ』と呼ばれていたし、社内では常に注目の的《まと》だった。

でも彼自身は至極真面目で一途。仕事に関しては男女関係なく厳しいほうだったし、愛想を振りまくタイプでもなかった。

一方の航太は、この様子だと社内でも……

ひなたが色々想像してため息を吐いたら、航太が少しだけ情けない顔をして言った。

「ひなたさん。お願いだから嫌いにならないでね」

颯介に似た顔で懇願するような上目遣いで見つめられ、ひなたは息を呑む。

彼なら絶対にしない表情に、一瞬だけクラッとした。

（颯介さんに似た顔でおねだりとか、反則！）

咄嗟《とっさ》にひなたは、隣に座っている颯介の二の腕を掴《つか》んで、そこに顔を埋《うず》める。

「えー、ショック！　俺、嫌われた？」

ガッカリしたような航太の言葉に、颯介が被《かぶ》せるように返した。

「ひなたは元々潔癖なんだよ。その女癖、直してから出直してこい」

それを聞き、ひなたはおそるおそる顔を上げた。

(別に嫌ったわけじゃなくて、むしろ……)

ドキドキする胸を押さえながら、二人の誤解を訂正すべきかどうかしばし迷う。

でも、ひなたは颯介の顔を見上げて思った。

(苦手だって誤解されたままのほうがいいかも)

たとえ一瞬でも航太の表情にドキッとしたなんて——独占欲の強い颯介が知ったら、きっと彼は出入り禁止になってしまう。

ひなたは、ほんの少しだけ航太に悪いなと思いつつ、再び颯介の腕に顔を埋《うず》めた。

(この顔で女癖が悪いなんて、絶対まずい)

反省して直るに越したことはない。

そう思い、ひなたは敢えて誤解させたままにしておくことにした。

そろそろ今夜の宿泊先であるジェシー宅に移動すると言うので、全員で航太の見送りに出た。

「んん〜かわいい! 小春ちゃん、俺のお嫁さんにしたいくらいだよ〜」

玄関先で小春との別れを惜しんだ航太は、小春の機嫌がいいことに乗じて抱っこをしながら、彼女のぷっくりした頬にチュッとキスをした。

「おまっ、何てことするんだ、航太ーっ！」

颯介が叫ぶ。

「なんだよ兄貴。冗談だって。叔父と姪《めい》は結婚できないんだよ？」

「そうじゃなくて触るな！　小春の神聖な頬が穢《けが》れる！」

颯介は本気でワナワナ震えている。

一方の航太は邪気のない笑顔を浮かべて言った。

「なんだ。キスしたこと怒ってんのか。じゃあ、はい」

航太は素直に、腕の中の小春を颯介に差し出した。

小春をサッと取り返し、颯介が安堵の息を吐いたところで、航太はひなたの腕を掴《つか》む。

（えっ……？）

抵抗する間もなく、彼はひなたの頬に軽くキスをして、ニコッと笑った。

「ごちそうさま、ひなたさん。またね」

（ええ～～っ!?）

そのごちそうが夕飯のことなのか、はたまたキスのことなのか判別がつかなかったけれど、ひなたはビックリしすぎて固まることしかできなかった。

同じく頭の中が真っ白になった颯介が叫びだす前に、航太は軽く手を振ってドアの向こうへ消えてしまう。

「航太ーーっ‼」

結局ひなたが何もしなくとも、航太は出入り禁止となった。

その後も颯介はショックでソファに沈み込み、ずっと肩を落としている。

彼があまりに落ち込んでいるため、ひなたはタオルを絞《しぼ》ってくると、わざわざ彼の目の前で小春と自分の頬を拭《ふ》いてみせた。

そして颯介の頬にたくさんキスをし、小春を抱っこさせたら、彼の表情が少しずつ緩んでくる。

(あともう一押しかな)

ひなたが次はどうしようかと悩んでいたら、ふいに小春が颯介の腕の中で小さな手を伸ばす。

そしてアブアブと声を出し、突然「パァパ」と口にした。

(ええーっ⁉)

これには、ひなたも驚いて目を丸くする。

慌てて颯介の顔を覗《のぞ》き込んだら、彼はポカンと口を開けたまま、目を見開いていた。

ひなたが「小春、今、パパって呼んだよね?」と問いかけると、颯介は呆然としたままコクコクと頷《うなず》き、目にうっすらと涙を浮かべる。

「小春……小春が、初めて……」

「やったね、颯介さん！　小春の初めての言葉『パパ』だよっ」

おかげで航太の所業はすっかり忘れられ、颯介はその後一晩中浮かれてニコニコしていた。

残っていたワインも上機嫌で空けてしまい、シャワーを浴びたらベッドに直行、そのままストンと眠りに落ちてしまう。

(機嫌が直って良かった)

あのまま怒っていたら一晩中眠れなかったかもしれない。

ひなたが寝る前の授乳をしようと小春をベッドから抱き上げたら、彼女はまた小さな手を伸ばし、ひなたの胸元を掴《つか》んだ。

そして「パッ、パア」と声を上げる。

(ん？)

見ると、小春はひなたの胸元に口を寄せてムグムグしていた。

「お腹空いたの？」

パジャマのボタンを開け胸を出してやると、小春はまた「パァ～」と言いながら上手に吸い付き、んっく、んっくと乳を飲み始める。

（……あれ？　もしかして〝パァパ〟って、おっぱいのこと？）

なぜ颯介が抱っこしている時に、それを口にしたのかは謎だけれど。

ひなたは懸命に乳を飲む小春を幸せな気持ちで見つめながら、優しく頭を撫《な》でてやった。

（ありがと、小春。助かったよ）

——後日。

ひなたはしばらくの間、颯介に真相がバレないようかなり気を使ったのだが……。

颯介は、ひなたが抱っこしていようが授乳の前だろうが関係なく、小春が「パァパ」と言えば自分が呼ばれたものだと思って飛んできたので、心配は無用だった。

（颯介さんが親バカで良かった）

ひなたがフフッと笑うと、颯介はまた不思議そうに首を傾げた。

NB ノーチェ文庫

定価：本体 640 円+税

ハレムの夜は熱く乱れる!?

強面王子のハレムに潜入したら、なぜかべた惚れされまして!?

著 柊《ひいらぎ》あまる　イラスト 北沢きょう

父の決めた相手と婚約した王女レイハーネ。その矢先、侍女を盗賊にさらわれてしまった。彼女が他国の宮殿にいると知ったレイハーネは、奴隷のふりをして潜り込むことに。すると、強面な王子ラティーフに気に入られてしまい――。婚約者がいる身なのに、甘く淫らに愛されて!?

定価：本体 640 円+税

甘く淫らな閨の施術!?

美味しくお召し上がりください、陛下

著 柊《ひいらぎ》あまる　イラスト 大橋キッカ

龍華幻国一の娼館の娘・白蓮《びゃくれん》は、男女の性感を高める特殊な術の使い手。その腕を買われて、ある時、若き皇帝・蒼龍《そうりゅう》とその妃たちへの施術を頼まれた。後宮に上がった白蓮は、さっそく閨で「秘技」を施したのだけれど……なぜか彼は、妃ではなく白蓮の身体を求めるようになり――？

詳しくは公式サイトにてご確認ください

https://www.noche-books.com/

携帯サイトはこちらから！

エタニティ文庫

きまじめ女子、迫られる!

完璧彼氏と完璧な恋の進め方

エタニティ文庫・赤

桜木小鳥　　装丁イラスト／千川なつみ

文庫本／定価：本体640円+税

男運が悪すぎて、恋を諦め仕事に生きていた史香《ふみか》に、素敵すぎる男性が猛アプローチしてきた!? 見た目も性格も仕事の評判も、どこをとっても完璧な彼。そんな男性が自分に近寄ってくるなんて、裏があるのでは……疑心暗鬼に陥る史香だけど、彼は思いっきり本気のようで!?

※エタニティブックスは大人の女性のための恋愛小説レーベルです。ロゴマークの色で性描写の有無を判断することができます(赤・一定以上の性描写あり、ロゼ・性描写あり、白・性描写なし)。

詳しくは公式サイトにてご確認ください。
https://eternity.alphapolis.co.jp

携帯サイトはこちらから!

EB エタニティ文庫

淫らすぎるリクエスト!?

恋に落ちたコンシェルジュ

有允《ゆういん》ひろみ　装丁イラスト／芦原モカ

エタニティ文庫・赤

文庫本／定価：本体 640 円＋税

27 歳の彩乃が勤めるホテルに、世界的に有名なライターの桜庭雄一が泊まりにきた。プレイボーイの彼は、初対面で彩乃を口説いてくる始末。そんな彼からなぜか“パーソナルコンシェルジュ”に指名されてしまった！　数々の依頼は、だんだんアブナイ内容になってきて……!?

※エタニティブックスは大人の女性のための恋愛小説レーベルです。ロゴマークの色で性描写の有無を判断することができます（赤・一定以上の性描写あり、ロゼ・性描写あり、白・性描写なし）。

詳しくは公式サイトにてご確認ください。
https://eternity.alphapolis.co.jp

携帯サイトはこちらから！

EB エタニティ文庫

過剰な溺愛にたじたじ!?

ETERNITY Rouge
エタニティ文庫・赤

文系女子に 淫らな恋は早すぎる

望月とうこ　　装丁イラスト／アオイ冬子

文庫本／定価：本体 640 円+税

恋愛初心者の書店員あかりは、ひょんなことから超イケメン作家の入嶋東と知り合いになった。しかも次回作のモデルになってほしいと頼まれ、彼と擬似恋愛することに！　でも……こんなエッチなことまでするなんて、聞いてない！　オクテ女子を、糖度 200％の溺愛が襲う!?

※エタニティブックスは大人の女性のための恋愛小説レーベルです。ロゴマークの色で性描写の有無を判断することができます（赤・一定以上の性描写あり、ロゼ・性描写あり、白・性描写なし）。

詳しくは公式サイトにてご確認ください。
https://eternity.alphapolis.co.jp

携帯サイトはこちらから！

本書は、2017年1月当社より単行本として刊行されたものに、書き下ろしを加えて文庫化したものです。


この作品に対する皆様のご意見・ご感想をお待ちしております。

おハガキ・お手紙は以下の宛先にお送りください。

【宛先】

〒150-6008 東京都渋谷区恵比寿4-20-3 恵比寿ｶﾞｰﾃﾞﾝﾌﾟﾚｲｽﾀﾜｰ 8F
(株) アルファポリス　書籍感想係

メールフォームでのご意見・ご感想は右のＱＲコードから、
あるいは以下のワードで検索をかけてください。

アルファポリス　書籍の感想　検索

ご感想はこちらから

エタニティ文庫

いばらの姫《ひめ》は目《め》覚《ざ》めを望《のぞ》まない

柊《ひいらぎ》あまる

2020年6月15日初版発行

文庫編集－熊澤菜々子・塙綾子
発行者－梶本雄介
発行所－株式会社アルファポリス
〒150-6008 東京都渋谷区恵比寿4-20-3 恵比寿ｶﾞｰﾃﾞﾝﾌﾟﾚｲｽﾀﾜｰ8F
TEL 03-6277-1601（営業） 03-6277-1602（編集）
URL https://www.alphapolis.co.jp/
発売元－株式会社星雲社（共同出版社・流通責任出版社）
〒112-0005 東京都文京区水道1-3-30
TEL 03-3868-3275
装丁イラスト－篁ふみ
装丁デザイン－ansyyqdesign
印刷－中央精版印刷株式会社

価格はカバーに表示されてあります。
落丁乱丁の場合はアルファポリスまでご連絡ください。
送料は小社負担でお取り替えします。
©Amaru Hiiragi 2020.Printed in Japan
ISBN978-4-434-27501-2 C0193